UR

Uwe Rudnick

Genius Nexus

Thriller

UR

2., vollst. überarb. Auflage

Impressum
Uwe Rudnick
Silberblick 20
99425 Weimar
Internet: www.uwerudnick.com
E-Mail: info@uwerudnick.com

Coverdesign: Philipp Wartenberg, Weimar

ISBN: 9798869948755
Imprint: Independently published

Vorgestern Abend

Er sah auf die Zahl und ein Gefühl des Stolzes durchströmte ihn – Eintausend, Thousand, Mille. Wie er es auch betrachtete, die Zahl verlor nichts von ihrer Faszination. Nur in ihrer römischen Gestalt wirkte sie schlicht, beinahe bedeutungslos – M. Schade eigentlich. Doch dann fiel ihm ein, was ihm in der Schulzeit geholfen hatte, die Symbole der römischen Zahlen 50, 100, 500 und 1000 nicht zu verwechseln – LCDM – Lucas Cranach Dieser Meister. Ja, wenn er es so deutete, war auch der römischen Schreibweise etwas abzugewinnen, denn spätestens ab heute war auch er ein Meister.

Die eintausendste Folge seiner Wissenschaftsshow Genius Nexus flimmerte gerade über die Bildschirme und er hatte es geschafft: Er war der Star der Fernsehunterhaltung, der beliebtesten Showmaster der Nation.

Doch die heutige Sendung würde alles Bisherige noch einmal in den Schatten stellen. Während der Live-Sendung spielten die Kandidaten um die nie da gewesene Gewinnsumme von zehn Millionen Euro. Auch das Konzept hatte eine kleine, aber entscheidende Veränderung erfahren: Alle Fragen waren schon einmal in vorangegangenen Sendungen gestellt worden.

Die Kamera schwenkte auf ihn, mit charmantem Lächeln blickte er in die Linse, begrüßte die Zuschauer und moderierte die Sendung an. Fünf neue Kandidaten warteten hinter der Bühne auf ihr Stichwort, darunter eine Frau, deren Foto er vor der Sendung verstohlen betrachtet hatte. Und obwohl er mit dem Namen Frederike von Gerdez nichts anfangen konnte, wurde er das Gefühl nicht los, die Frau zu kennen. Flüchtig, von einer zufälligen Begegnung im Sender vielleicht, aus einer anderen Fernsehsendung? Sie wohnte in Berlin, wie er seinen Notizen entnahm. Es war also gut möglich, dass sie sich schon einmal über den Weg gelaufen waren. Er warf einen letzten Blick auf die Liste, während die Erkennungsmelodie eingespielt wurde, dann stellte er die Kandidaten vor.

»Begrüßen Sie mit mir, Timo Wolfschmidt aus Weimar. Der Chirurg hatte mal eine Quietsche-Ente im OP-Saal, die für Heiterkeit sorgte. Die Meeresbiologin Petra Köhler aus Wolgast. Sie hat eine neuentdeckte Quallenart nach ihrer Katze benannt. Sarah Petrov, Lehrerin aus Düsseldorf. Sie hat sich die Einstein-Formel auf den Oberarm tätowieren lassen. Den Ingenieur Klaus Schmidt aus Berlin. Er hat schon als Zwölfjähriger ein Windkraftwerk auf dem Balkon seiner Eltern installiert.«

Die Kandidaten betraten einer nach dem anderen die Bühne und winkten ins Publikum, das kräftig applaudierte.

»Und last but not least, die Neurobiologin Frederike von Gerdez. Sie hat sich mithilfe Künstlicher Intelligenz auf die Sendung vorbereitet.«

Der Applaus war spärlich, doch als er die Auswahlfrage stellte, konnte er die knisternde Spannung förmlich greifen, die über dem Abend lag.

»Wie viele Länder haben mindestens einen Satelliten in der Erdumlaufbahn?«

Die Antworten der Kandidaten lagen weit auseinander, doch als wäre die tausendste Sendung nicht Anlass zur Freude genug, kam Frederike von Gerdez mit ›etwa einhundert‹ der exakten Zahl am nächsten. Er jubilierte, als sie auf ihn zukam, attraktiv, dynamisch, souverän. Er registrierte, wie sie die Blicke der Männer im Publikum auf sich zog, auch ihr freundliches Lächeln, als sie ihm gegenüberstand. Ihre Augen trafen sich für einen Moment, und wieder spürte er diese unerklärliche Nähe, die schon ihr Foto in den Kandidatenunterlagen hervorgerufen hatte.

»Frederike von Gerdez, herzlich willkommen auf unserem Kandidatenstuhl. Ich habe das Gefühl, dass wir uns schon mal begegnet sind, komme aber nicht drauf wann und wo. Helfen Sie mir mal auf die Sprünge?«

Sie wurde ernst.

»Ach, wissen Sie, ich werde das ständig gefragt, seit dem Verkaufsstart des *KaskaBrainPort*, dieser Konsole, die einen Avatar benutzt, der mir ähnlich sieht. Aber ich bin das nicht, auch wenn die Frau aussieht wie mein Doppelgänger. Ich habe nichts mit dem Hersteller zu tun.«

Natürlich, jetzt erinnerte er sich. Er hatte das gehypte Gerät vor zwei Monaten aus Neugier selbst bestellt. In der Werbung war eine direkte Verbindung zwischen Mensch und Computer versprochen worden, eine Art Helm, der die Hirnströme des Nutzers auslas, interpretierte und in Steuersignale für den Computer umwandelte. Umgekehrt sollte der Computer Gedanken und Empfindungen über den Helm stimulieren können, die der User so noch nicht erlebt hatte. Der Karton war mit der Post gekommen. Er hatte auf der Rückseite die Installationshinweise studiert. Als er die Hochglanzverpackung umdrehte, sprang ihm der Name des Gerätes in martialisch gestalteten Buchstaben förmlich entgegen – ›KaskaBrainPort – Erwecke den Mann in dir!‹ Und darunter, irgendwie deplatziert, das Gesicht einer vor sich hin träumenden, jungen Frau, die mit geschlossenen Augen auf einer Blumenwiese lag und – das musste er zugeben – ihn zumindest neugierig gemacht hatte, welche Gedanken und Empfindungen der Helm würde stimulieren können. Er hatte es ausprobiert, und was sollte man sagen … puh!!

Einen Moment versagte ihm die Stimme. Er räusperte sich und blickte in Richtung Publikum. Dort war Unruhe aufgekommen, Murmeln ertönte, laute Gespräche zwischen einzelnen Zuschauern, plötzlich ein durchdringendes Kreischen. Die Kamera schwenkte zu einer Frau in der zweiten Zuschauerreihe, die aufgesprungen war, hochrot im Gesicht, und mit sich überschlagender Stimme in Richtung Kandidatin schrie: »Geh nach Hause, du Hure! Du hast hier nichts zu suchen.« Eine Sitznachbarin zog sie energisch am Ärmel zurück auf ihren Platz, stand selbst auf, drehte sich zum Publikum: »Sie ist keine Hure. Sie ist eine Heilige. Ihr seht alle nur das, was ihr sehen wollt!« Zwei Männer aus den hinteren Reihen drängen durch die Sitzreihen zum Ausgang und verließen, verfolgt von einer Frau, die mit ihrer Handtasche auf einen der Männer einschlug, das Studio. Der Moderator musste handeln, und zwar schnell.

Er hob die Hand, um die Aufmerksamkeit des Publikums zu erlangen.

»Meine Damen und Herren, bitte, beruhigen Sie sich! Ich verstehe, dass Emotionen hochkochen, aber wir sind hier, um eine Sendung zu machen, nicht um uns gegenseitig anzugreifen. Sie haben gehört, dass unsere Kandidatin versichert, mit dem umstrittenen *KaskaBrainPort* nichts zu tun zu haben. Vielleicht haben wir später Gelegenheit, nochmal darauf zurückzukommen. Jetzt lassen Sie uns beginnen.«

Während um sie Chaos herrschte, schenkte Frederike von Gerdez sich selbst ein Lächeln. Es war ein Lächeln, das sagte: Ich kenne das Spiel, die Bühne, die Masken, die wir alle tragen. Nur die nach oben gezogenen Brauen und die weit geöffneten Augen zeigten, dass sie über die Heftigkeit der Zuschauerreaktionen erstaunt war. Ganz allmählich beruhigten sich die Gemüter. Die Frau in der zweiten Zuschauerreihe setzte noch einmal zu einem Zwischenruf an, aber die Sitznachbarin hielt ihr den Mund zu und sie gab endlich Ruhe.

»Heute geht es um zehn Millionen Euro. Deshalb steigen wir auch gleich mit einhundert Euro ein. Was ist die Hauptzutat von traditionellem japanischen Sake? A: Reis, B: Kartoffeln, C: Weizen, D: Mais?«

Die Antwort kam ohne zu zögern: »Die Hauptzutat von traditionellem japanischen Sake ist Reis. Also A: Reis.«

Schlag auf Schlag beantwortete sie die ersten Fragen.

»Ich sehe schon, bisher war es ziemlich einfach für Sie. Wir sind schon bei Frage 10 angekommen und immer noch alle Joker da. Eijeijei … mal sehen, ob ich Sie hiermit in die Bredouille bringen kann. Welcher Planet hat die meisten bekannten Monde? A: Jupiter, B: Saturn, C: Uranus, D: Neptun?«

Die Kandidatin nickte.

»Das ist eine schöne Frage …«

Der Moderator grinste.

»Jetzt habe ich Sie, oder? Ich meine, es wäre für eine Neurobiologin auch keine Schande, bei einer Astronomiefrage einen Joker zu ziehen.«

»Die Frage haben Sie 2019 in Sendung 823 schon mal gestellt. Damals war es ebenfalls die 250.000-Euro-Frage, seitdem ist einiges passiert. Allein in den beiden letzten Jahren wurden neun neue Monde des Jupiters entdeckt. Lassen Sie mich kurz überlegen … der Neptun hat vierzehn … Triton, 1846 entdeckt von William Lassell, 1949 Nereid, 1981 Larissa. Larissa war dann eine ganze Weile verschollen und wurde 1989, in meinem Geburtsjahr, durch die Voyager 2-Sonde der Amerikaner wiederentdeckt. Kurz und gut: Der Uranus hat 27, der Jupiter 95 und der Saturn 146 bekannte Monde. Die Antwort ist B, der Saturn.«

Die Zuschauer hielten den Atem an. Für einen Moment schien die Zeit stillzustehen. Die Techniker dimmten das Studiolicht. Ein Soft-Light hüllte die Kandidatin in diffuses, weiches Licht, wie die Reliquien in einer Kirche. Man konnte eine Stecknadel fallen hören, so still war es.

Der Moderator starrte Frederike von Gerdez an, sein Gesicht eine Mischung aus Schock und Ehrfurcht, als sei er einem Geist begegnet. Seine Augen weiteten sich, die Lippen öffneten sich, aber kein Ton kam heraus. Die Zuschauerin aus der zweiten Reihe faltete ihre Hände, sah mit verklärtem

Blick zum Himmel und rief: »Ich habe es euch gesagt: Gott hat sie uns gesandt!«

Dieser Ausruf weckte den Moderator aus seiner Starre. Er räusperte sich und fand seine Stimme wieder. Mit einem schelmischen Lächeln sagte er: »Nun, wenn das so ist, dann haben wir heute Abend göttliche Unterhaltung! Und ich muss sagen, Frederike, Sie sind die erste Kandidatin, die mich wirklich sprachlos gemacht hat. Die Antwort ist natürlich richtig. Respekt!«

Das Publikum brach in tosenden Applaus aus, der die Stille zerschnitt. Die Energie im Raum schien sich schlagartig zu verändern, als ob ein elektrischer Impuls durch die Köpfe der Zuschauer geschossen wäre. Der Moderator fühlte, wie sich sein Herzschlag normalisierte und die Anspannung von ihm abfiel.

»Wow, Frederike, Sie haben gerade das Studio verzaubert. Ich glaube, wir haben alle etwas Magisches erlebt. Aber lassen Sie uns fortfahren, die nächste Frage wartet bereits. Sie spielen jetzt um fünfhunderttausend Euro.«

Er las die nächste Frage vor, aber in diesem Moment war es, als ob die Fragen selbst nebensächlich geworden wären. Alle Augen waren auf Frederike gerichtet, und jeder spürte, dass sie mehr war als nur eine Kandidatin in einer Quizshow. Sie war ein Phänomen, ein Rätsel, eine Inspiration.

Frederike lächelte und hörte aufmerksam der nächsten Frage zu. Ihre Augen funkelten, als ob sie bereits die Antwort wüsste, bevor die Frage vollständig gestellt war.

»Für fünfhunderttausend Euro möchte ich von Ihnen wissen …, das kann doch nicht wahr sein. Hey, ihr da unten in der Fragenredaktion, hier sitzt eine Neurobiologin …«

Er lachte in die Kamera.

»… also, was beschreibt die Hebbsche Lernregel in der Neurobiologie am besten?

A: Die Fähigkeit von Neuronen, sich selbst zu regenerieren,

B: Die Verstärkung einer synaptischen Verbindung durch gleichzeitige Aktivierung,

C: Die Hemmung der Neurotransmitter-Ausschüttung durch GABA,

D: Die Rolle von Myelin in der Beschleunigung der Signalübertragung.«

»Die Hebbsche Lernregel wurde 1949 vom Psychologen Donald Olding Hebb aufgestellt, um das Zustandekommen des Lernens in neuronalen Netzwerken zu erklären. Sie besagt, dass Neuronen, die gemeinsame Synapsen haben, miteinander interagieren, wenn sie häufig gleichzeitig aktiv sind. Die Antwort ist B.«

»Ganz sicher? Kein Joker?«

»Ganz sicher.«

Der Moderator atmete tief ein und aus, verzog resignierend den Mund, nickte und verkündete: »Das ist selbstverständlich richtig. Sie sind einfach nicht zu stoppen. Ich frage mich, ob es irgendetwas gibt, das Sie nicht wissen.«

Frederike lachte sanft und erwiderte: »Oh, es gibt viel, das ich nicht weiß. Aber ich bin hier, um zu lernen, genau wie jeder andere auch.«

Der Moderator sah in die Kamera und sagte: »Meine Damen und Herren, ich glaube, wir erleben hier eine der denkwürdigsten Episoden in der Geschichte von Genius Nexus. Bleiben Sie dran, es wird sicher noch ein spannender Abend!«

1

»Kollegin Schmidt, bitte zum Chef!«, ertönte es über die hauseigene Lautsprecheranlage. Marianne Schmidt kannte die ruhige Stimme Elviras, der Sekretärin des Institutsleiters.

Da Dr. Möller, Mariannes Abteilungsleiter, ein paar Tage abwesend war, hatte sie heute Morgen den Monatsbericht im Sekretariat abgegeben. Sie ahnte, warum der Professor sie nun rufen ließ. Sie hatten wieder nichts erreicht. Trotz unzähliger Versuche war ihre Suche nach einem neuen Impfstoff erfolglos geblieben. Er sollte gegen Maul- und Klauenseuche eingesetzt werden, wirksam sein wie der alte Impfstoff, aber gleichzeitig die Immunantwort der Tiere so weit in Grenzen halten, dass keine Antikörper im Blut nachweisbar waren. Ein Ding der Unmöglichkeit. Kein Wunder, dass sich keine Erfolge einstellten. Seit Monaten testeten sie wahllos Hunderte von Substanzen an Schweinen und Rindern, ohne genau zu wissen, was sie den Tieren eigentlich injizierten. Das war keine ernstzunehmende Forschung mehr. Nur eine Direktive von oben. Allen war klar, dass es ohne moderne Analysetechnik unmöglich war, wirksame Substanzen zu finden. Auch für das Dutzend toter Rinder gab es weder eine plausible Erklärung noch ernsthafte Bemühungen, der Sache nachzugehen. Äußerlich waren die Tiere gesund, begannen irgendwann zu straucheln, stolperten über die eigenen Beine, reagierten schreckhaft auf Lärm oder Lichtreize und verendeten. Bei der Obduktion der Rinderhirne zeigten sich schwammartige Strukturen, die sich niemand erklären konnte. Das alles hatte sie im Bericht erwähnt, wohl wissend, dass Professor Dorwald das nicht gerne hörte und es so auf keinen Fall nach Berlin berichten würde. Genauso klar war jedoch, dass sie die erforderliche Technik nie im Leben erhalten würden, egal wie der Bericht Dorwalds ausfiel. Viel zu teuer für ihr Institut. Es ging um eine Millionensumme. Westmark, wohlgemerkt.

Wieder knackte der Lautsprecher. Mit Nachdruck wiederholte die Sekretärin den Aufruf. Marianne klemmte die Akte unter den Arm und setzte sich in Bewegung. Auf dem Weg zur Chefetage begegnete sie Lars Clausen.

»Hey, Mariannchen, der Alte verlangt nach dir«, und mit breit grinsendem Gesicht setzte er hinzu: »Es gibt wohl eine Gehaltserhöhung? Leg mal ein Wort für den besten Techniker des Instituts ein!«

»Und wer, bitte schön, soll das sein?«, ging sie auf seinen lockeren Ton ein. »Siehst du hier irgendwo einen guten Techniker?«

Lars mimte den Beleidigten und schmollte, doch als sein Blick auf den grauen Schnellhefter fiel, wurde sein Gesichtsausdruck ernst: »Viel Glück, Marianne!«

Clausen, drei Jahre älter als sie, hatte eine frappierende Ähnlichkeit mit Alan Williams, dem Sänger der Rubettes, ihrem Jugendschwarm, dessen Poster fünf Jahre über ihrem Bett gehangen hatte – die gleiche Statur, die gleichen semmelblonden Haare, die gleichen meerblauen Augen – einzig die vielen frechen Sommersprossen unterschieden sie. Als er vor einem halben Jahr als zukünftiger Kollege am Institut vorgestellt worden war, war sie rot geworden wie ein Schulmädchen, war seinem Blick ausgewichen und hatte die zur Begrüßung ausgestreckte Hand ignoriert. Erst zwei Tage später, als er am Schreibtisch gegenüber Platz nahm und seinen Dienst antrat, hatte sie ihre Verlegenheit überwunden. Er hatte sich schnell eingearbeitet, war akribisch und konnte zupacken, nur seine manchmal aufgesetzt wirkende, immer gute Laune und seine große Klappe störten sie. Ab und zu. Trotzdem mochte sie ihn.

»Ihre Abteilung beendet sofort die laufende Forschung und wird freigeräumt!«, polterte Dorwald, als sie das Heiligtum betrat. Marianne wurde bleich.

»Aber, Herr Professor, es liegt nicht an uns ...«

Sie musste schlucken.

Ohne um Erlaubnis zu bitten, sank sie auf den Stuhl vor Dorwalds Schreibtisch und sah den Professor verständnislos an. Konnte es sein, dass er schon nach Berlin berichtet hatte? Hatte man ihnen endgültig den Geldhahn abgedreht? Sie blickte fragend zu Dorwald, doch der ließ sie zappeln. Sein Gesicht zeigte keine Regung. Er lehnte sich im ledernen Chefsessel zurück und faltete die Hände über dem Bauch. Und er schwieg.

Marianne setzte noch einmal an: »Wir haben unser Bestes getan. Und wir können das rätselhafte Rindersterben nicht ignorieren. Die meisten Kollegen sind sich einig, dass da was auf uns zukommt. Es sieht aus wie eine Seuche, wir haben aber noch nicht einmal den Erreger identifiziert.«

Plötzlich schnitt er ihr das Wort ab: »Ach, Papperlapapp. Ich höre immer Seuche, Seuche, Seuche. Dreizehn tote Rinder im letzten Jahr, die dieses schwammige Hirn hatten. Das ist keine Seuche, höchstens eine Anomalie. Vergessen Sie das ganz schnell wieder! Sie haben mich verstanden, Kollegin Schmidt? Die Versuche abbrechen und die Abteilung freiräumen, das ist doch wohl eindeutig, oder? Sie bekommen einen neuen Forschungsauftrag. Montag, vier Uhr, Abfahrt vom Institut, und ziehen Sie sich was Schickes an. Die Akademie hat Sondermittel freigegeben, auch Valuta, richtige Forschung. Sie bekommen sechs Leute zusätzlich und dreißig Prozent Gehaltszulage. So, und jetzt wieder an die Arbeit und geben Sie dem Möller Bescheid.«

Am Abend trafen sie sich zu einer spontanen Kollegenfeier in Trudchens reetgedeckter Fischerkate am Dorfrand. Trude Alhoff, die Protokollantin ihrer Abteilung, war die dienstälteste Mitarbeiterin am Institut. In drei Monaten würde sie ihren sechzigsten Geburtstag feiern und in Rente gehen. Die kleine weißhaarige Frau hatte ihren Verandatisch mit blauweiß gemustertem Bauerngeschirr eingedeckt, und jedem lief beim Anblick der leckeren Salate, die sie vorbereitet hatte, das Wasser im Mund zusammen. Lars Clausen stand am Grill und legte Würstchen auf. Die Sonne neigte sich dem Horizont entgegen, hüllte das sorgfältig arrangierte Ensemble auf Trudchens Veranda in warmes, orange-goldenes Licht. Obwohl sie nicht wussten, was genau auf sie zukommen würde, feierten sie die Ankündigung des neuen Projekts, die in Aussicht gestellten Valutamittel, für die man ganz fantastische wissenschaftliche Gerätschaften einkaufen würde, und natürlich die angekündigte Gehaltserhöhung. Selbst Dr. Möller war gekommen, zwar wie immer korrekt gekleidet, im hellblauen Hemd und feinkarierten Anzug, der auf skurrile Weise mit der lockeren Atmosphäre der Zusammenkunft kontrastierte und es schien fast so, als ob er trotz der vielen Menschen um ihn herum, die sich angeregt unterhielten, scherzten und lachten, gar nicht hier war, sondern irgendwo in den unendlichen Weiten seiner eigenen Gedanken verloren. Aber immerhin, er hatte zwei Kästen Berliner Exportbier mitgebracht und extra für Marianne eine Flasche Rosenthaler Kadarka. Für den Augenblick war er ein Star.

Der Abend war angenehm mild, der Himmel über ihnen klar, ein Samtgewand bestickt mit Silbersternen. Dr. Möller lockerte seinen Schlips, schenkte Wein ein, verteilte Bier, nahm sich selbst eins und stieß mit Marianne und den Umstehenden an.

»Lass uns mal da rübergehen. Ich muss mit dir reden«, sagte er leise und gab ihr mit einer Handbewegung das Zeichen, ihm zu folgen. Sie warf einen Blick zu Lars, der am Grill stand, aber ihre Blicke trafen sich nicht.

Möller führte sie weg vom Lärm der Feier, hin zu einem verwitterten Holzsteg, der sich in den ruhig daliegenden See erstreckte. Marianne vermisste seine übliche Freundlichkeit, stattdessen sah sie in ein ernstes Gesicht, das ihr Unbehagen bereitete.

»Hier sind wir unter uns. Was ist los? Was bedrückt dich, Lothar? Geht es um uns? Ich dachte, das sei geklärt.«

Möller schüttelte den Kopf.

»Im Institut steht eine Veränderung an«, begann er, als sie den Steg erreichten.

»Du sollst vorübergehend die Abteilungsleitung übernehmen.«

»Davon hat Professor Dorwald nichts gesagt.«

Möllers Gesichtsausdruck wurde noch finsterer.

»Davon hat er heute Nachmittag auch noch nichts gewusst. Ich hatte keinen Urlaub, wie offiziell verlautbart. Ich war in Berlin und habe Direktiven direkt vom Minister bekommen. Es wird eine Herde Hochleistungs-Milchkühe in die Bundesrepublik verkauft, und man hat mich mit dem Transport und der Abwicklung betraut.«

Mariannes Atem stockte.

»Du meinst, die Herde ...«

Sie konnte den Satz nicht beenden.

»Ja, genau die«, nickte Möller.

»Die mit den ominösen Todesfällen. Alle Therapiemaßnahmen werden eingestellt, kranke Tiere ausgesondert und getötet und die Herde wird transportfertig gemacht. Morgen schon geht es los.«

Marianne konnte nicht glauben, was sie hörte. Ihr Kopf fühlte sich an, als wäre er mit Watte gefüllt.

»Aber das Risiko ... die Seuchengefahr ...«

Möller hob abwehrend die Hände.

»Von einer Seuche kann keine Rede sein. Bisher sind die Krankheitsfälle viel zu wenige. Und außerdem«, er machte eine bedeutungsschwere Pause, »es wurde an höchster Stelle beschlossen.«

Marianne spürte, wie Wut in ihr aufstieg.

»Aber die Fakten, die Forschung ...«

»Das geht uns jetzt nichts mehr an«, schnitt er ihr das Wort ab und zuckte mit den Schultern.

»Die Herde muss verkauft werden. Wir brauchen die Devisen. Wir leben in unsicheren Zeiten. Diese neue Rinderkrankheit tritt nicht nur hier auf. In Großbritannien gibt es eine ganze Reihe von Fällen, auch in der Bundesrepublik ein paar, in Schleswig-Holstein zum Beispiel.«

Marianne drehte sich abrupt um und stürmte den Steg entlang zurück zur Feier. Lars sah sie kommen und legte die Grillzange zur Seite.

»Was ist los?«, fragte er, als sie neben ihm stand.

Marianne erzählte ihm, was Dr. Möller gerade offenbart hatte. Lars Gesichtsausdruck verfinsterte sich bei jeder weiteren Information, die sie ihm gab.

»Das ist doch Irrsinn!«, entfuhr es ihm.

»Müssen wir nicht zuerst die Ursache klären, einen Impfstoff entwickeln? Was, wenn sich die Krankheit ausbreitet? Und was ist mit der Gefahr einer Zoonose?«

Marianne nickte.

»Das habe ich auch gesagt. Aber die Entscheidung ist bereits getroffen worden.«

Lars schüttelte ungläubig den Kopf.

»Und Therapiemaßnahmen sind auch nicht mehr erlaubt? Ist das der Preis, den wir für Devisen zahlen?«

Marianne sah ihn an. In seinen Augen erkannte sie die gleichen Zweifel, die gleiche Wut, die sie empfand. Sie nickte.

Dr. Möller war unbemerkt herangekommen.

»Ja, das ist der Preis. Therapie und Impfstoffentwicklung sind keine Option. Was schaut ihr mich denn so an? Ich kann nichts dafür. Selbst die Impfungen gegen Maul- und Klauenseuche werden über kurz oder lang ausgesetzt. Eigentlich dürfte ich nicht darüber reden …«

Er hatte laut gesprochen und heftig gestikuliert. Schweiß war ihm auf die Stirn getreten und seine Augen funkelten. Bis auf Trude, die in der Küche herumhantierte, hatten sich alle Kollegen um den Grill versammelt. Mit Entsetzen hatten sie Dr. Möllers Worte aufgenommen, tuschelten hinter vorgehaltener Hand und schüttelten die Köpfe.

»Ach was soll's. Scheiß auf die Formalien. Ich schätze, ich sehe euch sowieso nicht wieder. Nennt mich einfach Lothar. Einige von euch tun das ja schon seit Längerem. Ab heute gilt das für alle.«

Er legte sein Jackett ab und knotete den Schlips auf, steckte ihn in die Hosentasche und öffnete eine Flasche Bier. Er nahm einen tiefen Zug, blickte dann in die Runde.

»Also, bitte mal herhören, Kollegen: Ab sofort ist Marianne die neue Abteilungsleiterin. Ich werde nach Berlin versetzt ins Ministerium. Vorher muss ich aber noch unsere verrückten, torkelnden Rinder auslesen und den Rest der Herde in den Westen transportieren. Eure ganze Abteilung wird umstrukturiert, wie ihr ja wisst. Ich danke euch für die vertrauensvolle Zusammenarbeit in den letzten Jahren. Hoffe, ihr werdet nicht allzu viel Schlechtes über mich erzählen. Prost!!«

Alle stießen an, aber es herrschte eine seltsam gedämpfte Stimmung. Niemand sagte etwas. Alle zogen die Köpfe ein, nur Lars ließ die Sache nicht auf sich beruhen: »Das Warum würde uns aber schon interessieren, Dok… ähm, Lothar. Warum dürfen wir nicht weiter forschen?«

Der Angesprochene hielt den Kopf gesenkt und starrte auf die Spitzen seiner Schuhe.

Lars bohrte nach: »Willst du uns für dumm verkaufen? Du weißt doch mehr, als du zugibst. Komm schon, Lothar.«

Möller räusperte sich, zog den Kopf zwischen die Schultern und wippte mit dem rechten Fuß. Sein Blick haftete immer noch an seiner Schuhspitze. Dann ging ein Ruck durch seinen Körper. Er sah in die Runde.

»Irgendwann werdet ihr es ja sowieso erfahren. Vorige Woche fand eine Tagung der EG-Landwirtschaftsminister statt. Es wurde beschlossen, im Westen die Impfungen gegen Maul- und Klauenseuche bald einzustellen. Wie immer geht es ums Geld. Wir müssen natürlich nachziehen. Deshalb wird auch unsere Impfstoffforschung eingestellt. Aber auf euch kommen neue spannende Zeiten zu. Das wurde zumindest in Berlin gemunkelt. Also lasst euch nicht die Laune verderben. Feiert, Kollegen.«

Die Leute verstreuten sich, allmählich hellte sich die Stimmung auf. Jemand drehte das Radio lauter. Karat ließ den Schwanenkönig fliegen. Marianne stand neben Lars, der die letzten Brätel wendete. Sie sah ihn an und lächelte. Mit welcher Entschlossenheit er Lothar in die Enge getrieben und ihm die Informationen entlockt hatte, war beeindruckend gewesen. Dabei hatte er Lothar nur fest angesehen, wie immer gewinnend gelächelt und nicht einmal die Stimme gehoben. Da steckte wohl mehr hinter seiner freundlichen Fassade, mehr als sie bisher vermutet hatte.

»Willst du?«

Sie nickte, nahm sich eines der aufgeschnittenen Brötchen und hielt es Lars entgegen. Er bugsierte mit der Grillzange ein saftiges Steak hinein, reichte ihr eine Papierserviette. Flüchtig berührten sich ihre Hände. Sie musste schlucken.

Plötzlich ertönte Gesang aus der Gruppe, die auf der Wiese saß, gefolgt von Applaus und Lachen. Marianne und Lars drehten sich gleichzeitig um.

»Das sollten wir uns nicht entgehen lassen«, sagte Lars leise. Als sie näher kamen, erklärte ihnen Trude: »Lothar hat ein Lied geschrieben. Über die verrückten Kühe. Zum Totlachen. Kommt, setzt euch.«

Die Gruppe hatte einen Kreis gebildet, Lothar stand in der Mitte, hatte eine Gitarre vor dem Bauch und spielte die ersten Akkorde. Dann begann er zur Melodie von Jingle Bells zu singen:

Rinderwahn, Rinderwahn,
Über der Weide liegt,
Oh, welch ein Spaß, welch ein Graus,
Es läuft auf den Tod hinaus, hey!

Rinderwahn, Rinderwahn,
Sorgen in der Nacht.
Wie man es dreht und wendet,
Der Schrecken kaum mehr endet.

Er wiederholte den Refrain und alle fielen ein. Lothars hellgrauer Schlips hing aus seiner Hosentasche und flatterte im Wind wie die Fahne der Kapitulation, doch sein Lied brachte alle zum Lachen und ließ sie für die nächsten Stunden die harte Wirklichkeit vergessen.

Marianne nippte ein wenig verloren am Mineralwasser, der Wein war leer und sie mochte kein Bier, doch dann, zu vorgerückter Stunde, zauberte Trude zwei Flaschen hervor, suchte das größte Glas aus ihrem Schrank und füllte es mit perlendem Krimsekt. Als sie es Marianne hinschob, zwinkerte sie ihr zu und nuschelte: »Wer weiß, was die nächsten Stunden bringen?«

2

Es war ein langer Abend geworden. Marianne hatte sich den prickelnden Sekt schmecken lassen und später, nachdem jemand Trudes Plattenspieler zum Laufen gebracht hatte, wie die meisten Kollegen getanzt. Lars Clausen jedoch saß abseits, in einer Ecke, und beobachtete das ausgelassene Treiben mit ungewöhnlicher Stille. Als zum allgemeinen Aufbruch geblasen wurde, umarmte sie Trudchen und machte sich gemeinsam mit den anderen auf den Weg ins Dorf. Lothar Möller verabschiedete sich zwei Straßen weiter, er wohnte im Neuen Dorf und musste rechts abbiegen. Marianne und Lars hatten noch einige hundert Meter gemeinsamen Wegs vor sich. Sie liefen schweigend nebeneinander her. Die kühle Nachtluft war erfrischend. Marianne war sich selbst ein Rätsel. Die Wirkung des für sie ungewohnten Alkohols machte sich bemerkbar. Die Straße schien uneben, ihre Beine waren schwer, und gleichzeitig hatte sie diese angenehme Leichtigkeit im Kopf. Sie hakte sich bei Lars unter und war sich auf einmal sicher – sie wollte diesen Mann. Unvermittelt blieb sie stehen, sah in den sternenklaren Himmel und kuschelte sich an ihren Begleiter.

»Kommst du noch auf einen Absacker mit zu mir?«, hörte sie sich sagen und konnte kaum fassen, dass es ihre eigenen Worte waren.

Am Morgen deckte Marianne den Frühstückstisch. Lars kam nur mit Shorts bekleidet aus dem Bad und lächelte verlegen.

»Es war ein schöner Abend …«

»Hmh, finde ich auch …«

»Tut mir leid, wegen …«

Sie sah verlegen nach unten und wusste, was er meinte. Sie hatte es genossen, seine Haut zu spüren, ihn zu streicheln und geküsst zu werden, auch sein Körper reagierte, wie man es erwartete. Aber plötzlich war es irgendwie nicht weitergegangen. Rot vor Scham hatte er gestammelt, dass er keinerlei Erfahrung hatte. Sie hatte ihn an die Hand genommen und behutsam den Weg gewiesen – anfangs ein bisschen mühsam, aber es hatte sich gelohnt.

»Schon okay, komm frühstücken. Ich habe einen Bärenhunger. Du nicht?«

Er nahm einen tiefen Atemzug und räusperte sich.

»Marianne, ich muss dir etwas sagen. Es geht um letzte Nacht …«

Er zögerte und vermied ihren Blick.

Sie unterbrach ihn nicht, ließ ihn in Ruhe sprechen. Sie sah die Anspannung in seinem Gesicht, sein Unbehagen.

»Ich … ich war noch nie mit einer Frau …«, begann er und Marianne konnte seine Unsicherheit hören.

»Ich habe sogar lange geglaubt, ich wäre irgendwie gestört.«

Lars sah sie an, der Blick voller Verlegenheit.

»Ich habe immer gedacht, diese ganze Mann-Frau-Sache geht an mir vorbei. Aber seit ich dich kennengelernt habe, habe ich dieses Gefühl ... Ich glaube, ich habe mich schon bei unserer ersten Begegnung in dich verliebt. Ich hätte mich aber nie getraut, den ersten Schritt zu machen, aus Angst, unsere Freundschaft aufs Spiel zu setzen.«

Das klang kitschig, wie aus einem Groschenheft. Sie musste lachen. Aber der Klang seiner Stimme ließ sie innehalten. Da war etwas in der Art, wie er es sagte. Da war etwas, das sie berührte. Sie hielt den Atem an und sah ihm in die Augen. Dann reichte sie über den Tisch hinweg und ergriff seine zitternden Finger.

»Lars, es ist okay. Wir haben beide unsere Vorgeschichte. Du musst dich nicht dafür schämen. Es ist nichts falsch mit dir. Du bist einfach nur du. Und das ist es, was ich an dir mag. Heute Nacht war die schönste Reise, die ich je begonnen habe. Anfangs ein bisschen holprig, aber dann bin ich ganz auf meine Kosten gekommen. Ich kann es kaum erwarten, zu sehen, wo diese Reise hinführen wird. Ich glaube, ich hab mich auch ein bisschen in dich verliebt.«

Er sah an sich herab und grinste. Er spreizte Zeigefinger und Daumen der rechten Hand auseinander. Mit der linken Hand glättete er die Shorts, die plötzlich enger zu sitzen schien.

»So ein bisschen?«

Marianne lächelte und zog Lars mit sich.

»Komm! Ich zeige dir, wie viel!«

Die neue Woche begann Montag früh, Schlag vier. Viel zu früh, fand sie, doch Professor Dorwald war bekannt für seinen Pünktlichkeitswahn und so rollten sie lange vor dem Morgengrauen im Dienstwartburg vom Institutsgelände. Als sie Berlin erreichten, blieb noch mehr als eine Stunde bis zum Beginn der Sitzung. Marianne nahm die Gelegenheit wahr, im betriebseigenen Laden vorbeizuschauen. Gelegentlich hatte sie hier Raritäten erstanden, die man in ihrem Provinznest kaum zu Gesicht bekam. Ihr Farbfernseher gehörte ebenso dazu, wie ihre erste Levis-Jeans für 122 Mark der DDR. Wie eine Jagdtrophäe hatte sie die Einkaufstüte stolz nach Hause getragen, aber mit Entsetzen festgestellt, dass die Hose beim Einpacken von der Verkäuferin vertauscht worden war. Sie war zwei Nummern zu groß. Bei der Schneiderin im Ort wollte sie die Hose umarbeiten lassen, aber die gute Frau war selbst scharf auf die Levis und machte einen Vorschlag. Ihr Mann leitete den Fahrradladen der Kreisstadt und es war gerade eine Lieferung 26er-Diamant-Sporträder mit Gangschaltung reingekommen. Eins davon war beschädigt, das könnte ihr Mann aber im Nu in Ordnung bringen. Sie wurden handelseinig. So lief das eben.

Heute jedoch hatte sie kein Glück. Selbst hier, im privilegierten Laden der Akademie, war das Angebot in den letzten Jahren deutlich schlechter geworden. Irgendwie ging alles bergab. Marianne war schon am Ausgang, als ihr Blick aufs Getränkeregal fiel. Sie kaufte drei Flaschen Krimsekt – zwei als Ersatz für Trudchen, eine für sich.

Die Sitzung in der Akademie begann um zehn Uhr. Marianne war enttäuscht, sie hatte eine große Wissenschaftlerrunde erwartet, eine Art Festakt, der Bedeutung des neuen Forschungsprojekts angemessen. Stattdessen fand die Besprechung in einem kleinen Raum statt, der höchstens zehn Leuten Platz bot. Honeckers Porträt hing einträchtig neben einem Leibnizbildnis und war der einzige Blickfang der ansonsten kahlen Wände. In der Mitte des Zimmers hatte man zwei Tische zu einer Tafel zusammengeschoben und einige billige Holzstühle daran gestellt. Als Marianne und ihre Kollegen den Raum betraten, saßen bereits drei Männer an der Längsseite des Tisches. Den Vertreter der Akademie, Professor Raumüller, kannte sie vom Sehen. Die beiden anderen Herren wurden als Diplompsychologe Friedrich Sternkopf und als wissenschaftlicher Berater Alexander Konarin vorgestellt.

Gespannt fragte sich Marianne, welche Aufgaben ein Psychologe an ihrem Institut für Tierkrankheiten übernehmen sollte. Auch über die Zuständigkeiten des wissenschaftlichen Beraters schwieg man sich aus. Der Akademieprofessor eröffnete seinen Vortrag mit einigen Allgemeinplätzen über die Bedeutung der Forschung für die Reputation der Akademie und des gesamten Landes. Mariannes anfängliche Neugier wich einer aufkeimenden Schläfrigkeit. Sie bemerkte, wie die vergangenen Nächte und das frühe Aufstehen heute ihren Tribut forderten. Erst als erfolgreiche Vorversuche an Affen erwähnt wurden, war sie schlagartig wieder bei der Sache.

Raumüller führte im üblichen Funktionärsdeutsch aus, »... dass es gelungen ist, die Partei- und Staatsführung von der Notwendigkeit weiterführender Grundlagenforschungen auf dem Gebiet der Neurostimulation und bildgebender Verfahren der Hirnaktivität höherer tierischer Organismen und letztendlich des Menschen zu überzeugen, um somit eine Antwort auf verstärkte Forschungsaktivitäten des Westens auf diesem Gebiet zu geben, und zu zeigen, dass der sozialistische Arbeiter- und Bauernstaat im vierzigsten Jahr seines Bestehens durchaus in der Lage ist, da mitzuhalten.«

Nach einer kurzen Pause fügte er hinzu: »Schließlich gehören wir zu den zehn führenden Industriestaaten, nicht wahr ... Genossen!«

Raumüller sah in die Runde. Vielleicht hatte er Beifall erwartet? Doch die Versammelten schwiegen. Nach kurzem Räuspern ergriff Sternkopf das Wort und referierte über jüngste Entwicklungen der psychologischen Grundlagenforschung. Marianne begriff wenig, vor allem die vielen Abkürzungen wie MRT, EMG oder EEG irritierten sie. Doch dann verstand sie. Statt Maul- und Klauenseuche zu bekämpfen, sollten sie künftig Gehirnversuche an Menschen vornehmen. Ihr fröstelte bei dem Gedanken. Zuletzt trat Konarin auf. Wissenschaftlicher Berater, was soll das, überlegte Marianne zum wiederholten Male. Als er darüber sprach, das Forschungsprojekt sei der Akademieführung und diese direkt der Partei- und Staatsführung rechenschaftspflichtig, man müsse auch für bestimmte Maßnahmen Verständnis entwickeln, die hohe Vertraulichkeit der Angelegenheit betreffend, da ahnte Marianne, dass den monatlichen Gehaltsscheck für Konarin sicher nicht die Akademie der Wissenschaften der DDR ausstellte.

Es folgte das Ausfüllen eines Personalbogens mit Fragen zum familiären und beruflichen Hintergrund, nach Westverwandtschaft, Hobbys und gesellschaftlichem Werdegang, das Übliche eben. Als Marianne den Schlusssatz des Formulars las, zögerte sie einen Augenblick, bevor sie ihre Unterschrift unter das Dokument setzte. Während der Rückfahrt zum Institut nahm Marianne den Mut zusammen und sprach Professor Dorwald an.

»Sagen Sie bitte, Herr Professor, was bedeutet eigentlich der letzte Satz auf dem Personalbogen? Dass wir die Forschungsergebnisse nicht an unbefugte Dritte weitergeben dürfen, verstehe ich ja, aber was verbirgt sich hinter der Abkürzung GeKaDos-Einstufung?«

Dorwald schwieg einige Zeit, dann sagte er unwillig: »Geheime Kommandosache – die höchste militärische Geheimhaltungsstufe, die mir bekannt ist.«

»Was haben wir mit dem Militär zu tun?«, wollte Marianne wissen, doch Dorwald wimmelte ab.

»Das ist sicher nur eine Formalie. Auch im Institut gibt es schon immer bestimmte Akten, die als Verschlusssache eingestuft sind. Ich will jetzt nicht weiter über dieses Thema diskutieren. Wenn Sie keine Lust haben, am neuen Forschungsprojekt mitzuarbeiten, wird sich sicher eine passende Stelle irgendwo anders finden lassen.«

So hatte sie den Alten noch nie erlebt und sie hatte den Eindruck, dass es besser war, im Moment zu schweigen.

3

In den folgenden Wochen herrschte am Institut rege Betriebsamkeit. Neue Gebäude schossen wie Pilze aus dem Boden, modernste Labortechnik wurde installiert und sogar eine eigene Krankenstation wurde speziell für ihre Forschungsabteilung eingerichtet.

Parallel dazu saßen Marianne, Lars und ihre Kollegen auf der Schulbank. Neurostimulation und bildgebende Verfahren der Hirnaktivität waren für sie anfangs leere Worthülsen, Begriffe, die irgendwann einmal im Grundlagenstudium gefallen waren, aber nicht ein einziger Mitarbeiter der Abteilung hatte Fachwissen auf diesen Gebieten. In einem mehrmonatigen Intensivkurs wurden sie auf den Stand der Wissenschaft gebracht und mit der Bedienung des MRT-Gerätes vertraut gemacht, einer riesigen Röhre, in die die Probanden auf einer Liege hineingeschoben werden sollten. Das Gerät war nahe Moskau einem MAGNETOM von Siemens nachempfunden worden, erzeugte aber viermal stärkere Magnetfelder als das Ursprungsgerät und war dadurch in der Lage, sehr scharfe Bilder in kurzer Zeit zu liefern. Allerdings wog es fast 20 Tonnen. Es musste daher über den Seeweg zur Institutsinsel transportiert werden. Seine heliumgekühlten Magnetspulen arbeiteten extrem effektiv, doch das restliche Equipment, vor allem die riesige Rechenanlage von Robotron, verbrauchte Unmengen Strom. Manchmal gingen im Ort die Lichter aus, wenn im Institut Volllast gefahren wurde.

Marianne eilte durch die kargen Flure des Instituts. Ihre flachen Schuhe klackerten hastig über den Linoleumboden. »Verdammt, schon wieder zu spät«, murmelte sie, während sie die Tür zum Seminarraum aufstieß. Drinnen war der Intensivkurs zur Neurostimulation bereits in vollem Gange. Mit einem leisen Seufzer schlich sie zu einem freien Platz in der letzten Reihe, bemüht, nicht zu viel Aufmerksamkeit zu erregen. Als die Pause anbrach, schlenderte Trude mit verschmitztem Lächeln zu ihr herüber.

»Na, wieder die Zeit aus den Augen verloren? Oder hat Lars dich etwa die ganze Nacht wachgehalten?«

Marianne lachte ein wenig nervös und schüttelte den Kopf.

»Trude, du bist wirklich unmöglich. Du erwartest doch nicht, dass ich dir darauf eine Antwort gebe. Bin einfach gestresst, du weißt doch, wie das hier läuft.«

Trude zwinkerte ihr zu, die Falten um ihre Augen bildeten kleine Fächer.

»Stress hin oder her, du wirkst anders, seit du mit Lars zusammen bist. Heiterer, strahlender, aber heute siehst du nur blass und erschöpft aus. Du bist doch nicht etwa…?«

Marianne schaute sie entgeistert an.

»Was? Nein, ich bin nicht schwanger, das ist ausgeschlossen. Wir hatten kaum Zeit für einander, außer vielleicht in der Nacht nach der Kollegenfeier.«

»Manchmal«, sagte Trude, während sie ihre Augenlider theatralisch senkte, »braucht es nur eine magische Nacht, um das Leben komplett auf den Kopf zu stellen.«

Marianne zog den Kopf zwischen die Schultern. Trude hatte Recht. Sie brauchte Gewissheit.

Sie schlich sich ins Büro von Dr. Möller, der von seiner Reise nach Berlin noch nicht zurückgekehrt war. Sein Schreibtisch war, wie immer, ein chaotisches Durcheinander aus Papieren, Büchern und persönlichen Gegenständen. ›Er wird wohl bald kommen, um seine Sachen zu packen‹, dachte sie, während sie die Tür hinter sich schloss und sich vorsichtig umsah.

Mit zittrigen Fingern wählte sie die Nummer des Frauenarztes und vereinbarte einen Termin zur Urinanalyse. Als sie auflegte, spürte sie, wie ihr Herz gegen die Brust hämmerte. Sie musste mit Lars sprechen, aber wie? Ein persönliches Gespräch im Institut war zu riskant; niemand wollte, dass die Kollegen irgendetwas aufschnappten und zu tratschen begannen. Mit dem Entschluss, ihm eine kurze Notiz diskret zuzustecken, schrieb sie: ›Wir müssen reden. Es ist wichtig.‹ Doch im letzten Moment überdachte sie ihre Entscheidung. Noch war sie sich unsicher. Warum sollte sie unnötig die Pferde scheu machen? Sie zerriss den Zettel und warf die Schnipsel in Lothar Möllers Papierkorb. Exakt in diesem Moment klingelte das Telefon. Sie zögerte, dann hob sie ab.

»Lothar Möller«, meldete sich die Stimme am anderen Ende der Leitung, »wie geht es dir, Marianne?«

»Ähm, gut, danke. Und dir? Wo bist du?«

»Ich bin immer noch in Berlin, um letzte Instruktionen für den Rindertransport abzuholen. Nächsten Montag geht es los. Könntest du mir einen Gefallen tun? Wie sieht dein Kontostand aus? Kannst du mir vielleicht 5000 Mark für ein paar Monate leihen? Ich muss die neue Wohnung in Berlin einrichten. Renate hat ein paar Sonderwünsche und sie besteht darauf, in Urlaub zu fahren, trotz aller Zusatzkosten, die mit dem Umzug verbunden sind.«

Marianne war einen Moment sprachlos. Das war wirklich ungewöhnlich.

»Ich ... ich muss mal schauen, Lothar. Das ist eine Menge Geld.«

»Ja, ich weiß. Kannst du am Sonntag in meinem Bungalow am Achterwasser kommen? Wir könnten alles in Ruhe besprechen.«

»Ich könnte Lars mitbringen«, schlug Marianne vor, in Gedanken schon bei der ruhigen Umgebung des Gartengrundstücks, die ein idealer Ort wäre, um mit Lars über die mögliche Schwangerschaft und die Zukunft zu sprechen.

»Nein, lieber nicht. Komm bitte allein«, sagte Dr. Möller, und Marianne spürte, wie sich ein Knoten der Unsicherheit in ihrem Magen bildete. Warum sollte sie allein kommen? Was war so geheim, dass Lars es nicht erfahren sollte?

»Okay«, sagte sie schließlich, legte auf und starrte auf den Hörer. Was für ein Tag! Was für eine Woche! Sie fühlte sich, als würde ein Strudel aus Ereignissen sie unaufhaltsam in eine ungewisse Zukunft ziehen. In der Stille von Dr. Möllers unaufgeräumtem Büro stehend, dachte sie zwangsläufig an Trudes Worte: ›Manchmal genügt eine einzige magische Nacht, um das Leben für immer zu verändern.‹

Als eigentliche Sensation der neuen Abteilung galt die ›Kopfschmiede‹ – so hatten Marianne und Lars den streng abgeschirmten Trakt für Neurostimulation schon bei der Erstbesichtigung getauft. Die Räume befanden sich im Herzen der hochmodernen Forschungseinrichtung und waren ein Symbol für die hohen Ambitionen, die mit dem Bau verbunden waren. Über einen langen, makellosen Flur erreichte man die Sicherheitsschleusen. Der Zugang war streng reglementiert und wurde per Fingerabdruckscanner und Magnetkartenleser überwacht. Die Berliner Akademie gab ein vielfältiges und komplexes Spektrum an Forschungsfeldern vor. Es reichte von der gezielten Aktivierung und Deaktivierung bestimmter Hirnregionen, über die Erschließung bisher ungenutzter Hirnreserven, bis hin zur Behandlung von Depressionen und Libidoverlust.

Der Raum selbst war eine Oase modernster Technologie, einiges aus dem Westen importiert, manches stammte aus sowjetischen Raumfahrt- und Rüstungsbetrieben, etliches auch ›Made in GDR‹, ein High-Tech-Spielplatz für Gehirnforscher!

Das Labor hatte das Potenzial, ein echter Hotspot für Innovationen zu werden, doch Marianne und Lars war klar, sie würden an die Grenzen des Machbaren gehen müssen, und wer weiß, vielleicht auch darüber hinaus.

Die Probanden waren junge, gesunde Freiwillige, Abiturienten, angehende Facharbeiter und Studenten, die man mit

100 Mark Tagessatz und einer Woche kostenlosem Aufenthalt im Jugendcamp auf Rügen geködert hatte.

Beeindruckend, aber zugleich auch zutiefst befremdlich, präsentierten sich die Ergebnisse der ersten Versuchsreihen mit dem Neurostimulator. Zu Beginn eines Versuchs verlief meist alles nach Plan. Die Technik funktionierte zuverlässig, die Vitalwerte der Probanden lagen im Normbereich und Marianne und ihre Kollegen konnten eindeutig belegen, dass die Neurostimulation positive Effekte auf mentale Fitness und geistige Leistungsfähigkeit hatte. Ein positives Fallbeispiel war der 19-jährige Jura-Student Simon. Er erhielt die Aufgabe, sich Daten aus dem Telefonbuch von Berlin zu merken. Nach einer Stunde rezitierte er mehrere komplette Seiten – Namen, Adressen und Telefonnummern – fehlerfrei, ein Kunststück, das unter normalen Umständen unmöglich war. Selbst physische Parameter, die zentral vom Gehirn reguliert werden, wie Muskelkoordination oder Reaktionszeiten, zeigten signifikante Verbesserungen. Ein Nachwuchssprinter lief auf den ersten 30 Metern fast drei Zehntel schneller und auch eine junge Turnerin verblüffte die Forscher. Ihr wurde eine Fernsehaufnahme der Boden-Kür von Ecaterina Szabó gezeigt, mit der diese 1984 Gold bei den Olympischen Spielen in Los Angeles gewonnen hatte. Die Turnerin hatte die Kür noch nie zuvor gesehen, doch es gelang ihr, die Übungen nahezu perfekt nachzuturnen, wobei sie eine Koordination und Geschicklichkeit erreichte, die ihren bisherigen Fähigkeiten weit übertraf.

Sorgen bereiteten den Forschern allerdings einige Mysterien, die immer wieder auftraten. Claudia, eine Physikstudentin, glaubte, während der Stimulation Einstein in Amerika getroffen zu haben. Er hatte ihr etwas von den unbegrenzten Möglichkeiten seiner Wahlheimat vorgeschwärmt. Ein junger Automechaniker war seiner verstorbenen Großmutter auf einem Kartoffelfeld begegnet. Nach Versuchsende schüttelte er immer wieder den Kopf, brach in Tränen aus und beschloss, dieses Feld zu suchen. Andere trafen verflossene Liebschaften, Stars und Sternchen aus Film und Fernsehen, berühmte Künstler und Politiker, einer sogar Michail Gorbatschow persönlich. Mit großer Überzeugung erzählte Matthias, ein Geschichtsstudent, dass er an der Seite Napoleons gegen die Preußen geritten sei – und zwar als Ulanenpferd.

Marianne, Lars und ihr Forschungsteam sahen sich mit einer unerwarteten Variabilität in den Ergebnissen konfrontiert; die erhofften konsistenten Muster zwischen Stimulationstechniken und Aktivierungsprofilen der Hirnregionen blieben aus. Jeder Proband schien unterschiedlich zu reagieren, und obwohl es offensichtlich Reaktionen auf neuronaler Ebene gab, waren diese nicht vorhersehbar und kaum wiederholbar.

Marianne saß auf der Fensterbank ihrer kleinen Küche, den Blick in die Ferne gerichtet. Die ersten Sonnenstrahlen des Morgens tauchten die Welt in ein sanftes, goldenes Licht. Sie spürte wieder dieses leichte Ziehen im Unterleib, das sie anfangs für den Beginn ihrer Periode gehalten hatte. Doch die Tage waren vergangen, und ihre Regelblutung war ausgeblieben. Stattdessen hatte sie sich in den letzten Tagen oft müde gefühlt, so erschöpft, dass sie sich manchmal mitten am Tag hinlegen musste. Gestern hatte sie beim Frauenarzt angerufen, um einen Termin zur Auswertung des Schwangerschaftstests zu vereinbaren.

»Termin ist nicht«, hatte Schwester Yvonne gesagt.

»Ihren Schwangerschaftsausweis können sie jederzeit abholen. Da brauchen wir Frau Doktor gar nicht stören.«

Als sie an ihrem Tee nippte, breitete sich ein metallischer Geschmack in ihrem Mund aus. Sie stellte die Tasse ab und rieb sich die Schläfen – immer wieder diese Kopfschmerzen, die wie aus dem Nichts kamen und manchmal tagelang anhielten. Sie dachte an Lars, an die kurze, aber intensive Zeit, die sie miteinander verband. Sie hatte sich genauso verliebt wie er, dessen war sie sich sicher, und sie konnte sich vorstellen, an seiner Seite glücklich zu werden. Aber war sie bereit für ein Kind? Sie legte eine Hand auf ihren Bauch und versuchte, sich vorzustellen, wie es sein würde, das kleine Wesen in sich zu spüren, wenn es strampelte, wenn es sich drehte, ein Wesen, das aus ihrer Liebe zu Lars entstanden war, ein Wesen, das ihre Welt für immer verändern würde. Sie schloss die Augen, folgte ihren Gedanken und Gefühlen, suchte nach Klarheit. Doch diese blieb ihr verwehrt. Sie seufzte tief und lehnte den Kopf gegen das kühle Fensterglas. Sie wusste, dass sie bald eine Entscheidung treffen musste. Aber welche? Marianne trank ihren Tee aus und machte sich auf den Weg ins Institut. Vor ihr lag ein anstrengender Tag mit einem Dutzend Versuchsreihen, sechs Kandidaten warteten auf ihren Einsatz. Irgendwie würde sie es schaffen, musste sie es schaffen.

»Es ist, als würden wir Schrot in eine Wolke feuern«, sagte sie eines abends zu Lars.

»Manchmal fällt ein Vogel vor unsere Füße und wir wissen, dass etwas passiert ist, aber wir haben keine Ahnung, ob wir es waren.«

Lars nickte nachdenklich.

»Wir stochern im Nebel. Es wird noch viel Zeit brauchen, um die Daten zu analysieren und alle Muster zu erkennen.«

»Wenn es überhaupt welche gibt«, fügte Marianne mutlos hinzu.

»In zwei Wochen ist der erste Bericht für Berlin fällig. Ich weiß noch nicht, was ich denen aufschreiben soll, Claudias Begegnung mit Einstein in Amerika sicher nicht.«

»Die werden sich über den Sprinter und die Turnerin freuen«, meinte Lars, ein Grinsen im Gesicht.

»Da kann eine Menge Pillen eingespart werden. Oder du empfiehlst Simon der Deutschen Post. Er kann die Leute von der Auskunft schulen.«

Marianne zog die Stirn kraus. Lars' Humor konnte sie im Moment nicht gebrauchen.

»Bleib doch mal ernst. Wir müssen uns was einfallen lassen für den Endspurt. Hast du eine konstruktive Idee?«

Lars versank einen Moment im Nachdenken, bevor er resigniert den Kopf schüttelte.

»Wir arbeiten schon mit bis zu 3 Tesla magnetischer Flussdichte. Mehr lässt die Anlage nicht zu. Wir jagen fünfzehntausend Ampere durch die Spulen. Wenn wir das noch höher ziehen, überhitzen die.«

»Kann man keine Kühlung einbauen, wie beim MRT-Gerät?«

»Das wird zu schwer, die Heliumkühlung müsste mit in die Haube eingebaut werden. Nur ein Raumtemperatur-Supraleiter wäre geeignet, aber sowas wird es wohl nie geben. Oder man könnte vielleicht …«

Lars stockte, sein Blick verlor sich in der Ferne, während er angestrengt nachdachte. Er lief zum Schreibtisch, nahm Papier und Bleistift, machte eine Skizze und rechnete ein paar Dinge durch. Dann strahlte er Marianne an.

»Man könnte statt einzelner langer Magnetpulse, kurze, sich wiederholende ausprobieren, um das Gehirn zu stimulieren. Man könnte verschiedene Frequenzen und Modulationen testen. Wenn meine Rechnung stimmt, könnten hohe Frequenzen zu positiver Stimulation führen, niedrige Frequenzen dagegen eher dämpfende Effekte haben. Und die Spulen würden sich nicht so stark erhitzen.«

Er schob Marianne seine Aufzeichnungen zu und sagte leise: »Vielleicht können wir dauerhafte Veränderungen in der Gehirnaktivität bewirken. Dann wüssten wir auch, ob deine Schrotflinte getroffen hat.«

Marianne lächelte.

»Deine hat jedenfalls getroffen, Lars.«

»Was meinst du?«

»Ich bin schwanger.«

Lars starrte sie einen Moment lang an, als müsste er ihre Worte aus einer seltenen Sprache übersetzen. Dann breitete sich ein Lächeln auf seinem Gesicht aus, so strahlend, als hätte jemand einen Lichtschalter umgelegt.

»Du bist ... wir sind ... das ist unglaublich, Marianne!«

Er sprang auf, umarmte sie so fest, dass ihr fast die Luft wegblieb, und wirbelte sie im Raum herum.

»Ich kann es kaum glauben! Wir werden Eltern! Stell dir vor, ein kleines Wesen, das aus unserer Liebe entstanden ist. Ein kleines Genie vielleicht, das die Welt verändert! Wenn es ein Junge wird, hätte ich gerne einen Frederik, so hieß mein Lieblingsopa.«

Marianne lachte, Tränen der Rührung in den Augen.

»Oder eine Frederike, eine kleine Künstlerin, die die Welt mit Schönheit füllt.«

Lars setzte sie ab und schaute ihr tief in die Augen.

»Egal, was es wird, es wird wundervoll sein, weil es von uns kommt. Wir werden die besten Eltern der Welt sein, Marianne. Wir werden diesem Kind alles geben, was es braucht, um glücklich zu sein.«

Marianne fühlte, wie sich in diesem Moment alle Unsicherheit in Luft auflöste. Sie wusste jetzt, dass sie dieses Kind haben wollte, komme, was da wolle.

»Ich muss dir noch etwas erzählen«, sagte sie, als sie sich wieder setzte.

»Lothar Möller hat heute angerufen. Er will, dass ich ihm 5000 Mark leihe, angeblich für einen Urlaub mit Renate. Dabei weiß jeder im Institut, dass die Ehe ziemlich wackelt. Und er hat mich zu einem geheimen Treffen in seinem Bungalow eingeladen, ohne dich.«

Lars' Augenbrauen zogen sich zusammen.

»Das klingt seltsam. Bist du sicher, dass du da allein hingehen solltest?«

Marianne legte ihre Hand auf seine.

»Ich werde vorsichtig sein, versprochen. Aber ich denke, es ist wichtig, herauszufinden, was dahinter steckt.«

Lars nickte, wenn auch nicht ganz überzeugt.

»Okay, aber bitte sei vorsichtig. Und melde dich, sobald du wieder da bist.«

Marianne lächelte.

»Das werde ich. Und danke, Lars. Deine Reaktion gerade hat mir gezeigt, dass wir das schaffen werden. Wir werden eine Familie sein.«

Lars zog sie an sich und küsste sie, ein Kuss, der alle Worte überflüssig machte.

4

Marianne lenkte ihren Trabant über die holprige Straße, die zum Achterwasser führte. Ihr Herz schlug unruhig, während sie die letzten Meter zum Bungalow von Lothar Möller zurücklegte. Als sie den Kiesweg erreichte, fiel ihr Blick auf die Autos, die dort parkten: Lothars Wartburg und ein jadegrüner Citroen mit Berliner Kennzeichen. IBM – Ich bin Millionär. Ein unangenehmes Kribbeln durchfuhr sie. Sie stieg aus, schloss den Trabant ab und ging zögernd auf den Bungalow zu. Lothar öffnete die Tür, neben ihm stand ein älterer Herr mit ernstem Gesicht und Aktenkoffer.

»Marianne, das ist Ralf Auerbach, Notar aus Berlin«, stellte Lothar den Mann vor. Nach einer kurzen, förmlichen Begrüßung setzten sie sich an den rustikalen Holztisch im Wohnzimmer. Herr Auerbach breitete Papiere vor sich aus.

»Es ist alles vorbereitet. Der Bungalow samt Grundstück für 5000 Mark. Ein fairer Preis, denke ich«, sagte er.

Marianne fühlte sich wie vor den Kopf gestoßen.

»Du willst mir den Bungalow verkaufen? Ich dachte, du brauchst das Geld für deine neue Wohnung in Berlin«, stammelte sie, während sie den Vertrag überflog. Lothar lächelte schwach.

»Ich musste dich irgendwie herlocken, hätte ich die Wahrheit gesagt, wärst du wahrscheinlich nicht gekommen. Ich möchte, dass dir der Bungalow gehört, wenn ich nach Berlin gehe, samt Grundstück und Boot. An wildfremde Leute möchte ich nicht verkaufen, zu viel Herzblut und Arbeit steckt hier drin, besser, wenn jemand, dem ich vertraue und den ich mag, das alles übernimmt.«

Marianne war sprachlos, aber die Ernsthaftigkeit in Lothars Augen ließ sie schließlich den Stift ergreifen und unterschreiben. Lothar nickte ihr zu, als sie das Geld in bar auf den Tisch zählte. Der Notar notierte auch diesen Vorgang in seiner Urkunde, setzte einen Stempel darunter und verabschiedete sich rasch. Kaum war die Tür hinter ihm geschlossen, reichte Lothar das Geld an Marianne zurück.

»Ich werde die Rinderherde nach Schleswig-Holstein begleiten, Marianne. Aber ich habe nicht vor, zurückzukommen«, gestand er, seine Worte leise, aber fest.

»Nimm das Geld zurück, ich werde es nicht mehr brauchen.«

Marianne spürte, wie ihr der Atem stockte.

»Du meinst...?«

»Ja. Ich gehe in den Westen. Bitte wahre mein Geheimnis. Du weißt selbst, wie gefährlich es ist. Die Stasi wird jeden befragen, der mich kennt.«

Sie nickte, die Schwere der Situation lastete plötzlich auf ihr.

»Was mache ich mit dem Geld? Ich kann es nicht zurück aufs Konto bringen.«

»Vergrabe es. Aber nicht alles an einem Ort. Mache mehrere Päckchen und verstecke sie gut.«

Lothar stand auf und ging zur Küche.

»Bleib zum Abendessen, Marianne. Ich habe den Kühlschrank voller Fleisch, und ich fürchte, das meiste wird verderben, wenn ich allein esse.«

Marianne, noch immer benommen von Lothars Enthüllungen, nickte zögernd.

»In Ordnung, ich bleibe.«

»Ich hole noch etwas Frisches aus dem Garten. In der Zwischenzeit könntest du das Tatar aus dem Kühlschrank nehmen und eine Zwiebel klein schneiden.«

Lothar band sich eine Schürze um die Taille und verschwand im Garten. Marianne holte das Fleisch aus dem

Kühlschrank, stellte Salz und Pfeffer bereit und schälte eine Zwiebel. Irgendwann standen ihr Tränen in den Augen und sie fragte sich, ob wirklich nur die Zwiebel daran schuld war. Als Lothar mit Tomaten und Schnittlauch in den Händen zurückkam, wischte sie mit dem Ärmel übers Gesicht.

»Meinst du nicht, du könntest doch hier bleiben? Oder wenigstens das Geld behalten? Irgendwie umtauschen in Westgeld?«

Lothar winkte ab.

»Mein Entschluss steht fest. Und das Geld ... Ich könnte es nur auf dem Schwarzmarkt versuchen. Kurs eins zu zehn. Ich hätte fünfhundert Westmark, wenn es überhaupt gelingt. Die Gefahr, dass mich einer verpfeift, wäre viel zu groß. Und außerdem, auf mich wartet jemand in Schleswig-Holstein. Sie ist Tierärztin. Sie übernimmt unsere verrückte Herde.«

»Weiß sie, was mit den Kühen los ist?«

Lothar schüttelte betrübt den Kopf.

»Ihr geht es wie uns. Ihr Vater hält selbst ein paar hundert Rinder auf seinem Hof und hat auch zwei ähnliche Problemfälle wie unsere.«

»Ein paar hundert auf dem eigenen Hof? Na, scheint ja eine gute Partie zu sein, deine Tierärztin.«

»Alter Landadel, richtig mit von und zu. Aber darum geht es nicht. Sie heißt Dorothea und sie ist einfach ...«

Lothar wurde ein bisschen rot. Marianne legte ihm die Hand auf den Arm.

»Du musst nicht verlegen sein, Lothar. Wir sind beide erwachsene Menschen. Ich habe mich auch neu verliebt.«

»Lars Clausen? Ich dachte mir schon sowas auf der Feier. Ich habe gesehen, wie du ihn anguckst. Ich kenne ja den Blick.«

Marianne lächelte.

»Ja, Lars. Und ich bin schwanger.«

Lothar holte tief Luft, blies die Backen auf und sah Marianne einen Moment fassungslos an.

»Das ging ja flott. Meine Herren.«

»Ja … ich war auch überrascht.«

»Überrascht? Ich habe dir gesagt, dass es nicht an dir liegt, dass ich keine Kinder kriegen kann«, sagte Lothar, während er versuchte, seine Gedanken zu ordnen.

»Aber ich freue mich für dich, wirklich. Lars ist ein guter Kerl. Habt ihr schon Namen ausgesucht?«

»Frederike oder Frederik, je nachdem …«

»Und falls es Zwillinge werden, nennt ihr sie Fredy 1 und Fredy 2, das klingt super«, spottete Lothar.

»Blödmann!«

Marianne knuffte Lothar in die Seite.

»Damit kann ich leben. Komm, lass uns essen!«

Der Duft von frisch aufgebackenem Brot erfüllte die Luft, und Marianne musste zugeben, dass es köstlich roch.

»Bei welchem Fleischer hast du das Tatar ergattert? Es sieht ganz frisch aus, super lecker«, sagte sie, als sie sich an den Gartentisch setzte.

Lothar grinste.

»Es ist nicht vom Fleischer. Es stammt von der Herde.«

»Von der Herde der kranken Kühe?«

Er nickte.

»Ja, aber keine Sorge. Ich habe das Fleisch auf alle möglichen Krankheitserreger untersuchen lassen. Negativ.«

Marianne hatte ein flaues Gefühl im Magen, aber sie versuchte, es zu ignorieren. Sie dachte an die vielen Geheimnisse, die sie jetzt bewahren musste, an die 5000 Mark, die sie verstecken sollte, und an Lothars bevorstehende Flucht. Das Tatar auf ihrem Teller schien auf einmal das kleinste Übel zu sein.

Sie aßen schweigend, jeder in seine eigenen Gedanken vertieft. Als sie fertig waren, räumte Lothar den Tisch ab und brachte das Geschirr in die Küche.

»Ich danke dir, Marianne«, sagte er schließlich, als er zurückkam, »für alles. Ich weiß, ich habe dir eine große Last aufgebürdet, aber ich wusste nicht, wem ich sonst vertrauen könnte. Ich hoffe, alles geht gut aus. Für alle Fälle habe ich dir hier die Telefonnummer eines guten Freundes in Potsdam aufgeschrieben. Er weiß, wie er mich erreichen kann.«

Er reichte ihr einen kleinen Zettel. Sie faltete ihn zu einem winzigen Quadrat und schob ihn in ihr Amulett, das sie an einer Kette um den Hals trug, direkt hinter Lars' Passbild. Sie spürte, wie sich ihre Augen wieder mit Tränen füllten.

»Ich verstehe, warum du gehst, Lothar. Und ich werde dein Geheimnis bewahren. Aber es wird nicht einfach sein.«

Lothar umarmte sie fest.

»Ich weiß, Marianne. Ich weiß.«

Sie standen eine Weile schweigend im Garten, während die Sonne langsam unterging und Dämmerung sie einhüllte. Es war ein Abschied, und beide wussten, dass nach diesem Abend nichts mehr so sein würde, wie es einmal war.

Auf der Rückfahrt fühlte Marianne, wie Gewissensbisse an ihr nagten. Sie konnte Lars nichts von Lothars Fluchtplan erzählen, nicht bevor Lothar sicher im Westen angekommen war. Und sollte die Staatssicherheit sie befragen, musste sie sich dumm stellen. Sie wusste von nichts, Notar Auerbach war ihr Zeuge. Aber konnte sie das durchhalten? Sie dachte an ihre Schwangerschaft, an ihre Zukunft und an die Risiken, die sie nun eingehen musste. Ihr Herz schlug unruhig, als sie den Trabant in die Dunkelheit steuerte.

Der erste Tag der neu konzipierten Versuchsreihe ließ die Spannung ins Unermessliche steigen. Im Labor herrschte eine angenehme Temperatur, und die Luft trug eine leicht metallische Note. Zentral im Raum befand sich der Laborstuhl, der entfernt an einen Zahnarztstuhl erinnerte, jedoch speziell für diese Versuchsreihe angepasst worden war. Seine Polsterung aus weichem, atmungsaktivem Stoff in Cremeweiß schmiegte sich in glatter, ergonomischer Form an die Konturen des Probanden an. Lars hatte darauf geachtet, dass der Stuhl mit Memory-Schaum ausgestattet war, um Druckstellen selbst bei langen Sitzungen zu vermeiden. Höhenverstellbarkeit und die Möglichkeit, den Stuhl in verschiedene Positionen zu neigen, versprachen den optimalen Komfort für den Probanden. Unauffällig waren Gurte angebracht, die bei Bedarf für zusätzliche Sicherheit sorgen konnten, alles dezent und unaufdringlich gestaltet, um ein Gefühl von Sicherheit und Vertrauen zu fördern.

Ein junger Student, Tim, 23 Jahre alt, mit einem Blick voller Neugier und Nervosität, saß auf dem Stuhl.

»Bitte versuchen Sie sich zu entspannen, Tim. Hier ist die Kopfhaube mit den Elektroden und Magnetspulen, die Sie jetzt aufsetzen müssen, und Klara schließt ein paar Geräte zur Überwachung an. Wir hatten das ja besprochen«, sagte Lars, auf die junge Krankenschwester deutend, die einen Rolltisch mit allerhand medizinischem Gerät an den Laborstuhl heranschob.

»Sind Sie bereit?«, erkundigte sich Lars mit ernstem Unterton. Tim schluckte, versuchte aber zu scherzen: »Seid bereit, immer bereit. Ich bin es jedenfalls.«

Klara legte die Blutdruckmanschette um Tims Arm, befestigte das Pulsoximeter an seinem Zeigefinger. Sie bat ihn schließlich, das Hemd hochzuschieben, und klebte kleine Sensoren an Brust und Bauch fest, die sie mit dünnen Kabeln ans EKG-Gerät anschloss. Nachdem sie das Gerät eingeschaltet hatte, begann der Monitor grünlich zu flimmern. Während sie sich über Tim beugte, um die Kabel und Sensoren korrekt zu positionieren, sagte er mit schelmischem Lächeln: »Wissen Sie, Klara, wenn ich das hier überlebe ... vielleicht könnten wir dann mal einen Kaffee trinken gehen?«

Sie schaute auf und ihr Blick traf seinen.

»Glaubst du wirklich, das ist der richtige Zeitpunkt für eine solche Frage?«

Sie verzog keine Miene, kontrollierte weiter professionell alle Verbindungen, stand dann auf und nickte Lars Clausen zu.

»Ich bin mit ihm fertig. Jetzt sind Sie dran.«

Tim zuckte mit den Schultern.

»War nicht böse gemeint. Aber ich dachte, ich frage jetzt, bevor ich es vielleicht später vergesse.«

Klara zog die Brauen nach oben, konnte sich dann ein Grinsen nicht verkneifen: »Wenn du das hier überstehst, überlege ich es mir.«

Er sah noch einmal durch den Raum, verharrte bei Klara, musterte sie von Kopf bis Fuß, hangelte sich mit den Augen an der Silhouette ihres Schwesternkittels entlang, hielt ihren Blick einen Moment, lächelte und formte die Lippen zu einem angedeuteten Kuss.

»Jetzt reicht es aber, ihr Turteltäubchen«, ging Lars dazwischen.

»Sorry, konnte nicht widerstehen. Jetzt bin ich wieder bei der Sache.«

Klara schüttelte den Kopf.

»Männer«, murmelte sie mit einem Schmunzeln, führte einen letzten Check aller Geräte durch und zog sich dann in den Nebenraum zurück. Dort war sie vor den Strahlen und elektrischen Feldern des Versuchslabors geschützt und konnte den Probanden durch die große Glasscheibe im Auge behalten. Pünktlich zum Start ging die Tür auf und Marianne erschien.

»Das ist Marianne Schmidt, unsere Abteilungsleiterin. Sie wird beim Versuch dabei sein.«

Tim nickte Marianne zu.

»Gut, dann legen wir los. Schließen Sie die Augen, Tim. Sie müssen runterkommen. Entspannen Sie sich, ruhig und bewusst atmen. Sonst können wir den Versuch vergessen. Ihre Werte sind gerade nicht ideal.«

»Ich gebe mein Bestes, Chef«, antwortete Tim, »gleich …, gleich bin ich soweit.«

Endlich konnte die Versuchsreihe beginnen. Marianne war gespannt, inwieweit ihre Vorhersage stimmte, ob man allein durch Frequenzänderungen neuronale Prozesse gezielt stimulieren, aber auch hemmen konnte. Während Lars die Stimulationsfrequenz schrittweise erhöhte, summten die Apparate leise. Marianne beobachtete die Monitore, die Tims Herzfrequenz und Blutdruck anzeigten. Beide Werte stiegen Schritt für Schritt an, lagen aber im vertretbaren Bereich.

»Soll ich noch höher gehen?«

Sie nickte und Lars wechselte von Computer- auf Handsteuerung, bereit, beim Erreichen kritischer Pulswerte zu reagieren. Doch dann sah er auf den Monitor und hielt inne: »Marianne, sieh dir das an! Der Herzschlag ... und auch der Blutdruck. Beide sind abgesackt, reagieren jetzt überhaupt nicht mehr, egal welche Frequenz ich einstelle. Sie sind wie eingefroren.«

Marianne betrachtete die Werte: niedrig, aber im Rahmen des Normalen – ähnlich wie bei einem Schlafenden. Sie neigte sich zu Tim hinab und prüfte seinen Zustand. Körperlich schien alles in Ordnung zu sein. Er atmete ruhig, die Körperhaltung war entspannt, kein Schweiß auf der Stirn, kein Zucken der Hände.

»Das ist unmöglich«, flüsterte sie Lars zu.

»Es war zu erwarten, dass die Pulsmodulation ein paar Überraschungen bewirkt, nicht aber das hier. Da läuft was schief.«

Lars zog die Stirn kraus: »Soll ich ihn rausnehmen, den Apparat abschalten?«

Eine der Überwachungsanzeigen blinkte auf, und ein Alarmton ertönte. Tims Körper versteifte sich. Marianne nickte.

»Jetzt!«

Lars drückte den roten Knopf. Die Magnetfelder fielen in sich zusammen, die Elektroden auf Tims Kopfhaut und seinem Bauch wurden stromlos geschaltet. Für einen Moment herrschte gespenstische Stille. Lars blickte ungläubig zum Monitor. Das EEG-Signal lief als deformierte Sinuswelle darüber, eine ungewöhnlich schnelle Fluktuation in Tims Hirnaktivität, ein schnell wechselndes Auf und Ab mit rhythmischem Muster, das Lars an etwas Technisches erinnerte. Zugleich verharrten Blutdruck und Puls auf stabil niedrigen Werten, als würde er schlafen.

Marianne beugte sich über Tim.

»Ich glaube, er halluziniert«, flüsterte sie und deutete auf die geschlossenen Augenlider, unter denen sich rapide Bewegungen abzeichneten – ein Zeichen für REM-Schlaf oder intensive Träumerei. Sie versuchten ihn zu wecken, rüttelten an seinem Arm, wischten ihm mit einem nassen Tuch übers Gesicht, aber nichts half. Mit lauter Stimme rief ihm Lars ins Ohr: »Aufwachen! Tim! Hallo!«

Das Muster im EEG-Signal änderte sich.

»Hast du das gesehen«, fragte er fassungslos, »er hört mich. Sein Gehirn verarbeitet den akustischen Reiz, aber sein Körper reagiert nicht. Was könnte da los sein?«

Marianne war kreidebleich geworden.

»Wir haben das Risiko unterschätzt«, stammelte sie, »die hohe Stimulationsfrequenz ... sie ist zu intensiv. Tims Gehirn scheint sich eingekapselt zu haben, wie beim Locked-In-Syndrom.«

Plötzlich flog die Tür des Nebenraums auf. Klara stürmte herein, direkt zum Laborstuhl, nahm Tims Hände in ihre, versuchte noch einmal, ihn zurückzuholen.

»Tim? Kannst du mich hören? Komm zurück. Du wolltest mit mir Kaffee trinken gehen.«

Stille. Keine Reaktion. Nur auf den Monitoren wechselte die Rhythmik. Wieder dachte Lars darüber nach, woran ihn das Muster erinnerte.

»Tim, hören Sie mich?«, sagte er mit langsamer, deutlicher Stimme.

Auf dem Monitor flachte die Kurve ab. Es folgte ein heftiger kurzer Ausschlag, dann drei längere, kurz hintereinander. Plötzlich hatte Lars eine Ahnung.

»Ich bin Lars Clausen. Wollen Sie mit mir Kaffee trinken gehen?«

Die EEG-Kurve bildete ein schwaches Plateau, gefolgt von einem kurzen Impuls. Lars grinste.

»Ich verstehe. Aber mit Klara wollen Sie einen Kaffe trinken?«

Es folgte das zuerst gesehene Muster, dreimal hintereinander, bei jeder Wiederholung heftiger im Ausschlag.

Lars sah die Frauen an und strahlte übers ganze Gesicht.

»Er spricht mit uns. Guckt Euch die Muster an. Das ist Morsecode. Hier ein ›N‹. Mit mir will er keinen Kaffee trinken, aber mit Ihnen, Klara. Lang-kurz-lang ... und was für ein ›JA‹ das ist. Sie müssen ihn schwer beeindruckt haben.«

Klara, ein kleines Lächeln auf den Lippen, drückte Tims Hand fester.

»Tim, kannst du mich hören?«

Wieder die sequenziellen Hirnströme. Lang-kurz-lang. Eine Weile redete sie auf ihn ein, strich ihm über die Brust und streichelte seinen Unterarm. Sein Blutdruck stieg leicht an, sein Puls war selbst mit bloßen Fingern am Handgelenk spürbar, doch weitere Reaktionen blieben aus.

»Was sollen wir unternehmen? Die Richtung umkehren?«, fragte Lars, wobei er auf den Neurostimulator deutete.

Marianne nickte verzweifelt.

»Vielleicht gelingt es uns, mit einer sehr niedrigen Frequenz den Prozess rückgängig zu machen. Wir müssen es zumindest versuchen … sonst gnade uns Gott …«

Lars legte den Schalter am Gerät um. Das Surren der Stellmotoren und das Brummen der Spulen und Kondensatoren setzte ein, leise und vertraut wie das Schnurren einer Katze. Er wählte die hemmende Modulationsroutine und schaltete auf Computerbetrieb. Tims Vitalwerte stiegen langsam, während die neuronale Aktivität abflachte. Fast zehn Minuten dauerte der Prozess. Das EEG-Signal kam dem Normalbild immer näher, doch plötzlich und ohne Vorwarnung, begann der Neurostimulator zu brummen, ein tiefer, kehliger Ton. Und dann, fast wie ein Blitz, entlud sich eine Energie, die den gesamten Raum erfüllte. Der Transformator knisterte, es roch nach verschmortem Kunststoff, die Monitore flackerten und die Fensterscheiben klirrten, als die Notstromaggregate im Innenhof des Institutsgebäudes mit dröhnendem Gebrüll ansprangen.

Als sich die Aufregung legte und ihre Aufmerksamkeit zurück zu Tim wanderte, sahen sie ihn – stehend, lächelnd, das Kabelgewirr der Geräte immer noch an seinem Körper befestigt. Marianne stieß einen spitzen Schrei aus und rannte zu ihm. Tim schwankte, knickte dann in den Beinen ein. Lars und Marianne fingen ihn auf, bugsierten ihn zur Liege am Fenster und legten ihn vorsichtig hin.

»Was ... wo bin ich?«

Tims Stimme klang brüchig, doch seine Augen waren wach und suchten Klara. Sie beugte sich über ihn und flüsterte: »Es ist alles okay, Tim. Du bist bei uns.«

Routiniert kontrollierte Klara Tims Reflexe. Mit gestrecktem Zeigefinger musste er bei geschlossenen Augen die Nase berühren. Sie leuchtete ihm in die Augen und kontrollierte die Pupillen. Er musste mit den Zehen des rechten Fußes wackeln, dann links, langsam aufstehen und entlang der weißen Markierung am Boden geradeaus gehen. Motorisch war er okay. Sie nahmen am Besprechungstisch Platz. Marianne bat ihn: »Könnten Sie beschreiben, was Sie erlebt haben? Wenn ich darf, würde ich das Band gerne mitlaufen lassen.«

Tim blinzelte und nickte leicht mit dem Kopf.

»Ich ... ich weiß nicht, wie ich das alles in Worte fassen soll. Es war ...«

Sein Blick fiel auf Klara, »überwältigend. Anfangs spürte ich eine Kraft, als könnte ich Bäume ausreißen.«

Er schloss seine Augen und atmete tief durch.

»Später konnte ich mich an Dinge erinnern, die ich längst vergessen hatte – die Namen von Mitschülern aus der Unterstufe, Gedichte, von denen ich höchstens noch ein paar Reime weiß, sah ich plötzlich vor mir. Jedes Wort, jede Zeile, kristallklar.«

Marianne machte sich parallel zur Bandaufzeichnung Notizen, während Klara Tim lächelnd ansah.

»Dann«, Tim rieb sich die Stirn, »war ich wieder bei der Armee. Mir fiel eine Methode ein, wie man vom Tochtersichtgerät einer P18-Funkmessstation auf direktem Weg eine Raketenleitstation ansteuern kann. Keine Ahnung, wo das herkam – ich war nie der begnadete Techniker, aber selbst jetzt schwirren mir noch Schaltpläne und Diagramme durch den Kopf. Und das Seltsame ist, ich kann diese Schaltpläne lesen – leicht, fast ohne Mühe.«

»Klingt ja gerade so, als hätte der Trip puren Spaß gemacht«, sagte Lars mit offensichtlicher Erleichterung.

»Keine Beschwerden? Keine Schmerzen? Kein Kater oder sonst was? Ihre Werte waren kritisch …«

Tim zuckte mit den Achseln und lächelte schief.

»Nein, nichts dergleichen. Nur ein bisschen müde. Und durstig.«

Er warf einen flüchtigen Blick auf das Tonbandgerät: »Können wir eine Pause einlegen?«

Lars nickte.

»Ja, eine gute Idee.«

Er schaltete das Tonbandgerät ab. Klara erklärte sich bereit, Getränke zu besorgen. Als sie den Raum verlassen hatte, senkte Tim die Stimme.

»Es gab da noch etwas, etwas Surreales. Ich wollte nicht vor Klara darüber sprechen und schon gar nicht, dass es aufgezeichnet wird.«

Er holte tief Luft.

»Also … ich will voranstellen, dass ich an den Sozialismus glaube, treu zur DDR stehe und Atheist bin. Niemand in meiner Familie glaubt an Gott oder Übernatürliches. Mich hat die ganze Sache sehr verwirrt … Sie müssen mir versprechen, zu niemandem ein Wort darüber zu verlieren. Wenn das bekannt wird, kann ich mein Lehrerstudium an den Nagel hängen.«

Er schwieg einen Moment, schluckte und sah Lars in die Augen. Lars nickte kaum sichtbar und lächelte aufmunternd.

Zögernd sprach Tim weiter: »... Ich habe Licht gesehen, einen Tunnel aus Licht, schmal und eng ... und doch irgendwie unendlich. Ich hatte Angst vor dem Licht, wollte weg, aber das Licht fing an sich zu drehen, wie ein gigantischer Strudel. Es hat mich angesaugt, in Spiralen mit sich gerissen, immer schneller und schneller und plötzlich war da nichts mehr ... außer Leichtigkeit, Vertrauen, Liebe ... ich kann das ganz schwer beschreiben. Ich war ein Teil davon, aber trotzdem fremd. Es war groß, erhaben, schwebend ... ich wollte nie mehr woanders sein ... ich war bei Gott. Und Gott war eine Frau ... und hat mich erregt.«

Tim deutete auf seine Hose. Deutlich zeichnete sich ein dunkler Fleck auf dem hellen Stoff ab. Stille herrschte. Marianne und Lars sahen sich betreten an. Sie wagten kaum zu atmen. Lars fand zuerst die Fassung zurück.

»Tim, wir danken Ihnen für die Ehrlichkeit und das Vertrauen. Diese Informationen sind wichtig für unsere Daten. Ich verspreche Ihnen, dass niemand sonst davon erfährt. Sie haben eine Frau gesehen. Kennen Sie die Frau?«

»Ja, aber kein Wort zu Klara, bitte. Sonst kann ich gleich vergessen, dass sie mit mir Kaffee trinken geht.«

Lars grinste.

»Das geht klar. Sie haben Klara gesehen?«

Tim sah ihn an, sein Gesicht wurde blass. Er atmete tief durch, schüttelte dann den Kopf und wandte sich Marianne zu.

»Nein, die Frau sah aus wie Sie. Entschuldigung, ich kann nichts dafür. Sie waren die letzte Person, die ich angesehen habe, bevor ich los geflogen bin. Und Sie waren die ganze Zeit über präsent.«

Marianne wurde rot. Lars rang nach Worten.

»Das ist … puhh … Marianne, die Göttin, das muss ich erstmal verdauen. Aber jetzt ahne ich ein paar Zusammenhänge.«

Er wandte sich Marianne zu.

»Hast du nicht von Gott gesprochen? … ›sonst gnade uns Gott‹ … Möglicherweise hat das akustische Signal in Symbiose mit der eingesetzten Frequenzmodulation seine Gottesassoziation ausgelöst. Nur das da ist mir unerklärlich.«

Er deutet mit dem Kopf auf Tims Schritt; Marianne brachte noch immer kein Wort zustande.

»Wobei … vielleicht hat die Begegnung mit Klara während der Versuchsvorbereitung …? Das müssen wir nochmal durchspielen. Aber jetzt kommen Sie, Tim, wir sollten zügig eine frische Hose finden.«

Lars begleitet Tim aus dem Labor. Als sie zurückkamen, war Tim frisch geduscht und neu eingekleidet. Sie nahmen wieder am Besprechungstisch Platz. Mit Tims Einverständnis startete Lars erneut das Band.

»Tim, Sie haben von Ihrer Armeezeit gesprochen, von einer Funkstation. Heißt das, Sie wurden als Funker ausgebildet?«

»Ich war Funkorter auf einer Radarstation.«

»Hatten Sie da mit Morsecode zu tun?«

Tim schüttelte den Kopf.

»Nicht im geringsten. Nur als Kind habe ich mal meinem Onkel zugesehen. Er war Amateurfunker.«

»Ah, verstehe. So haben Sie Morsecode gelernt.«

»Gelernt? Nein. Wir haben den Onkel nur ein einziges Mal besucht. Er und mein Vater haben sich zerstritten und wenig später ist er in den Westen gegangen. Warum fragen Sie ständig nach dem Morsecode?«

»Ihr Gehirn hat Signale gesendet, die wie Morsezeichen kodiert waren. Es gab eine Rückkopplung zwischen dem Neurostimulator und Ihrer Gehirnaktivität und plötzlich waren Sie in einem Zustand inneren … ach wie soll ich das einem Laien erklären … jedenfalls, glaube ich, dass ihr Gehirn über Morsecode mit uns kommuniziert hat. Wissen Sie, was hier steht?«

Lars hielt ein Blatt Papier mit Punkten und Strichen in die Höhe. Tim sah nur kurz darauf und antwortete ohne zu zögern: »Hallo Tim.«

Man sah ihm die Überraschung an. Sein sonst so freundliches Gesicht wich einer Maske aus Fragen und Zweifeln.

»Was bedeutet das alles? Wieso kann ich das plötzlich lesen?«

»Wir verstehen noch nicht im Detail, was während der Pulsstimulation passiert. Einer der Nebeneffekte ist, dass Teile des Unterbewusstseins aktiviert werden und eine Weile verfügbar sind. Das ist allerdings ein flüchtiger Zustand, der mit der Zeit wieder verschwindet. Zerbrechen Sie sich darüber nicht den Kopf.«

»Schade eigentlich. Die Sache mit den Gedichten und den Schaltplänen, der Morsecode … Es wäre fetzig, wenn da was hängen bliebe.«

Die Tür ging auf. Klara kam mit zwei Flaschen Vita-Cola und einer Flasche Selterwasser zurück.

»Was anderes gab es leider nicht. Kein Sekt, kein Wein, kein Bier.«

Sie sah Tim an und lächelte.

»Kaffee hätte ich bringen können. Aber da war ja was mit einer Einladung … gilt das noch?«

Ein Sonnenstrahl strich über Tims Gesicht und wischte alle Zweifel und Sorgen weg.

»Klar doch.«

Ihr Wochenende verbrachten Marianne und Lars im Bungalow. Marianne saß auf der Terrasse, blätterte in der Neuen Berliner Illustrierten und genoss die Wärme des Abends. Lars war in der Küche und experimentierte mit einem neuen Rezept für

Apfelkuchen, das er in einer alten Ausgabe der ›Für Sie‹ gefunden hatte. Der Duft von Zimt und Äpfeln wehte durch die offene Tür und vermischte sich mit dem erdigen Aroma herbstlichen Laubs, das von der Wiese hinter dem Gartenzaun aufstieg. Marianne überflog einen Artikel über die jüngsten Erfolge beim Aufbau des Sozialismus und die Geschlossenheit der Bruderländer. Was sollte das? Sie dachte an die Ungarn, die im Sommer ihre Grenzbefestigungen abgebaut hatten, an Gorbatschows ständige Reden von Glasnost und Perestroika, an die Panzer, die in China gegen Studenten gerollt waren. Sie fröstelte, als sie an die vom Westfernsehen gezeigten Bilder dachte. Was würde passieren, wenn auch in der DDR die Unzufriedenheit überkochte? Sie dachte an Lothar, aber auch an die Gespräche mancher Kollegen und Freunde. So viele waren schon weg. So viele wollten noch, sahen hier keine Perspektive mehr. Die ganze Welt war im Wandel. Marianne schüttelte den Kopf. Sie brauchte Sicherheit, Ruhe für ihre Forschung und Geborgenheit für ihr ungeborenes Kind. Die große Politik konnte ihr getrost den Buckel runterrutschen. Sie hatte andere Prioritäten, andere Sorgen.

Die Sonne stand niedrig, legte einen goldenen Schimmer über das Achterwasser und hauchte die Wolken zartrosa an. Ein leises Plätschern ließ sie den Kopf heben. Ein Angler ruderte zum Steg und machte sein Boot neben Lothars Faltboot fest, das jetzt ihr gehörte. Als der Mann ausstieg, bemerkte er Marianne.

»Ein ruhiger Abend, nicht wahr?«

Marianne kannte ihn aus dem Dorf und nickte.

»Ja, das ist es. Haben Sie Glück gehabt?«

»Ein paar Bisse, aber nichts Großes. Machen Sie Urlaub?«

»Nein, nur eine kleine Atempause vom Institut – wir müssen am Montag wieder zurück«, antwortete Marianne.

»Ich bin zum Glück durch damit, hab mit dem ganzen Quatsch nichts mehr zu tun, seit Mai in Rente. Schönen Abend wünsche ich Ihnen.«

»Ihnen auch.«

Der Mann lud seine Angelutensilien aus dem Boot und machte sich auf den Weg ins Dorf. Marianne sah ihm nachdenklich hinterher, ›zum Glück durch damit‹. Noch so ein Frustrierter. Die Sonne näherte sich dem Horizont, bald würde sie rotglühend untergehen. Marianne hievte sich aus ihrem Gartensessel und lief zum Bootssteg, um den weiten Blick über das Wasser zu genießen. Die Holzplanken knarrten unter ihren Füßen. Sie lief ganz nach vorne, wollte die letzten Sonnenstrahlen einfangen, die sich auf der Wasseroberfläche brachen. Doch als sie den Rand des Stegs erreichte, spürte sie plötzlich ein seltsames Ziehen in ihren Beinen, ein Kribbeln, das sich rasch zu einem Taubheitsgefühl ausweitete. Sie suchte nach einem Halt, aber da gab es nichts, an dem man sich festhalten konnte. Ihre Arme ruderten durch die Luft, sie verlor das Gleichgewicht. Mit einem erschrockenen Aufschrei stürzte sie ins Wasser. Panisch versuchte sie, sich über Wasser zu halten. Doch die Beine gehorchten nicht, zuckten nur unkoordiniert, als wären sie nicht Teil ihres Körpers.

»Hilfe!«, schrie sie, so laut sie konnte.

Im Bungalow hörte Lars den spitzen Schrei Mariannes. Er sprang auf und stürmte aus dem Haus. Er sah Marianne um ihr Leben strampeln, ihre Bewegungen chaotisch, verzweifelt. Ohne zu zögern sprang er ins Wasser und zog sie ans Ufer.

»Was zum Teufel ist passiert?«, schrie er sie an, seine Stimme ein Gemisch aus Zorn und Erleichterung.

»Ich... ich weiß es nicht. Ich konnte meine Beine nicht mehr spüren, meine Arme..., aber mir ist nichts passiert.«, stammelte Marianne, immer noch außer Atem.

»Und dem Kind?«

Lars strich besorgt über Mariannes Bauch.

»Alles gut«, lächelte sie schwach, »nur diese Kopfschmerzen sind wieder da. Ich werde noch wahnsinnig. Ich weiß bald nicht mehr, was ich machen soll.«

»Warst du endlich beim Arzt?«

Marianne legte beide Hände an die Schläfen und schwieg.

Lars schüttelte ungläubig den Kopf.

»Das ist doch Wahnsinn, Marianne. Du musst zum Arzt. Wir können nicht riskieren, dass so etwas nochmal passiert!«

Marianne sah ihn an, ihre Augen füllten sich mit Tränen.

»Ich dachte, es wären nur Schwangerschaftsbeschwerden, aber du hast Recht, das ... das war anders, Lars. Ich habe Angst.«

Lars nahm sie in die Arme, drückte sie fest an sich.

»Wir müssen das klären, Marianne. Versprich mir, dass du gleich am Montag bei Doktor Koller anrufst.«

Marianne nickte.

»Ich bin müde.«

Lars half Marianne ins Bett, zog die Vorhänge weit auf, um zu lüften, und strich die Bettdecke glatt. Mariannes Gesicht glich einem Tübke-Gemälde. Nichts als Schmerz und Verzweiflung.

»Gibt es hier irgendwo Tabletten? Neuranidal vielleicht, oder Analgin?«

»Nein, hier sind keine. Soll ich ins Dorf fahren und welche besorgen?«

Seine Stimme klang besorgt, auch ein wenig hilflos. Marianne nickte, und ein schwaches Lächeln huschte über ihr Gesicht.

»Ja, bitte.«

Kaum hatte Lars den Trabant gestartet und war vom Hof gefahren, hörte Marianne das Geräusch von Reifen auf dem Kiesweg. Lars hatte das Außenlicht brennen lassen und sie sah einen dunklen Lada vors Garagentor rollen. Zwei Männer stiegen aus. Einer groß und hager, mit schmalem Gesicht und einer Hakennase, die ihm das Aussehen eines Raubvogels verlieh. Der Mann sah durch das geöffnete Fenster direkt in den Bungalow. Seine Augen waren kalt, fast grau, und sie fixierten Marianne mit einer Intensität, die ihr einen Schauer über den Rücken jagte. Der zweite Mann war kleiner, stämmig, mit einer Glatze und einem auffälligen Muttermal auf der Wange, ein dunkler Fleck auf der sonst blassen Haut.

Marianne kämpfte sich aus dem Bett. Die Männer klopften nicht an, sondern traten einfach ein.

»Was soll das, wer sind Sie überhaupt?«, empörte sich Marianne, obwohl sie bereits ahnte, mit wem sie es zu tun hatte.

»Es liegt eine Straftat vor. Wir suchen den Besitzer dieses Bungalows«, sagte der Mann mit der Hakennase. Seine Stimme war kalt, emotionslos, geübt im Fragenstellen.

»Ich bin der Besitzer. Was wollen Sie hier?«

Der Kleinere mit dem Muttermal zog ein Notizbuch hervor und kritzelte etwas hinein. Nur mit Mühe konnte sich Marianne konzentrieren. Ihr Kopf schien gleich platzen zu wollen.

»Nach unseren Unterlagen gehört das Grundstück Dr. Lothar Möller aus Mulin. In welcher Beziehung stehen Sie zu ihm? Können Sie sich ausweisen?«

Mit einer Anstrengung, die ihr alles abverlangte, lief sie zu Lars' Schreibtisch, zog den Kaufvertrag aus der Schublade und reichte ihn den Männern zusammen mit ihrem Personalausweis.

»Hier der Kaufvertrag mit Herrn Möller. 5000 Mark habe ich für den Bungalow bezahlt. Amtlich bestätigt.«

Der Mann mit der Hakennase studierte das Dokument, bevor er es mit einer Spiegelreflexkamera abfotografierte. Gleiches tat er mit Mariannes Ausweis, der Einrichtung des Bungalows und den Unterlagen auf Lars' Schreibtisch. Marianne versuchte erneut einzugreifen.

»Dürfen Sie das überhaupt? Hier einfach eindringen, mich verhören und die persönlichen Sachen meines Freundes fotografieren?«

»Glauben Sie mir, wir dürfen das. Es wäre besser für Sie, wenn Sie einfach unsere Fragen beantworten und uns unsere

Arbeit verrichten lassen«, entgegnete der Mann mit der Hakennase ungerührt.

»Wir würden gerne erfahren, warum Möller ausgerechnet Ihnen den Bungalow verkauft hat und was er mit dem Geld vorhat.«

Er fixierte sie mit durchdringendem Blick. Er war nicht nur geübt, Fragen zu stellen, sondern auch die Antworten einzusammeln, das war offensichtlich. Marianne warf einen Blick aus dem Fenster. Zwei weitere Männer waren aus dem Lada ausgestiegen und durchsuchten den Schuppen, musterten den Garten, stocherten im Komposthaufen. Das Geld lag noch im Kofferraum des Trabis. Sie hatte vorgehabt, es morgen im Garten zu verstecken. Hoffentlich kam Lars jetzt nicht zurück. Ihr Herz hämmerte in ihrer Brust. Gebärdete sich wie ein wildes Tier in einem Käfig.

»Wir waren Kollegen.«

»Waren?«, fragte der Mann lauernd.

»Ja, er wurde nach Berlin versetzt. Mir hat er gesagt, er braucht Möbel für die neue Wohnung. Und mit seiner Frau wollte er Urlaub machen, glaube ich.«

Der kleinere Mann schloss sein Notizbuch und steckte es wieder ein.

»Wir werden das überprüfen. Sie hören von uns.«

Und dann waren sie weg, so plötzlich, wie sie gekommen waren, hinterließen sie nur eine schwere, drückende Stille und unbeantwortete Fragen, die in der Luft hingen wie dunkle Wolken vor einem Gewitter. Marianne sank zurück ins Bett, ihr Körper zitterte, und sie wusste: Etwas hatte sich in Gang gesetzt, etwas war ins Rollen gekommen, und sie konnte nur hoffen, dass Lothar es in den Westen geschafft hatte und dass sie die Kraft haben würde, dem Sturm standzuhalten, der unweigerlich auf sie zukam.

Lars kam zurück, eine kleine Schachtel Tabletten in der Hand.

»Hier, ich habe ein paar Neuranidal auftreiben können.«

Er reichte ihr die Packung und füllte ein Glas mit Wasser.

»Wer waren die Kerle? Was wollten die? Sahen aus wie Kripo oder Stasi.«

Marianne nickte und fing an zu heulen.

»Lars, ich hatte so eine Angst.«

Sie beichtete ihm ihren Deal mit Lothar Möller und bat ihn um Verzeihung für die Heimlichtuerei.

Lars grinste.

»Ich habe mir schon sowas gedacht.«

»Wie meinst du das?«

»Na … du hattest mich doch beauftragt, den Trabi sauber zu machen. Da habe ich das Geld im Kofferraum gefunden. Fünftausend. Genau die Summe, um die dich Lothar gebeten hatte. Ich musste nur eins und eins zusammenzählen.«

»Und du hast nichts gesagt … Ach Lars, du bist ein Guter. Mein Allerliebster, mein Herzensmensch.«

Lars grinste.

»Und der Klügste außerdem. Ich war mit dem Trabi schon auf dem Rückweg. Als ich den Lada sah, bin ich umgekehrt. Ich hole ihn, wenn es ganz dunkel ist. Wir sollten verdammt vorsichtig sein, in nächster Zeit.«

Marianne nickte, die Schwere der Situation lastete auf ihr.

»Ich weiß, Lars. Ich habe bis heute nicht daran geglaubt, dass Lothar es wahrmacht. Er lässt uns Kollegen im Stich, er lässt seine Freunde in Potsdam in Stich, er lässt alles zurück, gibt alles auf. Niemand darf erfahren, dass ich von Lothars Plänen wusste. Sonst können wir unsere Sachen im Institut zusammenpacken.«

Die Neuranidal schlugen an. Die Kopfschmerzen waren mittlerweile erträglich, aber Mariannes Gedanken wirbelten umher wie welke Blätter im Herbstwind. Sie dachte wieder an das Raubvogelgesicht des Stasi-Mannes, seinen eiskalten Blick, der sie förmlich seziert hatte. Sie schüttelte sich, lief zur Tür des Bungalows und schloss sie ab. Sie lehnte sich einen Moment dagegen. Ihre Hände zitterten, als sie den Schlüssel abzog und in ihre Tasche steckte. Lars saß am Küchentisch, Schaltpläne und Zeichnungen vor sich ausgebreitet, seine Stirn in Falten gelegt.

»Du siehst aus, als hättest du einen Geist gesehen«, bemerkte er ohne aufzublicken. Marianne setzte sich ihm gegenüber und atmete tief durch.

»Ich habe heute viel nachgedacht, Lars. Über meine Symptome, über Lothars Rinder, über alles. Ich hatte vor zwei Wochen in der Uni-Bibliothek in Greifswald ein Buch ausgeliehen, ich glaube, ich weiß, warum ich heute ins Wasser gefallen bin.«

Lars schaute auf und sah in ihre besorgten Augen.

»Was meinst du?«

Sie schlug das Buch auf und zeigte auf einen Abschnitt.

»Hier, Creutzfeldt-Jakob-Krankheit … schwammartige Auflösung von Gehirngewebe ähnlich der Scrapie bei Schafen … Sprachstörungen, Verwirrtheit, Muskelzuckungen. Ich meine, es ist eine seltene Krankheit, aber was, wenn …«

Lars unterbrach sie.

»Du glaubst nicht ernsthaft, du hättest Creutzfeldt-Jakob? Marianne, das ist absurd.«

»Absurd? Ist es das?«

Mariannes Stimme zitterte.

»Lothars Kühe leiden an Rinderwahnsinn, Lars. Sie haben diese Schwammgehirne. Was, wenn es einen Zusammenhang gibt? Was, wenn ich …«

Lars stand auf und ging um den Tisch herum, um sie in die Arme zu nehmen. Er schloss das Buch und schaute Marianne tief in die Augen.

»Du bist nur erschöpft und gestresst, Marianne. Das ist alles. Vergiss nicht, du bist schwanger. Hormone können die verschiedensten Symptome hervorrufen.«

»Ja, vielleicht«, sagte Marianne und versuchte zu lächeln.

»Aber ich habe fünfzig Kilo Tatar verschlungen. Rohes Fleisch von kranken Kühen. Ich bin mir ziemlich sicher, dass ich jetzt auch Rinderwahnsinn habe.«

Lars schaute sie besorgt an, aber Marianne brach in schallendes Gelächter aus. Sie schnitzte lustige Grimassen, wackelte mit den Ohren und führte einen torkelnden Tanz auf.

»Vielleicht kann man sich schon beim Küssen anstecken? Komm her, du!«

Sie zog Lars an sich, formte einen Kussmund und kurz bevor ihre Lippen seine berührten, rief sie: »Muuuhh!«

Lars lachte, aber Marianne wurde wieder ernst.

»Ich scherze nur, aber tief in mir habe ich Angst, Lars. Es ist wohl an der Zeit, über ein Testament nachzudenken. Für den Ernstfall. Für dich, wenn mir etwas widerfahren sollte, für unser Kind.«

Lars nickte, seine Augen ernst.

»Du hast recht, wir sollten vorbereitet sein.«

Marianne ging zu ihrem Schreibtisch und zog eine leere Seite Papier hervor.

»Immerhin habe ich jetzt etwas zu vererben: den Bungalow am Achterwasser.«

Am Sonntag fühlte sie sich besser. Lars entdeckte im Schuppen zwei Bambusstangen und konstruierte daraus einen Mast für das Faltboot. Marianne zog ein altes Bettlaken auf den Rahmen. Leise und schwerelos glitten sie übers Wasser und während Lars Segel und Ruder bediente, ließ Marianne die Hände im Wasser baumeln und blinzelte in die Sonne. Lars an ihrer Seite, was sollte da noch passieren? Schon lange hatte sie sich nicht mehr so sicher und zuversichtlich gefühlt. Am Nachmittag setzte sie sich an den Bericht für Berlin.

5

»Die Technologie hat das Potenzial, kognitive und physische Fähigkeiten zu steigern. … Probanden berichteten von Begegnungen mit Einstein und Napoleon. … Keine klaren Muster … ethische und sicherheitsrelevante Bedenken … Bla, bla, bla. Das ist alles?«, donnerte Konarin.

»Alles, was in einem der teuersten Labore der DDR zustande gebracht wurde? Begegnungen mit Einstein, Napoleon und Gott … unklare Muster … nicht steuerbare Ergebnisse?«

Marianne schüttelte den Kopf. Sie konnte das so nicht hinnehmen.

»Herr Konarin, Sie wissen selbst, wissenschaftliches Arbeiten ist nicht immer geradlinig, nicht immer von sofortigem Erkenntnisgewinn begleitet. Wir betreiben de facto Grundlagenforschung, die so noch nie durchgeführt wurde. Sie müssen Geduld haben.«

»Um mich geht es hier nicht. Die Entscheidungen treffen andere, ich bin nur die ausführende Hand, wenn Sie verstehen, was ich meine. Es ist wirklich nicht viel, was Sie anzubieten haben, Frau Schmidt. Aber immerhin, der erste Satz Ihres Berichts macht Hoffnung und hat die Partei- und Staatsführung zu folgendem Entschluss kommen lassen: Wir werden die gesicherten Erkenntnisse Ihrer Forschung nutzen, um die kognitiven und physischen Fähigkeiten unserer Sicherheitsorgane signifikant zu steigern. Schicken Sie Ihre restlichen Probanden nach Hause. Morgen treffen je zehn Mann der Bereitschaftspolizei und des Wachregiments Feliks Dzierzynski bei Ihnen ein. Ihre Aufgabe besteht darin, mittels Neurostimulation Enthusiasmus und Kampfbereitschaft der Männer zu stärken. Noch Fragen?«

Entsetzt schüttelte Marianne den Kopf.

»Nein, das können Sie nicht von mir verlangen. Ich habe nur noch acht Wochen bis zur Entbindung. Ich schaffe es nicht, die ganze Abteilung umzukrempeln.«

»Dann muss ich jemand anderes als Forschungsleiter einsetzen. Vielleicht Herrn Clausen?«

»Der wird Ihr Ansinnen genauso skeptisch beurteilen wie ich, da bin ich mir ziemlich sicher.«

Konarin lehnte sich vor.

»Ich glaube, Sie verstehen die Lage nicht, Frau Schmidt. Es ist Ihre letzte Chance. Und mit Ihre meine ich Sie und Herrn Clausen. Die Staatssicherheit weiß von den 5000 Mark, die Sie vom Republikflüchtling Lothar Möller erhalten haben. Es wäre schade, wenn Sie dafür zur Rechenschaft gezogen würden, nicht wahr?«

In diesem Moment öffnete sich die Tür des Büros, und zwei Männer traten ein. Marianne erkannte die Hakennase auf Anhieb.

»Darf ich vorstellen? Herr Weber vom Ministerium für Staatssicherheit«, sagte Konarin, während der Mann sich setzte.

»Er wird uns bei der weiteren Diskussion begleiten.«

Weber nahm das Wort.

»Frau Schmidt, ich denke, es ist klar, dass die Forschung Ihres Instituts nicht nur wissenschaftlichen, sondern auch nationalen Interessen dient. Wir haben große Pläne für Ihre Arbeit.«

Marianne fühlte, wie sich ihr Inneres zusammenzog. Die Worte Webers hallten in ihrem Kopf wider, aber sie konnte im Moment nicht klar denken. Wieder zogen Kopfschmerzen wie ein gewaltiges Unwetter auf. Eine Welle der Desorientierung brach über sich herein. Für einen Moment wusste sie nicht, wo sie sich befand und wer die Männer vor ihr waren. Konarin bemerkte ihre Verwirrung und goss ihr einen Kaffee ein. Nach ein paar Schlucken fühlte sie sich besser, aber ihr Körper schwitzte ungewöhnlich stark, und sie glaubte, Fieber zu haben. Ihr Verstand setzte nur zögernd wieder ein. Sie versuchte Argumente gegen Konarins Vorhaben zu formulieren, fand aber nicht die richtigen Worte. Ein Wirbel aus Gedankenfragmenten raste durch ihren Kopf – Bilder von Lothar, Lars' sorgenvolles Lächeln, die Zukunft ihres Kindes und das Vertrauen ihrer Kollegen. Ich werde sie nicht verraten. Das ist doch unmoralisch, was die da verlangen. Sie spürte, wie heftig ihr Herz schlug. Sie durfte nicht auf Konfrontationskurs bleiben. Sie würde alles verlieren. Sie dachte an Lars, den sie liebte und den sie nicht in diese gefährliche Situation hineinziehen wollte. Und sie dachte an ihre Forschung, die sie nicht für unmoralische Zwecke missbraucht sehen wollte. Sie dachte an ihr Kind.

»Ist das wirklich alles notwendig?«, fragte sie, ihre Stimme zitterte leicht.

»Nationales Interesse – was soll das überhaupt bedeuten? Die Mitarbeiter der Staatssicherheit wissen doch ohnehin schon alles. Warum soll man deren kognitive Fähigkeiten und ihre Leistungsbereitschaft noch weiter steigern?«

Weber erhob sich und trat an ein Fernsehgerät heran, das in einer Ecke des Raumes stand. Er schaltete es ein, doch anstatt des DDR-Fernsehens wählte er das ZDF. Der Korrespondent berichtete über die Montagsdemonstration in Leipzig. Marianne sah, wie sich der Demonstrationszug um den Leipziger Innenstadtring entwickelte. Der Zug, der aus etwa 70.000 Personen bestand, führte auch an der ›Runden Ecke‹ vorbei, der Bezirkszentrale der Staatssicherheit. Die Sicherheitskräfte liefen nur mit, niemand schritt ein.

Weber schaltete den Fernseher aus und sah Marianne direkt in die Augen.

»Verstehen Sie jetzt, was ich mit nationalem Interesse meine? Gestern hat das Zentralkomitee der SED eine dreitägige Krisensitzung einberufen. Erich Honecker ist zurückgetreten. Die neue Führung um Egon Krenz und Hans Modrow erwartet von uns Vorschläge, wie wir die Situation in der DDR wieder stabilisieren können – unter anderem durch Ihre Forschungen. Sie sehen, wenn Sie es nicht tun … die Sache ist so wichtig … ein anderer wird es tun. Ich erwarte Ihre Entscheidung bis morgen früh.«

»Ich werde darüber nachdenken«, sagte sie schließlich, ihre Stimme kaum mehr als ein Flüstern.

Weber stand auf.

»Tun Sie das, Frau Schmidt. Die Uhr tickt.«

Die Männer verließen das Büro, und Marianne blieb zurück, allein mit ihrer Angst, ihrer Schuld und der schrecklichen Gewissheit, dass ihr Leben und das vieler anderer in der Schwebe hing. Sie entschloss sich, umgehend zurückzukehren, um mit Lars gemeinsam eine verantwortungsvolle Entscheidung zu treffen.

Am Stadtrand von Ost-Berlin kam ihr eine schier endlose Kette von Wartburgs und Trabis entgegen, dicht an dicht gereiht wie die Formation einer Panzerarmee auf dem Weg in den Krieg. Doch in den Fenstern sah sie lachende Gesichter. Die Leute jubelten ihr zu. Sie schaltete das Radio ein und hörte die unglaubliche Nachricht: Die Mauer war gefallen. Ein Gefühl der Euphorie erfasste auch sie. Gleichzeitig breitete sich Unsicherheit in ihr aus, als sie durch die Nacht fuhr, zurück zum Bungalow, zu Lars, einer Zukunft entgegen, deren Konturen noch im Dunkeln lagen.

Gegen Mitternacht war sie irgendwo nördlich von Berlin. Noch über zweihundert Kilometer lagen vor ihr. Kalter Schweiß klebte auf ihrer Haut und die Kopfschmerzen ließen einfach nicht locker. Als sie den Rückspiegel justierte und ihrem eigenen Blick begegnete, erschrak sie: Die einst leuchtenden hellblauen Augen hatten jeden Glanz eingebüßt und erschienen nun glasig und leer. Mechanisch strich sie ihr langes dunkles Haar zurück und beobachtete hilflos das unwillkürliche Zucken ihres Halses. Ein beunruhigendes Kribbeln erfüllte ihre Beine, ähnlich jenem, das sie unlängst auf dem Bootssteg geplagt hatte.

Die Autobahn endete, ging über in eine Landstraße, es war stockdunkel. Marianne drosselte das Tempo. Vor ihr lag ein Bahnübergang.

Ein Bahnangestellter trat aus dem Wärterhäuschen und setzte an, die Schranke mit seiner Handkurbel zu schließen – ein lautes, rhythmisches Bimm, Bimm, Bimm übertönte die Motorgeräusche des Trabis. Reflexartiv versuchte sie zu bremsen, doch ihr rechtes Bein versagte den Dienst. Stattdessen drückte ihr Fuß unnachgiebig das Gaspedal nach unten, und der Wagen schoss mit unablässiger Beschleunigung auf die sich senkende Barriere zu. Entschlossen griff sie zum Schalthebel und schaltete in den Leerlauf, woraufhin der Motor in verzweifeltes Heulen ausbrach. Immer weiter senkte sich die rot-weiß lackierte Stahlbarriere, schwebte schon gefährlich tief über dem Asphalt, da endlich bemerkte sie der Mann und hielt inne. Er versuchte, die Schranke wieder ein Stück zu heben, damit Mariannes Trabi durchbrausen konnte, doch es war aussichtslos, das rot-weiß lackierte Stahlrohr würde das komplette Autodach abreißen. Im letzten Moment warf sie das Lenkrad herum. Der Wagen geriet außer Kontrolle, schrammte an der Schranke entlang über die Gegenfahrbahn, geriet auf den Schotter des Gleisbetts, drehte sich um die eigene Achse und kam dann zum Stehen. Um Marianne wurde es schwarz.

Der Schrankenwärter verharrte einen Augenblick, von Schock gelähmt, unsicher über das weitere Vorgehen. Jeden Moment konnte der D-Zug aus Rostock herandonnern. Als der Trabi zu schleudern begann, fühlte er sich machtlos. Die Schienen gaben ein singendes Geräusch von sich, während ein dumpfes Grollen aus der Ferne den nahenden D-Zug ankündigte. Er ließ die Kurbel los und rannte zu dem Wagen, dessen Räder sich im Schotter des Gleisbetts verfangen hatten. Die Frau im Wagen war regungslos, ihr Gesicht ein bleiches Oval in der nächtlichen Dunkelheit. Mit einem beherzten Ruck riss er die Tür auf und zog die reglose Frau aus dem Wagen. Ihre Haut war kalt und klamm, als würde sie bereits dem Tod gehören. Der Lokführer entdeckte den Trabant und leitete eine Notbremsung ein. Das Grollen des Zuges verwandelte sich in ein schrilles Kreischen. Hastig zog der Schrankenwärter die Frau so weit es ging von den Gleisen fort und warf sich schützend über sie. Der heranrasende Zug riss die noch geöffnete Fahrertür des Trabis ab und schleuderte sie wie ein Projektil durch die Luft. Mit einem ohrenbetäubenden Knall prallte sie gegen das Schrankenwärterhäuschen. Glas splitterte, Holz zerbarst. Der Trabi wurde aus dem Gleisbett katapultiert und fing Feuer – stechender Rauch erhob sich in den Nachthimmel, begleitet vom Geruch von Benzin und verbranntem Gummi. Funken schossen empor und das Auto brannte lichterloh.

Der Mann kam wieder zu sich und eilte zu seinem demolierten Häuschen. Erleichtert stellte er fest, dass das Telefon noch funktionierte.

»Schicken Sie sofort einen Krankenwagen und die Feuerwehr!«

Seine Stimme bebte, während er die Worte hervorstieß.

Der Rettungswagen hielt mit kreischenden Bremsen. Die Sanitäter eilten zu der Frau und schüttelte den Kopf.

»Sie wird es nicht schaffen.«

Einer der Sanitäter griff dennoch hastig zum Funkgerät und kontaktierte das nur fünf Minuten entfernte Krankenhaus in Bernau.

»Verdammt, die meisten Ärzte feiern an der Mauer. Wir müssen nach Berlin-Buch, ins Regierungskrankenhaus.«

6

Mit einem satten Schmatzen schloss sich die Tür des Busses, und Lars Clausen blieb allein in der Dämmerung von Rankwitz zurück. Schwere Luft lastete auf dem kleinen Ort, getränkt mit dem brackigen Geruch des Achterwassers, und beschwor Erinnerungen an glückliche Tage herauf.

Von bittersüßer Melancholie erfasst, ließ er den Blick schweifen und erkannte die vertrauten Silhouetten der Gebäude – stumme Zeugen seiner Tage mit Marianne: das alte, nun von Efeu umrankte Schulhaus, die stolze Holländer-Windmühle, die Bootsschuppen am kleinen Hafen. Darüber kreischten die Möwen ein Klagelied. Er schmeckte Salz auf den Lippen und spürte die kühle Brise, die vom Wasser herüber wehte und ihm unter das T-Shirt kroch. Er zog die Jacke aus dem Rucksack und warf sie über, dann machte er sich auf den Weg zum Bungalow. Jeder Schritt knirschte unter den Füßen, als würde selbst der Kies ihm die lange Abwesenheit vorwerfen. Der letzte Kilometer zog sich beinahe endlos hin, eine lange Straße der Folter. Vor fast 30 Jahren war er zum letzten Mal hier gewesen, hatte mit dem Architekten den Umbau der Scheune neben dem Bungalow besprochen und die Sonne im Westen untergehen sehen. Mariannes Unfall hatte damals drei Jahre zurückgelegen, doch noch immer schnürte es ihm die Kehle zu und er drohte zu ersticken, sobald er nur daran dachte. Er hatte es nicht ausgehalten, war geflüchtet, der untergehenden Sonne hinterher, bis nach Phoenix/Arizona, und war bis heute kein einziges Mal zurückgekehrt. Aus der Scheune waren drei Ferienwohnungen entstanden, die er über die Ferienhaus-Agentur

›Nordlicht‹ vermieten ließ. Nur der Bungalow und die Garage waren, bis auf einen neuen Außenanstrich, unberührt geblieben und so fand er alles vor, wie er es verlassen hatte: das Bett im Schlafraum, in der Ecke zwei Umzugskartons mit Mariannes persönlichen Sachen, ihre Bücher, im Regal die Lieblingstassen aus Bunzlauer Keramik. Die Tür der Garage quietschte, als Lars sie öffnete, und der Geruch von altem Öl und Farbe strömte ihm entgegen. Dort stand er, der Trabant, ein stummer Zeuge der Tragödie, die sein Leben für immer verändert hatte. Er war beim Unfall Mariannes ausgebrannt, aber er hatte ihn restaurieren lassen, ein Akt der Pietät oder vielleicht der Selbstbestrafung. Sanft legte er seine Hand auf das kühle Metall der Stoßstange und hielt den Erinnerungen stand – frei von dem übermächtigen Fluchtreflex, der ihn einst, kurz nach dem Unfall, beherrscht hatte. Für einen Moment war er versucht, den Schlüssel im Zündschloss umzudrehen, den Motor zum Leben zu erwecken, als könnte das die Geister der Vergangenheit vertreiben. Aber er zögerte. Die Feriengäste in den Wohnungen nebenan würden den Lärm hören, und er wollte diesen Moment der Intimität nicht teilen. Er schloss die Tür der Garage und lehnte sich eine Weile dagegen, nahm die kühle Abendluft mit tiefen Atemzügen in sich auf, dann setzte er sich auf die Veranda des Bungalows und fuhr seinen Laptop hoch. Sein Blick schweifte über das Achterwasser, dessen Oberfläche im fahlen Mondlicht glitzerte, ein Bild stiller Schönheit, das im Gegensatz zu seiner inneren Zerrissenheit stand. 30 Jahre lang hatte er sich in die Isolation der Forschung geflüchtet, hatte sich selbst zu einem Eigenbrötler gemacht. Jetzt wollte er mit dem *Brain-Translator* an die Öffentlichkeit und fühlte sich unvorbereitet, fast entblößt. Er nahm seinen Laptop zur Hand, aber anstatt zu arbeiten, verlor er sich in den Tiefen der eigenen Gedanken und Erinnerungen. Er könnte die Welt verändern, aber konnte er sich selbst verändern? Er klappte den Laptop zu und ließ ihn unberührt neben sich ruhen. Dies war nicht der Tag der Antworten, sondern ein Tag für Fragen, an dem er sich den Dämonen stellen musste, die ihn seit so vielen Jahren verfolgten.

Die Erinnerungen waren auch heute noch allgegenwärtig, abrufbar zu jeder Stunde, klar wie die Szenen einer Netflix-Serie. Marianne war in der Morgendämmerung aufgebrochen. Obwohl die Besprechung mit Konarin erst für 14 Uhr angesetzt worden war, drängte es sie, frühzeitig in Berlin einzutreffen. Sie sehnte sich danach, durch die Läden zu schlendern, irgendwo Mittag zu essen, vielleicht ein Museum zu besuchen oder in den Regalen der großen Buchhandlung am Alexanderplatz zu stöbern.

In den letzten Tagen hatte sie sich unwohl gefühlt. Neben unerklärlichen Motorikstörungen und permanenten Kopfschmerzen lastete die Sorge um das Institut und das Fortschreiten der Forschung auf ihr. Der Durchbruch war ausgeblieben; sie steckten in einem Morast aus unklaren Daten, und selbst die hoffnungsvollen Ansätze mit dem Probanden Tim hatten zu nichts geführt. Einzig eine allgemeine Stimmungsaufhellung und eine messbare Steigerung kognitiver Leistungen konnten bei den Probanden wiederholt beobachtet werden – keineswegs Ergebnisse, die in Berlin für Furore sorgen würden. Lars hatte geplant, Marianne zu begleiten, aber eine Reparatur der Regenrinne durch den Dachklempner hielt ihn im Bungalow fest.

Marianne entschied sich daher, die Reise allein anzutreten, während Lars sich auf seinem Moped beeilte, um rechtzeitig am Achterwasser zu sein und den Handwerker nicht zu verpassen. Als der Abend hereinbrach, war Marianne nicht zurückgekehrt. Nach einer unruhigen Nacht brach Lars in der Kühle des auflandigen Winds gen Norden auf, um schließlich durchgefroren kurz vor neun Uhr im verwaisten Institut anzukommen. Die Berliner Mauer war gefallen, und viele Kollegen hatten sich frei genommen, um entweder zum Brandenburger Tor zu strömen oder via Grevesmühlen in

Richtung Lübeck und Hamburg zu ziehen. Nach einem Telefonat mit dem Büro der Akademie stand fest: Marianne hatte am Abend zuvor nach Rankwitz aufbrechen wollen – bestätigt durch Konarins Sekretärin, doch seitdem fehlte von ihr jede Spur.

»Vielleicht war sie feiern am Brandenburger Tor, hat etwas getrunken und konnte nicht fahren«, spekulierte die Sekretärin.

»Herr Konarin hat heute ebenfalls gefehlt. Die Stadt ist in Aufruhr. Aber ich werde mich darum kümmern, sobald er zurück ist. Er wird Sie anrufen.«

Mit einem Klick hatte Lars das Gespräch beendet.

In den folgenden drei Tagen hatte er jeden einzelnen Kollegen aufgesucht, war zweimal zum Bungalow gefahren und hatte das Dorf durchsucht. Er hatte unermüdlich telefoniert und jedes Krankenhaus zwischen Berlin und Usedom angerufen, aber niemand hatte Marianne Schmidt gesehen oder von ihr gehört. Schließlich hatte er sich an die Polizei gewandt und Marianne als vermisst gemeldet. Der Wachtmeister, der den Fall aufnahm, war wenig hoffnungsvoll: »Versuchen Sie es in ein oder zwei Wochen noch einmal, wenn sich alles beruhigt hat. Da draußen ist im Moment ein Tollhaus. Väter verschwinden in den Westen, junge Frauen werden vermisst, und an den Grenzübergängen türmen sich kaputte Wartburgs und Trabis. Ich kann Ihnen keine Hoffnung machen.«

Fünf Tage nach Mariannes Verschwinden, war Konarin mit dem schwarzen Dienst-Wolga ins Institut gekommen und hatte Lars mit ernster Miene ein kleines, in Stoff eingewickeltes Päckchen überreicht.

»Es tut mir leid, Lars. Wir haben Marianne gefunden.«

Das Päckchen hatte Mariannes Amulett enthalten, das einzige, was von ihren persönlichen Gegenständen außer der Kleidung übrig geblieben war – alles andere war zusammen mit dem Trabant in Flammen aufgegangen. Lars Beine hatten versagt. Er hatte sich auf den nächstgelegenen Stuhl fallen lassen und auf seine Hände gestarrt.

»Es war ein Unfall«, hatte Konarin mit gedämpfter Stimme gesagt, »an einer geschlossenen Bahnschranke. Ihr Auto ist im Gleisbett stecken geblieben. Der Schrankenwärter hat versucht, sie zu retten, aber es war zu spät. Der Hirntod trat noch im Rettungswagen ein.«

Lars hatte gefühlt, wie sich ein eisiger Knoten in seiner Brust festsetzte.

»Und jetzt? Wo ist sie? Kann ich sie sehen?«

Konarin hatte gezögert.

»Im Gehirn wurden schwammartige Strukturen gefunden, ähnlich wie bei den toten Rindern aus Mariannes Problemherde. Wir wissen noch nicht, was das zu bedeuten hat, aber eine Sonderkommission wurde eingesetzt. Es herrscht höchste Geheimhaltung. Du musst dich um nichts kümmern.«

Lars hatte ins Leere gestarrt, hatte sich dann zu Mariannes kleiner Wohnung aufgemacht und dort begonnen, jedes Kleidungsstück – T-Shirts, Blusen, Hosen, selbst die Unterwäsche – akkurat zu falten und in Pappkartons zu verpacken. Es war eine Zwangshandlung, ein meditativer Akt, doch jede Faser der Kleidung schrie ihm entgegen: Es ist vorbei. Akzeptiere es. Marianne ist tot. Er hatte sich wie in dichtem Nebel gefühlt, abgeschnitten von der Realität, die draußen tobte. Erst der ohrenbetäubende Lärm im Tiefflug kreisender Hubschrauber hatte ihn zurück ins Diesseits befördert. Im Viertelstundentakt flogen sowjetische Transporthubschrauber das Institutsgelände an, hievten Ladung an Bord und starteten wieder. Auf der Straße formierte sich eine Menschenmenge. Klara, die junge Krankenschwester aus Mariannes Abteilung, führte die Demonstranten an. Laut skandierten sie: Stoppt die Menschenversuche! Legt die Akten offen! Wie ein Zombie war Lars dem Menschenzug gefolgt. Sie wollten ins Institut, um zu verhindern, dass Unterlagen vernichtet oder Beweise beiseite geschafft würden.

Friedrich Sternkopf, der wissenschaftliche Berater des Institutsdirektors, erschien hinter dem verbarrikadierten Tor. Er appellierte an die Leute, sie sollten vernünftig sein, ins Institut könnten nun mal keine Unbefugten, da die Gefahr der Seuchenverbreitung viel zu groß sei. Er wurde ausgebuht. Dann eskalierte die Situation. Flaschen und Steine flogen. Hunderte drängten gegen das Tor. Mit einem lauten Knall flog es aus den Angeln und eine grölende Menge ergoss sich ins Institut. Sternkopf sank, von einem Pflasterstein am Kopf getroffen, an der Pforte zusammen. Niemand kümmerte sich um ihn. Die aufgebrachten Demonstranten durchwühlten sämtliche Büros und nahmen einiges mit, nur in der inneren Zone hatten sie kein Glück. Alexander Konarin hatte bereits alles ausgeräumt und mit seinen Hubschraubern abtransportiert. Nichts außer nackten Wänden und leeren Büromöbeln war zurückgeblieben. Klara hielt eine traurige Rede. Hier an diesem Ort war Marianne Schmidt krank geworden. Mit zornrotem Gesicht stachelte die junge Krankenschwester die Leute auf: »Bestraft die Mörder meiner Kollegin. Stürmt ihre Häuser. Lasst sie die gleichen Qualen leiden. Rache für Marianne Schmidt.«

Eine Woche später hatte Lars Mulin verlassen, den Ort des Schreckens, der ihm so viel Leid gebracht hatte. Er war Konarin nach Kaluga gefolgt, einer Stadt, zwei Eisenbahnstunden südöstlich von Moskau, wohin der Russe das Institut hatte ausfliegen lassen. Fast drei Jahre lang hatte er in Ruhe weiterforschen können, bis mit der Sowjetunion der ›real existierende Sozialismus‹ endgültig zusammengebrochen war und alle staatlichen Geldquellen versiegten. Konarin hatte die damaligen Forschungsergebnisse meistbietend versteigern wollen, zur Not auch ans Militär. Im Streit waren sie auseinandergegangen.

Lars' Schlaf war unruhig gewesen. Obgleich die Jahre intensiven Trainings mit dem *Brain-Translator* ihm Techniken zur Entspannung und emotionalen Kontrolle an die Hand gegeben hatten, ließ sich die Bitterkeit des Erinnerns nicht abschütteln. Im Morgengrauen erhob er sich, schlüpfte in seine altgediente blau-weiße Dreiecks-Badehose und machte sich auf den Weg zum Bootssteg. In der Kühle des Morgens durchpflügte er das Wasser und ordnete zugleich seine Gedanken. Die Liste der Aufgaben schwebte vor seinem inneren Auge: Kontaktdaten alter Freunde prüfen, Telefonate führen, E-Mails versenden und die anstehenden Schritte zur Veröffentlichung des *Brain-Translators* planen.

Auf dem Rückweg vom Achterwasser fröstelte er. Er schloss die Tür des Bungalows hinter sich, wrang die nasse Badehose aus, schüttelte die letzten Wassertropfen aus seinen Haaren und rubbelte die Haut trocken, bis sie rot war. Er trat vor den Spiegel, der über dem Waschbecken hing, und begann sich zu rasieren. Sein blondes Haar war fahl geworden mit der Zeit und ein leichter Schleier lag über den einstmals meerblauen Augen. Nur die Sommersprossen hüpften frech übers Gesicht, wie eh und je. Er schlüpfte in seine Jeans, zog ein bequemes T-Shirt über und fühlte sich einigermaßen fit für den Tag.

Beim Öffnen des gut gefüllten Kühlschranks dachte er: ›Auf die Leute von der Ferienhaus-Agentur ist wirklich Verlass.‹ Jacob von ›Nordlicht Residenzen‹ hatte sein Versprechen gehalten. Von Käse und Wurst bis hin zu ein paar Flaschen lokalem Bier und seiner Lieblingsmarmelade war alles vorhanden, was er für die nächsten Tage benötigen würde. Auch mehrere Flaschen Rotwein lagerten im Regal neben der Spüle. Er setzte Kaffee an und schob zwei Scheiben Brot in den Toaster. Jemand klopfte an der Tür. Als er öffnete, stand eine junge Frau mit einem Korb voll duftender Brötchen vor ihm.

»Guten Morgen! Ich bin Jessica von ›Nordlicht‹. Riechen diese Brötchen nicht herrlich?«

»Morgen«, murmelte Lars überrascht, »ich … ich habe schon Toastbrot.«

»Toastbrot hat natürlich seinen eigenen Charme, aber können Sie sich vorstellen, wie herrlich es ist, den Tag mit einem frisch gebackenen Brötchen zu beginnen? Der Duft allein ist wie ein kleines Morgenritual.«

Mit einem koketten Augenaufschlag schenkte sie Lars ein warmes Lächeln. Er konnte gar nicht anders, er trat zur Seite, und ließ sie herein.

Jessica platzierte ihren Korb auf dem Tisch und begann, die verschiedenen Brötchensorten auszubreiten.

»Oh, ich habe hier eine kleine Auswahl für Sie! Vollkornbrötchen, mit vielen Ballaststoffen und guten Kohlehydraten für langanhaltende Energie. Dann haben wir Dinkelbrötchen, leicht verdaulich und gut für den Magen, Sesambrötchen und natürlich unsere Spezial-Mohnbrötchen. Die sind zwar nicht gerade ›Gesundheitsnahrung‹, aber sehr, sehr lecker, mit viel Kalzium, Phosphor und Eisen, meine absoluten Favoriten.«

Lars schaute skeptisch auf die Brötchen und dann wieder zu Jessica.

»Sie scheinen ja ein echter Brötchen-Enthusiast zu sein.«

»Oh, absolut! Ich finde, Brötchen sind mehr als nur Nahrung. Sie sind kleine Stimmungsaufheller, Verdauungshelfer und manchmal auch Trostspender«, sagte Jessica mit einer Mischung aus Begeisterung und jugendlicher Leichtigkeit.

»Suchen Sie in Ruhe aus, was Sie mögen. Gut Ding will keine Eile haben, wie man so schön sagt.«

Lars lächelte, »… will Weile haben.«

»Sag ich doch. Lassen Sie sich Zeit.«

Während Lars die Brötchen begutachtete, sah sich Jessica im Raum um.

»Sind Sie das auf dem Bild? Mit Ihrer Frau? Da waren Sie aber noch jung. Sie sehen glücklich aus!«

»Meine Freundin Marianne und ich. Das ist lange her«, antwortete Lars, die Worte kamen ihm schwer über die Lippen.

»Oh, das ist schön. Erinnerungen sind wie kleine Schätze, nicht wahr?«

Jessicas Stimme war voll naiver Neugier, aber auch voller Wärme.

»Eher wie Geister«, murmelte Lars.

»Geister können auch freundlich sein, wenn man sie lässt«, sagte Jessica und zeigte auf die Brötchen.

»Vielleicht sind diese Brötchen ja freundliche Geister für Ihren Morgen.«

»Vielleicht«, sagte er.

»Ich nehme zwei Mohn- und zwei Vollkornbrötchen. Sie sind sehr freundlich, da kann man kaum nein sagen«, und ein Hauch von Lächeln machte sich auf seinen Lippen breit.

»Ich komme gern morgen wieder«, sagte Jessica beim Hinausgehen.

»Aber nur, wenn Sie mir erzählen, was aus der jungen Frau geworden ist.«

Lars schüttelte langsam den Kopf.

»Sie ist seit 34 Jahren tot.«

Jessica stellte den Brötchenkorb zurück auf den Tisch. Ihr Gesicht war bleich, ihre Augen weit aufgerissen.

»Nein. Sagen Sie, dass das nicht wahr ist. Stellen Sie sich das mal vor, so jung gestorben. Da war sie ja nicht viel älter als ich. Und schwanger war sie auch. Kommen Sie mal her, Sie Ärmster.«

Sie trat einen Schritt auf Lars zu, schlang ihre Arme um seine Schultern und bettete den Kopf an seine Brust. Beinahe eine Minute hielt sie ihn fest umschlungen. Lars vernahm jeden ihrer Atemzüge, fühlte, wie sich ihr Brustkorb hob und senkte. Lange war er keinem Menschen mehr so nahe gewesen, es war ihm ein bisschen peinlich, aber überraschend angenehm. Vorsichtig löste er sich aus der Umarmung. Mit einer Stimme, die sanft schnurrte wie die einer Katze, blickte Jessica ihm tief in die Augen.

»Das Leben ist manchmal unglaublich hart, nicht wahr? Aber wo eine Tür zuschlägt, geht ein Fenster auf, sagt meine Oma immer. Und jeder schmiedet sein Glück, solange es heiß ist.«

Lars lächelte.

»Die Sprichwörter müssen Sie nochmal üben. Aber Sie haben Recht, das Leben geht weiter«, sagte er, in der Stimme ein Hauch von Hoffnung.

Jessica ergriff den Brötchenkorb und hob ihn empor.

»Dann lassen Sie sich mal Ihr Frühstück schmecken. Und morgen bringe ich Ihnen frische Croissants. Die sind so lecker, damit können Sie sich Honig ums Maul schmieren.«

Lars presste die Hand auf den Mund und verzog das Gesicht zu einer Grimasse. Er bemerkte das Grinsen auf Jessicas Lippen und den Schalk in ihren Augen. Er ließ seine Hand sinken und plötzlich löste sich ein glucksendes Lachen aus seiner Kehle, füllte den Bungalow aus und tränkte die Luft mit frischer, leichter Energie.

»Ich werde es in Betracht ziehen.«

Jessica stimmte in das Lachen ein und blickte ihn glücklich an.

»Na endlich lachen Sie mal. Ich dachte schon, Sie wissen gar nicht, wie das geht.«

Sie griff nach der Türklinke, wandte sich aber noch einmal um: »Denken Sie daran, die Hoffnung ist der Regenbogen über dem herabstürzenden Bach des Lebens. Nietzsche, nicht Oma.«

Dann verließ sie den Raum, und ihr kristallklares Lachen hallte noch lange in Lars' Gedanken nach, gleich einem Echo aus einer anderen Welt, heller, voller Versprechen – hoffentlich.

Nach dem Frühstück begab er sich auf die Terrasse, klappte seinen Laptop auf und musste mit Enttäuschung feststellen, dass die Netzabdeckung im Lieper Winkel zu wünschen übrig ließ. Ein Anflug von Frustration meldete sich, wurde jedoch schnell von der Erinnerung an den eigentlichen Grund seines Hierseins verdrängt. Das Morgan-Institut, sein Arbeitgeber, stand vor schwierigen Zeiten. Dringend waren alternative Finanzierungsquellen nötig, doch der Institutsleiter verweigerte sich seit Jahren der Erkundung neuer Pfade, zog es stattdessen vor, in Las Vegas Unsummen zu verspielen und seine Sorgen in Alkohol zu ertränken, während ›kleine Pechsträhnen‹ ihm nachstellten. Aus diesem Grund hatte Lars mit Joan, der Gattin des Chefs, und Benson, dem erfahrenen Buchhalter des Instituts, einen ebenso geheimen wie mutigen Plan entworfen.

Sie planten, den *Brain-Translator* der Öffentlichkeit zu präsentieren, in der Hoffnung, ausreichende finanzielle Mittel zu akquirieren, um das Institut zu retten und für die Zukunft zu wappnen – ein waghalsiges Unterfangen, nicht frei von Risiken. Es war von größter Bedeutung, Franklin für ihre Sache zu gewinnen, sobald die Aktion erst einmal in Gang gesetzt war.

Jetzt, in der Abgeschiedenheit des Bungalows, fühlte Lars, dass die Zeit gekommen war, den Plan in die Tat umzusetzen. Nach zwei Stunden konzentrierter Arbeit war der Akku des Laptops leer. Während der Rechner an der einzigen freien Steckdose im Bungalow neue Energie tankte, zog es Lars zurück auf die Terrasse. Dort zückte er sein Notizbuch, umriss die Grundstruktur einer Bedienungsanleitung für die bisher unter Verschluss gehaltenen Funktionen des *Brain-Translators* und verfasste ethische Leitlinien für die potenziellen Nutzer des Geräts. Er begann, die Kontaktdaten alter Freunde und Kollegen zu durchforsten, auf der Suche nach denen, die ihm in Deutschland von Nutzen sein konnten. Später steuerte er seinen Trabant in die Stadt, flanierte durch einige Supermärkte, hatte endlich Handyempfang und Internet. Hallo Welt! Auf der Webseite seiner alten Schule stieß er auf die Ankündigung eines bevorstehenden Treffens seines Abiturjahrgangs und beschloss spontan, daran teilzunehmen. Am nächsten Tag würde er die lang erwartete Kurier-Sendung in Empfang nehmen. Danach blieb genug Zeit für einen Ausflug in eines der Kaiserbäder und einen Sprung in die Ostsee. Heute Abend jedoch würde er endlich angeln gehen.

Lars schob das Faltboot an den Steg und band es fest. Er blickte auf den leeren Gummieimer neben sich; die Fische hatten nicht gebissen. Mit einem Seufzer räumte er die Angelausrüstung zusammen und trat den Rückweg zum Bungalow an. Schon auf dem Kiesweg stieg ihm der verlockende Duft von Gegrilltem in die Nase. Die Mieter einer der drei Ferienwohnungen, eine Familie mit zwei Kindern und einem Hund, standen auf ihrer Terrasse um den Grill und plauderten fröhlich miteinander. Er blickte sehnsuchtsvoll hinüber, er hatte sich auf den Fisch gefreut. Nun musste er mit dem Toastbrot von heute Morgen, mit Schnittkäse und Wurst vorlieb nehmen.

»Hey, Herr Nachbar! Kommen Sie doch rüber und essen Sie mit uns!«, rief der Vater, ein kräftiger Mann mit einem freundlichen Lächeln.

»Wir haben mehr als genug für alle.«

Lars zögerte einen Moment. Er war nicht in der Stimmung für Gesellschaft, aber der Duft gegrillten Fleisches und die herzliche Einladung waren verlockend.

»Na gut, warum nicht«, antwortete er, »fünf Minuten. Ich räume nur noch das Angelzeug weg.«

»Sofort, wenn ich bitten darf«, grinste der Mann, »erstens ist das Steak in fünf Minuten verbrannt oder vom Hund geklaut, und zweitens, wenn ich Sie schon einlade, müssen Sie den Kindern auch die Angelrouten zeigen. Die nerven mich nämlich schon, seit sie Ihr Boot entdeckt haben. Ich bin übrigens Klaus, meine Frau Elke, Anna und Felix.«

»Lars. Lars Clausen.«

Elke, eine Frau mit warmen Augen und einem offenen Lächeln, reichte ihm einen Teller.

»Hier, bedien dich. Wir haben Würstchen, Steaks und auch ein paar Gemüsespieße für die Gesundheitsbewussten unter uns. Da drüben ist Kartoffelsalat.«

Lars stellte die Angeln an der Hauswand ab, nahm ein Steak mit Kartoffelsalat und setzte sich auf einen freien Stuhl. Die Kinder, beide im Grundschulalter, stürmten auf ihn zu.

»Hast du heute Fische gefangen?«, fragte der Junge neugierig.

»Leider nicht, die Fische waren heute wohl nicht hungrig«, antwortete Lars und konnte nicht umhin zu lächeln, als er die enttäuschten Gesichter der Kinder sah.

»Was machst du, wenn die Fische zu klein sind? Wirfst du die wieder rein?«

Lars bejahte mit einem Kopfnicken.

»Das Achterwasser ist ein Küstengewässer, da gibt es keine Vorschriften, wie groß ein Fisch sein muss. Aber du hast schon recht, wenn er zu klein ist, sollte man ihm eine zweite Chance geben.«

»Ein Bier?«, fragte Klaus.

»Gerne.«

»Na dann Prost. Auf einen schönen Abend. Wie lange hast du Urlaub?«

Lars überlegte einen Moment, ob er sich irgendeine Geschichte ausdenken sollte, aber die Leute waren freundlich und offen und er beschloss, bei der Wahrheit zu bleiben.

»Ehrlich gesagt, bin ich kein Urlauber. Mir gehören der Bungalow und die Scheune. Den Bungalow habe ich quasi geerbt, die Scheune Anfang der Neunziger gekauft, bevor ich in die Staaten ausgewandert bin.«

»Wow«, schnalzte Klaus anerkennend mit der Zunge, »alles richtig gemacht, würde ich sagen.«

Lars seufzte.

»Wenn das mal so wäre.«

Später brachte Elke die Kinder ins Bett. Lars und Klaus schwenkten auf Rotwein um. Lustigerweise hatte Nordlicht das Regal ausschließlich mit amerikanischem Zinfandel bestückt, den er im Aldi in der Hand gehalten, dann aber zurück ins Regal gestellt hatte. 3,49, da konnte nichts Vernünftiges in der Flasche sein.

»Ein Stück Wahlheimat, hier in der alten Heimat«, sinnierte er trotzdem. Er nahm einen Schluck und lehnte sich zurück. Der Himmel nahm die warmen Tönen des Sonnenuntergangs an, und zum ersten Mal, seit er zurück in Deutschland war, fühlte er sich ein bisschen weniger allein.

»Danke nochmal für die Einladung. Es kann ganz schön einsam hier draußen sein.«

Klaus nickte zustimmend.

»Dafür liebe ich das Achterwasser – die Ruhe, die Abgeschiedenheit, die Weite.«

Er machte eine Kunstpause, blickte dann auf und fügte mit einem geschäftsmäßigen Unterton hinzu: »Übrigens, ich bin Business Consultant bei Roland Berger.«

»Ah, Unternehmensberatung. Das muss ein stressiger Job sein«, sagte Lars, während er sein Glas schwenkte.

»Hat aber auch seine Vorteile. Man lernt, schnell zu denken und Entscheidungen zu treffen. Man verdient ganz gut, wenn man am Ball bleibt und hart arbeitet. Und wie sieht es bei dir aus? Was machst du beruflich?«

Lars lächelte.

»Ich bin Wissenschaftler, Techniker, Zukunftsforscher, so genau weiß ich das selbst nicht. Ich arbeite an einer Technologie, die die Grenzen dessen, was wir für möglich halten, verschiebt.«

»Oh, klingt spannend!«, rief Klaus, während er sich vorbeugte, ein Funkeln der Neugier in seinen Augen.

»Das musst du genauer erklären!«

»Nun, ich habe einen Neurostimulator entwickelt, den ich *Brain-Translator* nenne. Im Laufe der Jahre habe ich seine Funktionen zu einem echten Brain-Computer-Interface ausgebaut. Es hat eine Reihe von Funktionen, die weit über das hinausgehen, was bisher für möglich gehalten wurde.«

»Was zum Beispiel?«

Klaus' Augen leuchteten vor Neugier.

»Zum Beispiel kognitive Beschleunigung. Ich kann meine Denkprozesse schneller ablaufen lassen, komplexe mathematische Probleme in kurzer Zeit lösen und mehrere Sprachen gleichzeitig lernen. Es ist, als würde man Datenpakete in einen Computer herunterladen.«

»Du willst mich verarschen, oder?«

Klaus zog skeptisch die Augenbrauen hoch und schüttelte ungläubig den Kopf.

»Nichts liegt mir ferner. Ich kann auch durch meine eigenen Erinnerungen surfen, kann bestimmte Daten hervorheben, bearbeiten oder verblassen lassen. Löschen würde vielleicht auch gehen, ist mir aber zu gefährlich.«

»Das klingt echt nach Science-Fiction.«

»Ja, manchmal fühlt es wirklich wie in einem Science-Fiction-Film an. Doch ich bin seit drei Jahrzehnten in der Forschung tätig, und was ich dir sage, ist keineswegs Fiktion. Die Übertragung von Computer zu Gehirn? Funktioniert einwandfrei. Andersherum gibt es noch Herausforderungen – das menschliche Gehirn antwortet in einer Art und Weise, die so individuell ist wie Fingerabdrücke, geprägt durch Stimmungen und körperliches Befinden. Aber ich stehe kurz davor, durch mein Interface sogar telepathische Kommunikation zu ermöglichen, und das ist nur der Anfang.«

»Das ist wirklich beeindruckend. Und ein bisschen beängstigend, wenn ich ehrlich bin.«

»Ja, es hat definitiv seine ethischen Herausforderungen. Aber die Möglichkeiten sind endlos.«

»Und warum zum Teufel hat die Welt noch nichts davon erfahren?«, fragte er, während sein skeptischer Blick Lars' Geschichte zu hinterfragen schien.

Lars schaute in die Ferne, als würde er die Antwort in den letzten Strahlen der untergehenden Sonne suchen.

»Es gibt persönliche Gründe, warum ich das Interface bisher zurückgehalten habe. Aber die Zeiten ändern sich. Unser Institut steht kurz vor dem Bankrott. Der Chef hat Schulden angehäuft, fast sechs Millionen Dollar.«

»Verstehe. Das ist eine Menge Kohle«, erwiderte Klaus nachdenklich.

»Was hast du vor?«

Lars atmete tief durch, sein Blick verriet die Last, die er trug.

»Es ist alles nicht so einfach. Wir müssen meinen Chef ins Boot holen, ihn überzeugen, das Interface zu vermarkten. Aber ich muss zugeben, ich habe mich noch nie mit Marketing oder Buchhaltung beschäftigt.«

Klaus grinste breit.

»Das scheint noch mehr für deinen Chef zu gelten, bei sechs Millionen Schulden. Lass uns trotzdem mal träumen. Wenn ich die verschiedenen Funktionalitäten deines *Brain-Translators* im Kopf überschlage und einige grundlegende Annahmen treffe, müsste es möglich sein, einen Businessplan in groben Zügen zu entwickeln.«

Lars lehnte sich zurück und hörte aufmerksam zu.

»Erstens, die Forschung und Entwicklung. Selbst wenn du sagst, dass die Technologie nahezu perfektioniert ist, wird für den Marktstart und mögliche Feinjustierungen Investitionskapital nötig sein – ich veranschlage grob 2 Millionen. Zweitens, die Produktion. Ihr müsst Prototypen fertigen, umfangreiche Tests vornehmen und dann zur Serienfertigung übergehen. Schätzungsweise werden dafür weitere 3 Millionen Euro benötigt.«

Lars nickte. Er hatte keine Ahnung von diesen Dingen, aber irgendwie hörte es sich solide an, was Klaus vortrug.

»Drittens, Marketing und Vertrieb, das kostet Geld. Mindestens 1,5 Millionen. Das Gleiche nochmal für euer Team, die Büros, die Software usw. Da wären wir bei 8, plus 25 Prozent Puffer, macht glatte 10 Millionen.«

Lars atmete tief durch.

»Wie zum Teufel sollen wir so viel Geld aufbringen, wenn die Banken schon bei sechs Millionen ihre Türen verschließen?«, fragte er. Eine tiefe Falte der Verzweiflung grub sich in seine Stirn.

Klaus lachte und klopfte ihm auf die Schulter.

»Ihr seid ein aktives Investment, die ganz großen Player werden sich nach euch strecken. Ihr erreicht den Break-Even schon im ersten Jahr nach Markteinführung, schätze ich, und wahrscheinlich spielt ihr in fünf Jahren ganz oben mit. 200 bis 300 Millionen Jahresumsatz sollten drin sein. Wenn alles funktioniert, wie du beschrieben hast, dann auch noch mehr. In ein paar Tagen kriegst du einen detaillierten Businessplan. Aber jetzt lass uns noch eine Flasche von deinem Zinfandel öffnen. Guter Wein. Wirklich guter Wein, den du da aus Amerika mitgebracht hast.«

7

Franklin J. Morgan war froh, wieder festen Boden unter den Füßen zu haben, und nickte der Stewardess beim Verlassen der Boeing 737 freundlich zu. Vor elf Stunden war die Maschine von L.A. nach Erfurt gestartet. Der *Club of Toronto* hatte eingeladen, eine internationale Vereinigung führender Wirtschaftspsychologen. Jetzt begrüßte ihn der alte Kontinent mit sommerlicher Wärme. Während der kurzen Taxifahrt zum *Ökotel* in Weimar nutzte Morgan die Zeit, um den Ablaufplan der Konferenz ein weiteres Mal zu studieren.

In der Vergangenheit hatte er sich immer dagegen gewehrt, den Zusammenkünften des Clubs beizuwohnen – die monotonen Vorträge und zermürbenden Diskussionen über Wirtschaftspsychologie waren ihm ein Graus. Ganz besonders stieß ihn der Snobismus mancher Anwesenden ab, ebenso wie die omnipräsente Frage nach den jüngsten Veröffentlichungen. Viele der hochwohlgeborenen Professoren und Doktoren hatten doch keine Ahnung von den täglichen Herausforderungen eines kleinen Privatunternehmers. Sie genossen ihre hochbezahlten Positionen in den Chefetagen großer Konzerne, an Universitäten und in den Denkfabriken der Global Player. Da war es freilich einfach, eine Schar von Angestellten zu beauftragen, Forschung zu betreiben, um dann die Früchte ihrer Arbeit unter eigenem Namen zu präsentieren. Doch in diesem Jahr wendete sich das Blatt.

Allein im letzten Monat fand sich sein Name sechsmal in namhaften Fachjournalen wieder. Sogar *Nature* hatte einen Artikel über sein Institut für psychologisches Risikomanagement veröffentlicht. Franklin J. Morgan war wieder auf dem

Weg nach oben. Nach einer jahrelangen Durststrecke schien Fortuna ihm wieder hold zu sein.

Nach seinem Psychologieexamen in Phoenix hatte er sich in den späten 1980ern eine Zukunft als Psychoanalytiker in einem noblen New Yorker Vorort oder einer Siedlung der Reichen in Florida vorgestellt, doch dafür hatte ihm das Geld gefehlt. Als er den gut bezahlten Posten am Institut für Osteuropaforschung in Phoenix/Arizona annahm, entschied er sich für den sprichwörtlichen Spatz in der Hand statt der Taube auf dem Dach. Bald darauf umflatterte ihn ein ganz unerwartetes Täubchen – Joan, die achtzehnjährige Tochter des Chefs. Morgan hatte Karriere am Institut gemacht, war bis zum Direktor aufgestiegen und hatte Joan Blumenthals Herz gewonnen. Aber dann war der Crash gekommen.

Der Warschauer Pakt hatte sich aufgelöst, und plötzlich brauchte niemand mehr das Russlandinstitut, wie sie sich selbst nannten. Sie waren gezwungen gewesen, ganz von vorne zu beginnen.

Einer der Ersten, die er ins Boot geholt hatte, war Lars Clausen, ein begnadeter Computerspezialist – heute sein Partner und wichtigster Mitarbeiter.

Mit ihm hatte sich das Blatt gewendet, allerdings würde Franklin J. Morgan das niemals zugeben. Schließlich war er der Wissenschaftler, Clausen nur der Techniker, und seine Entdeckung hätte er auch ohne Clausen gemacht – vielleicht ein bisschen später – aber selbst das konnte man heute nicht mehr zurückverfolgen.

Nein, über Clausens technische Spielereien würde er kein Wort verlieren, ihm allein, Franklin J. Morgan, gebührte der Ruhm, die Minoritäten-Theorie entwickelt zu haben.

Er hatte eigentlich im Hotel *Elephant* die große Suite buchen wollen, doch andere waren ihm zuvor gekommen. So war er auf das kleine, gemütliche *Ökotel* ausgewichen, das in der historisch bedeutsamen Seifengasse lag, über deren Pflaster schon Johann Wolfgang von Goethe geschritten war.

Morgan war fest davon überzeugt, hier in Deutschland den Durchbruch zu schaffen und nach dieser Konferenz zu den bedeutendsten Wissenschaftlern seiner Zunft zu zählen. Endlich würde es wieder aufwärts gehen. Er würde einen vermögenden Teilhaber finden, der das Potenzial des Instituts erkannte und mit kräftigen Investitionen die Erforschung der Minoritäten-Theorie vorantreiben würde. Den zukünftigen Ruhm und die Anerkennung der Kollegen sah er schon vor sich, genau wie das Ende seiner Geldsorgen.

Clausen war schon vor einigen Tagen nach Deutschland geflogen. Er hatte vor seiner Abreise noch einmal versichert, dass er innerhalb weniger Stunden zur Stelle sein konnte, falls er gebraucht würde. Welch lächerlicher Gedanke. Zwar hatte er an der Ausarbeitung der Minoritäten-Theorie mitgewirkt, hatte sich, wenn sie einmal nicht vorangekommen waren, zu einem Brainstorming mit sich selbst und seinem *Brain-Translator* zurückgezogen und zweifellos war er wenige Stunden später mit der Lösung des jeweiligen Problems aufgetaucht, doch hatte Franklin beim nochmaligen Nachdenken immer die gleiche Lösung aus den schon bekannten Fakten ableiten können.

Sicher hatte Clausen nur unverschämtes Glück gehabt. Ja, so musste es sein, denn Clausen war kein Wissenschaftler, nur der Techniker. Er dachte einfacher, berücksichtigte viel weniger Details und wenn er dann aufs Geratewohl einen Tipp abgab, traf er zufällig manchmal ins Schwarze. Glück war sein Erfolgsgeheimnis und er, Franklin J. Morgan, hatte durch seine wissenschaftliche Vorarbeit die Streubreite von Clausens Tipps so eingegrenzt, dass dieser zwangsläufig zu richtigen Schlüssen kommen musste. Das war das wahre Geheimnis ihres Erfolgs, der Stimulator nur Scharlatanerie.

Morgan checkte im Hotel ein, bestellte einen Irish Coffee mit doppeltem Schuss und rief bei seiner Frau an.

»Hallo Darling, Franklin hier.«

»Schön, dass du anrufst. Wie war dein Flug?«

»War okay. Ich habe gelesen, ein bisschen geschlafen. Bin jetzt im Hotel. Es ist klein und kuschelig, ganz angenehm. Und zu Hause?«

»Deborah aus dem Sekretariat hat angerufen. Ihr ist da irgendein Fehler unterlaufen. Sie hat die falschen Unterlagen an den *Club of Toronto* geschickt. Ich habe nicht genau verstanden was, aber jedenfalls nicht dein Redemanuskript.«

»Das ist nicht weiter schlimm, ich kann ja von meinem Exemplar eine Kopie ziehen und einreichen. Sonst nichts weiter?«

»Na ja, wie man es nimmt. Benson war da, griesgrämig wie immer. Er meint, die Scottsdale-Bank hat deine Kreditlinie gekündigt, das soll ich dir ausrichten, du wüsstest, was gemeint ist. Was hat das zu bedeuten, Franklin?«

Franklin J. Morgans Atem beschleunigte sich. Banken … sie leihen dir einen Regenschirm, aber sobald der erste Tropfen fällt, wollen sie ihn zurück. Zugegeben, er war ein paarmal nach Vegas geflogen, hatte versucht, die kleine Pechsträhne zu beenden, die ihn seit zwei Jahren verfolgte. Es war noch nicht geglückt, doch mit der anstehenden Konferenz würde er die drohende Pleite seines Instituts ganz sicher abwenden können. Diesmal würde es klappen.

»Hhm, verstehe. Mach dir keine Sorgen, ich hab das im Griff. Falls Clausen sich meldet, gib ihm die Festnetznummer vom *Ökotel*. Hier scheint das Netz nicht sehr stabil zu sein, ich kann ihn auf seinem Handy nicht erreichen. Ich muss jetzt Schluss machen, muss mich auf die Konferenz vorbereiten, du weißt, wie wichtig das ist«, verabschiedete er sich von seiner Frau.

Der *Club of Toronto* tagte im *Congress Centrum Weimarhalle*. Was ursprünglich als private Initiative einiger kanadischer und US-amerikanischer Wirtschaftspsychologen begonnen hatte, entwickelte sich in den vergangenen Jahren erstaunlich dynamisch. Von der Öffentlichkeit fast unbemerkt, investierten einige der weltweit bedeutendsten Industrieunternehmen viel Geld in die psychologische Forschung, vor allem in ihre anwendungsorientierten Zweige, die Betriebs- und Organisationspsychologie.

Franklin J. Morgans Vortrag war ursprünglich für Samstagnachmittag geplant. Aus unerfindlichen Gründen wurde er vorgezogen und in das Programm der abendlichen Eröffnungsveranstaltung aufgenommen. Es war erforderlich, dass alle Redemanuskripte bereits Tage im Voraus in gedruckter Form beim *Club of Toronto* eingereicht wurden. Als die Einladung zur Konferenz vor drei Wochen im Institut eintraf, entschied man sich nach eingehender Beratung dafür, einen kürzlich in *Nature* veröffentlichten Artikel als Basis des Vortrags zu verwenden und ihn durch zusätzliche Beiträge zu erweitern. Morgan integrierte die Fachartikel seiner Kollegen weitgehend unverändert in sein Manuskript. Einzig Clausens Ausführungen über neue technische Methoden der Neurostimulation strich er; die Vorstellung schien ihm absurd, bei einem Symposium der weltweit führenden Organisationspsychologen über ein Gerät zu sprechen, das in seiner Optik einer Trockenhaube beim Friseur glich.

Noch knapp drei Stunden, bis sein Vortrag an der Reihe war. Es blieb genug Zeit, bei einem ausgiebigen Abendessen die Details seiner Rede gedanklich noch einmal durchzuspielen.

Das Restaurant *Schillerstube* in der Nähe des Universitätsgeländes war gut besucht. Hier gaben sich gut betuchte Studenten, Universitätsprofessoren und -angestellte die Klinke in die Hand. Vielleicht würde er auch auf Teilnehmer der Konferenz stoßen.

Bereits aus der Ferne machte er einige vertraute Gesichter an einer großen Tafel aus, zusammengesetzt aus mehreren Tischen. Entschlossen nahm er Kurs auf sie.

»Hallo Mister Morgan, wie schön, dass Sie zu uns kommen«, begrüßte ihn Claudio DePalma, der Personalchef einer schweizerischen Investmentbank, den er von früheren Konferenzen kannte.

Er wurde den Versammelten vorgestellt, zog sich einen Stuhl heran und gab seine Bestellung auf. Kurz darauf wandte sich Georges DeVoogd, der Juniorchef einer belgischen Zeitungskette, in tadellosem Oxford-Englisch an ihn.

»Mister Morgan, wir sind alle auf Ihren Eröffnungsvortrag gespannt. Es heißt, Sie hätten da etwas Großes ausgearbeitet. Wir sind ja keine Psychologen, eher ... nennen wir es Manager mit einer Vorliebe für Ihr Fachgebiet. Würden Sie uns nach dem Essen vielleicht einen informellen Einblick gewähren? Andernfalls befürchte ich, Ihrem Vortrag heute Abend nicht ganz folgen zu können. Ich denke, den anderen hier geht es ähnlich.«

Drei oder vier Männer nickten zustimmend, ein Zeichen dafür, dass sie DeVoogds Gedanken teilten. Er fühlte sich geschmeichelt. Begann nun der Aufstieg? War dies der Vorgeschmack des Ruhms, den er ernten würde, wenn der *Club of Toronto* das Revolutionäre seines Ansatzes und dessen Brillanz erkannte? Spontan entschloss sich Franklin, dem Wunsch des jungen Mannes nachzukommen.

Das vorzügliche Mahl hinter sich, erwartete er mit Vorfreude den Bordeaux, den er sich ausgesucht hatte. Er beschloss, in seiner Einführung etwas weiter auszuholen, um die Bedeutung seiner Theorie vollends auszuleuchten.

Morgan ergriff sein Weinglas, ließ für einen Moment den Blick über das leuchtende Rubinrot des Bordeaux schweifen und führte das Glas an seine Lippen. Er liebte den erdigen Geruch und den samtigen Abgang dieses Weins – aber beinahe ebenso genoss er den Ausdruck gespannter Erwartung in den Gesichtern der Männer am Tisch.

Einer der Zuhörer, wenn er sich recht erinnerte, der Vertreter einer japanischen Pharmafirma, legte einen Notizblock bereit. Mit dem sicheren Gespür für die Dramatik des Augenblicks, zückte Morgan seinen goldfarbenen Füller, nahm den schäbigen Bierdeckel, der in krassem Gegensatz zu dem stilvollen Rotweinglas und dem vornehmen Bordeaux stand, drehte ihn um und verewigte darauf die Formel seiner wissenschaftlichen Unsterblichkeit. Mit prüfendem Blick musterte er seine Zuhörer und stellte befriedigt fest, deren ungeteilte Aufmerksamkeit zu besitzen.

Mit einem Gefühl des Triumphs schob er das edle Schreibwerkzeug zurück in sein Lederetui. Innerlich bedauerte er es, dass er die Formel später in der Konferenz mit nichts als profaner Kreide an eine Tafel würde schreiben müssen. Erwartungsvoll blickte er in die Runde. Er rechnete damit, dass seine Zuhörer einige Augenblicke brauchen würden, um den Gehalt der Formel und ihre weitreichende Bedeutung zu erfassen, doch dann würden sie verstehen. Vielleicht würden einige aufspringen und ihm zujubeln. Doch nichts dergleichen geschah. Verständnislose Blicke trafen ihn. Enttäuschung machte sich breit. Da erinnerte er sich daran, dass DeVoogd um eine allgemein verständliche Erläuterung gebeten hatte, und so begann er: »Diese Formel ist seit den fünfziger Jahren anerkannt – sie ist gewissermaßen das Fundament der modernen Konfliktlösungsforschung. Sie gilt im Großen wie im Kleinen. Ob eine Familie nach einem passenden Auto sucht, ein Großunternehmen vor einer Strategieänderung steht oder eine Regierung nach dem effektivsten Weg zur Machterhaltung sucht – stets hängt die Gesamtwahrscheinlichkeit p_{gesamt}, mit der die Beteiligten – seien es Familienangehörige, Führungskräfte oder Regierungsmitglieder – eine Problemlösung finden, von der Anzahl n der Gruppenmitglieder und der individuellen Wahrscheinlichkeit $p_{individuell}$ ab, mit der jedes einzelne Mitglied die richtige Lösung finden könnte.«

Das war verständlich, folgerte Franklin J. Morgan aus dem zustimmenden Kopfnicken seiner Zuhörer.

»Jedoch existieren drei Prämissen für die Entscheidungsträger: Erstens – sie müssen verstehen, worüber sie sprechen;

zweitens – individuell fehlt jedem die Zeit, um alle Facetten der Problemstellung tiefgreifend zu analysieren; und drittens – es herrscht eine annähernd gleiche Ausgangslage für alle.

Um dies zu veranschaulichen: Eine vierköpfige Familie ist schon seit geraumer Zeit auf der Suche nach einem stärkeren Automobil, das auch den geerbten Wohnanhänger der Tante ziehen kann. Der Vater stößt bei einem Händler auf den Traumwagen, ein zeitlich begrenztes Sonderangebot, gültig nur bis morgen. Der Vater kennt die technischen Daten des Wagens und weiß, dass dieser den Wohnanhänger ziehen darf, doch einzig die Mutter kennt den verbleibenden Betrag des geerbten Geldes, und ausschließlich der Sohn weiß um die Dimensionen seines Surfbretts, welches zwingend in den Laderaum des Fahrzeugs passen muss. Da das Angebot mit dem Morgengrauen endet, bliebe keinem der Entscheidungsträger ausreichend Zeit, eigenständig alle Informationen zu sammeln. Die Mutter, technisch nicht versiert, achtet aber mit Argusaugen aufs Geld. Schließlich hat sie geerbt und nicht ihr Mann. Der Sohn wiederum lagert sein Surfbrett bei einem Freund, getrieben von der Furcht, seine jüngere Schwester könnte es beschädigen.«

»Das leuchtet ein«, meldete sich DeVoogd zu Wort, »der Verkaufsdirektor für Europa dürfte Schwierigkeiten haben, das Asiengeschäft zu überblicken, da er sein eigenes Gebiet nicht mal im Griff hat. Und Zeitmangel plagt ihn außerdem – die Ehefrau, die Tennislehrerin, die Sekretärin … und seit gestern auch noch die neue Praktikantin …«

Ein schelmisches Grinsen breitete sich unter den Anwesenden aus.

»Und letztendlich ist es notwendig, die Zusammensetzung der Gruppen zu steuern. Sollte die Familie zum Beispiel die zweijährige Tochter mit in die Autosuche einbeziehen, würde deren Beitrag sicher nicht über die Nennung ihrer Lieblingsfarbe hinausgehen können. Haben wir Sie da richtig verstanden?«, fragte DeVoogd nach.

Morgan nickte DeVoogd bestätigend zu und setzte fort: »Basierend auf dieser Formel …«

Er griff erneut nach dem Bierdeckel, hielt ihn demonstrativ in die Runde und bekräftigte: »Basierend auf dieser Formel ging man bisher davon aus, dass es genügt, die Entscheidungskompetenz vieler zu sichern, um durch die Meinungsmehrheit die korrekte Lösung zu erreichen. Doch die enormen Kosten, die entstehen, um absolute Mehrheiten für oder gegen eine Idee zu erzielen, wurden im letzten amerikanischen Wahlkampf offenbar. Milliarden von Dollar wurden verbrannt, und das Ergebnis war ein Patt.«

Und nach kurzem innehalten fügte er hinzu: »Diesen Ansatz habe ich verworfen und stattdessen nachgewiesen, dass es eine effektivere Methode gibt – meine Minoritäten-Theorie.«

Wieder sah Morgan in etwas ratlose Gesichter. Er war schon nicht mehr überrascht, schließlich hatten auch Einsteins Relativitätstheorie bis heute nur wenige verstanden.

»Die Öffnung der Mauer in Ostberlin inspirierte mich zu dieser Idee. Über Jahrzehnte hinweg nahmen selbst wir im Westen an, die Mauer würde, wenn nicht für immer, so doch für viele weitere Jahrzehnte Bestand haben. Die ostdeutschen Machthaber hatten es geschafft, die Mauer in die Sphäre privater Diskussionen zu verbannen, und es schien so, als habe sich die Mehrheit zumindest im Geiste der Doktrin des antifaschistischen Schutzwalls gebeugt. Lediglich eine Minderheit leistete offen Widerstand und erduldete die Repressalien der Staatsgewalt. Doch untergründig bewirkte die standhafte Meinung dieser Minderheit ein Umdenken in der Mehrheit, was letztlich zum Erosionsprozess des gesamten Ostblocks führte.«

Zufrieden blickte er in die Runde. DeVoogd spendete Beifall.

»Faszinierend, Mister Morgan. Könnte man mit Ihrer Theorie auch zukünftige politische Entwicklungen hochrechnen? Beispielsweise hier in Deutschland? Die AfD rangiert in Umfragen zwischen 20 und 25 Prozent. Nach Ihrer Theorie muss die AfD nur laut genug schreien, dann kann sie die Mehrheit übertönen und ein Bundesland nach dem anderen kassieren.«

Morgan hob den Blick und für einen flüchtigen Moment fühlte er sich unvorbereitet. Doch rasch fing er sich wieder.

»Nun, die Minoritäten-Theorie könnte in der Tat auch in solchen politischen Kontexten relevant sein. Wenn eine Minderheit, in diesem Fall die AfD, eine gefestigte und konsistente Botschaft vertritt, könnte sie die öffentliche Meinung beeinflussen, selbst ohne Mehrheit. Doch das bedeutet nicht zwangsläufig, dass die Minderheit im Recht ist oder dass ihr Einfluss stets positiv ausfällt. Es demonstriert vielmehr die Macht, die eine gut organisierte Minderheit haben kann.«

DeVoogd nickte beifällig.

»Was zeigt, dass Ihre Theorie weit über den wissenschaftlichen Horizont hinaus auch gesellschaftliche Relevanz besitzt.«

Ein Schimmer der Selbstzufriedenheit spielte um Morgans Lippen. Die praktische Umsetzung seiner Theorie schien weit mächtigere Auswirkungen zu entfalten, als er je zu träumen gewagt hatte – mit Potenzial sowohl für Gutes als auch für Unheil. Gemächlich lehnte er sich zurück, ließ seinen Blick über die Anwesenden gleiten und begann im Geist die zu erwartende Rendite zu kalkulieren, nicht nur den wissenschaftlichen Ruhm, sondern auch ein sattes finanzielles Plus. Er dachte an politische Think Tanks, die bereit sein könnten, für seine Expertise zu zahlen. Er sah sich in opulenten Sitzungssälen thronen, umringt von Machtträgern und Strategen, die an seinen Lippen hingen. Vor seinem inneren Auge verwandelte sich sein Institut in ein Beratungsunternehmen, spezialisiert darauf, politische Parteien und Bewegungen zu steuern, sie zu lehren, die Kunst der Meinungsmache zu verstehen und zu nutzen. In seiner Vorstellung entwarf er bereits eine Software, die den Puls der Minderheitenmeinung in den sozialen Medien erfasste und Strategien entwickelte, diese zu verstärken. Und er bot seine Dienste den Supermächten an, Mächten, die darauf erpicht waren, den öffentlichen Diskurs zu lenken und ihren geopolitischen Einfluss zu mehren. Selbstredend würde er ethische Grenzen beachten, aber das Spektrum der Möglichkeiten schien auf einmal grenzenlos. DeVoogds Stimme riss ihn aus seinen Visionen.

»Mister Morgan, Sie scheinen weit weg zu sein. Alles in Ordnung?«

Morgan schüttelte den Kopf, als würde er aus einem Traum erwachen.

»Ja, ja, natürlich. Ich war nur in Gedanken versunken. Es gibt so viele Möglichkeiten, so viele Wege, die man einschlagen könnte.«

DeVoogd lächelte mild.

»Das ist das Wunderbare an der Wissenschaft, nicht wahr? Sie öffnet Türen, von denen wir nicht einmal wussten, dass sie existieren.«

Die Umstehenden hoben ihre Gläser. Jetzt war er sich sicher, dieser Abend würde sein persönlicher Triumph werden, ein Triumph, den er sich redlich verdient hatte.

Noch eine Stunde bis zur Eröffnung der Konferenz – Franklin J. Morgan machte sich auf den Weg ins Hotel, um die legere Freizeitkleidung abzulegen, die er zum Abendessen getragen hatte. Er würde duschen und dann die passende Garderobe für seinen großen Abend wählen.

Beim Durchschreiten der Lobby des *Ökotels* näherte sich ihm jener Mann, der sich im Restaurant Notizen zu seinem Vortrag gemacht, dann jedoch nichts zur Diskussion beigetragen hatte. Wie unangenehm, dachte Morgan, der Name des Japaners, den DeVoogd ihm vorgestellt hatte, war ihm entfallen.

»Guten Abend! Sie residieren also auch im *Ökotel*?«, startete er den Versuch einer unverfänglichen Konversation.

Der Japaner entnahm seinem Jackett eine Visitenkarte und überreichte sie Morgan mit einer respektvollen Verbeugung.

»Haruki Kawabata. Verzeihen Sie bitte die Störung so kurz vor der Konferenz. Es wäre mir jedoch von großer Bedeutung, ein paar Minuten Ihrer Zeit für ein persönliches Gespräch zu erbitten.«

Was hatte er schon zu verlieren, überlegte Morgan, fast eine ganze Stunde verblieb noch und er willigte ein. Nachdem sie an einem der kleinen Tische in der Lobbybar Platz genommen hatten, musterte Herr Kawabata noch einmal prüfend die Umgebung, bevor er sein Anliegen vorbrachte.

»Mister Morgan, als Mitglied des Vorstands des *Club of Toronto* hatte ich die Ehre, Ihren Beitrag im Vorfeld zu prüfen und unser Konsortium über Ihre bahnbrechende Erfindung in Kenntnis zu setzen. Ich bin beauftragt, Ihnen ein Anfangsgebot von zwei Millionen Dollar für die Erwerbsrechte zu unterbreiten. Sollte dieses Angebot Ihren Vorstellungen nicht entsprechen, nennen Sie mir bitte Ihren Preis, binnen 24 Stunden kann ich das Einverständnis unseres Vorstands einholen, wenn alles wie beschrieben funktioniert.«

Franklin J. Morgan war wie versteinert. Was hatte Herr Kawabata eben gesagt? Er war wohl unkonzentriert, hatte nicht genau hingehört, sondern gerade davon geträumt, endlich seine Geldsorgen los zu sein. … Millionen … hörte er das Echo in seinem Ohr, ja, die Forderungen der Bank konnten einen schon verrückt machen.

Er sah wie Kawabatas Lippen sich bewegten, aber die Worte drangen nicht zu ihm vor. Wieder hallte das Echo … Millionen … Millionen wofür?

»Mister Morgan, bitte nennen Sie mir Ihren Preis für die Patentrechte. Wir würden uns umgehend um die Anmeldung kümmern.«

Patentrechte für eine bloße Theorie? Morgan konnte nicht glauben, was er da hörte, aber Kawabata fuhr unerbittlich fort …

»Sollten Sie aus ethischen Gründen zögern, Ihre Entdeckung freizugeben, möchte ich Ihre Zweifel aus dem Weg räumen. Unser Konsortium ist nicht an der großtechnischen Produktion des Neurostimulators interessiert. Um einen Missbrauch dieser Technologie zu verhindern, würden wir Ihre Entwicklung unter Verschluss halten, bis die Zeit reif ist. Es war ein Risiko, einer so großen Zuhörerschaft Ihre Entdeckung offenzulegen, bevor die Patentrechte gesichert sind …«

In Morgans Kopf pochte es, als wollte er bersten. Seine Kehle war staubtrocken und sein Magen hob sich. Kawabata sollte endlich still sein. Das also begehrten sie – Clausens Spielerei – den *Brain-Translator* – nicht seine neue Theorie. Er spürte, wie eine Welt in sich zusammenfiel, erhob sich ruckartig und verließ eilig die Lobby, ohne Kawabata auch nur eines weiteren Blickes zu würdigen. Er wollte nichts mehr davon hören, er wünschte nur eines – allein sein. Er stürmte durch die Gänge des *Ökotel*, dessen Wände auf ihn zukamen, dessen Decke sich bei jedem seiner Schritte weiter abzusenken schien. Endlich erreichte er sein Zimmer, warf die Tür zu und lehnte seinen Kopf gegen die kühle Wand. Sein Herz schlug heftig, sein Atem war schwer. Er sah auf die Uhr – nur noch 45 Minuten bis zum Vortrag. Mit zittrigen Händen öffnete er die gut gefüllte Minibar, leerte in einem Zug eine kleine Flasche Whisky, gefolgt von einer zweiten. Das scharfe Brennen in seiner Kehle bot einen flüchtigen Ausweg aus der erdrückenden Realität. Er ließ sich auf das Bett fallen und starrte auf seine zusammengetragenen Notizen für den Vortrag. Alles war so trivial, so bedeutungslos.

Mit Mühe zog er den Anzug an. Jede Bewegung schmerzte, jeder Atemzug war eine Qual. Im Spiegel erblickte er einen Fremden, das Gesicht aschfahl, die Augen nervös zuckend.

Er probierte den Jägermeister, danach ein Glas Pinot Grigio. Die Welt war nicht mehr ganz so trostlos. Er riss sich zusammen und stand auf. Diesen Vortrag musste er durchziehen – um jeden Preis.

Beim Betreten des Konferenzsaals spürte er eine zentnerschwere Last auf sich ruhen. Er ging zum Podium, schob seine Notizen zurecht und begann zu sprechen. Als er die Minoritäten-Theorie vorstellte, kam Unruhe auf im Saal. Er hörte unfreundliches Murmeln, das anschwoll, sah in verständnislose Gesichter. Einige Zuhörer standen auf und verließen den Saal, mitten in seinem Vortrag.

Er verhedderte sich in seinen Gedanken, stolperte über die eigenen Worte, verlor den Faden. Sein Blick fiel auf Herrn Kawabata in der ersten Reihe, der ihn mit durchdringendem Blick fixiert hielt. Mit äußerster Anstrengung brachte er den Vortrag zu Ende. Der Applaus war gedämpft, vereinzelt schüttelte man den Kopf. Morgan verließ das Podium und ging, ohne jemanden anzusehen. Beim Verlassen des Gebäudes holte ihn der Japaner ein.

»Mister Morgan, haben Sie über unser Angebot noch einmal nachgedacht?«

Morgan stoppte und musterte Kawabata. Als Geschäftsmann mochte er versagen, aber in diesem Moment fühlte er sich gänzlich losgelöst und furchtlos. Der Alkohol schenkte ihm unverhofften Mut.

»Zehn Millionen«, sagte er mit einer Leichtigkeit, als spräche er über Peanuts, »für zehn Millionen überlasse ich Ihnen alles.«

Kawabatas Augenbraue hob sich.

»Das ist ein kühner Zug, Mister Morgan. Geben Sie mir 24 Stunden, um es mit meinem Konsortium zu besprechen.«

Morgan nickte. Er spielte hoch, vielleicht zu hoch. Doch was blieb ihm übrig? Er steuerte geradewegs auf das Hotel zu, bat am Empfang darum, seinen Kühlschrank wieder aufzufüllen.

»Selbstverständlich, sofort«, erwiderte die Hotelangestellte mit einem Lächeln. Dann flüsterte sie, während sie in Richtung Bar deutete: »Mister Morgan, seit einiger Zeit warten dort Leute auf Sie.«

Morgan folgte ihrem Blick und nahm drei Personen wahr, die an einem abgelegenen Tisch saßen. Es handelte sich um jene Frau und die zwei Männer, die während seines Vortrags aufgestanden und aus der Weimarhalle verschwunden waren, offenbar, um ihm hier aufzulauern. Ihr Winken verriet, dass sie ihn bereits entdeckt hatten und sie erhoben sich von ihren Plätzen, als er auf sie zuging.

»Mister Morgan, bitte verzeihen Sie, dass wir Ihren Vortrag vorzeitig verlassen haben. Wir wollten einfach da sein, wenn Sie ins Hotel zurückkommen«, sagte die Frau und streckte ihm freundlich lächelnd die Hand entgegen.

»Ich bin Dr. Emily Thompson, Gründerin und Geschäftsführerin von NeuraMind aus Kanada. Das sind Mr. Liang von TianMeng Entertainment aus Hongkong und Sergei Horowitz, der CyberSec Dynamics aus Israel vertritt. Wir sind sehr an einer Kooperation mit Ihnen interessiert.«

Man reichte ihm Visitenkarten. Das Spiel begann, ihn zu belustigen. Erst der Japaner, jetzt Hongkong, Kanada und Israel – die ganze Welt war hinter Clausens Trockenhaube her.

»Ich bin gespannt. Was schwebt Ihnen vor?«

Während er reihum Hände schüttelte, wanderte sein Blick von einem Gesicht zum nächsten. Er sah in überraschte Mienen und er war selbst überrascht, wie leicht ihm die Worte von der Zunge glitten: »Setzen wir uns. Ich denke, jeder sollte fünf Minuten bekommen, um seine Organisation vorzustellen. Ladies first, bitte schön.«

Er nickte Dr. Thompson freundlich zu. Sie brauchte einen Moment um sich zu sammeln, räusperte sich kurz, dann hob sie den Blick und sah Morgan an.

»Nun ja, fünf Minuten sind knapp bemessen, Mister Morgan. Als kanadisches Start-up fokussieren wir uns auf die Entwicklung von Neuroprothesen zur Steigerung der Lebensqualität von Menschen mit neurologischen Beeinträchtigungen. Unsere Arbeit verknüpft Neurowissenschaft, Ingenieurwesen und künstliche Intelligenz, um bahnbrechende Produkte zu entwickeln.«

Sergei Horowitz mischte sich ein: »Das klingt durchaus ehrenhaft, Dr. Thompson, aber wie steht es um Ihre finanziellen Ressourcen? Was können Sie Mister Morgan anbieten? Ihre Firma steht immerhin im Wettstreit mit *NeuraLink* von Elon Musk. Auch *Synchron* hat bereits eine FDA-Zulassung für seine Chip-Implantate erhalten.«

Dr. Thompson lächelte weiter selbstbewusst.

»Ich schätze Ihre Direktheit, Mister Horowitz«, entgegnete sie, »es ist wahr, dass wir in der Vergangenheit finanziellen Herausforderungen gegenüberstanden. Uns verließen einige größere Investoren, getrieben von der Hoffnung auf schnelle Renditen. Doch Innovation – vor allem in einem Feld so komplex wie unserem – gleicht eher einem Marathon als einem Sprint.«

Horowitz ließ nicht locker.

»Das mag sein, aber Geld ist der Treibstoff für diesen Marathon.«

»Neuralink macht uns keine Angst. Elon Musk hat sich schon mehrfach verzettelt und auch aus bestehenden Investments wieder zurückgezogen. Aber sie haben recht, Geld ist der Treibstoff, und deshalb haben wir unsere Finanzierungsstrategie diversifiziert. Wir haben erste Patente lizenziert und eine Crowdfunding-Kampagne gestartet. Aber das Wichtigste ist, dass wir an das glauben, was wir tun. Und wir suchen Partner, die diese Vision teilen.«

Sie wandte sich wieder an Morgan.

»Mister Morgan«, fuhr sie fort, »eine großzügige Barauszahlung liegt außerhalb unserer Möglichkeiten. Stattdessen biete ich Ihnen eine bedeutende Beteiligung an unserem Unternehmen – in Aktienform. Ihr Investment würde nicht nur einem Produkt gelten, sondern einer Vision, die das Potenzial hat, die Welt zu wandeln. Ich appelliere an Ihr Gewissen: Lassen Sie uns Hand in Hand etwas von bleibender Bedeutung erschaffen.«

Morgan sah auf seine Nautilus-Armbanduhr von Patek Philippe. Auch die Uhr, die ihm sein Schwiegervater vererbt hatte, würde wohl in zwei Wochen an die Bank gehen. Dr. Thompsons Zeit war abgelaufen. Er schüttelte sich kurz und nickte Herrn Liang zu. Der Geschäftsmann aus Hongkong räusperte sich.

»Mister Morgan, TianMeng Entertainment ist ein aufstrebendes Gaming-Unternehmen und wir sehen großes Potenzial in einer langfristig angelegten Zusammenarbeit mit Ihnen. Unser Know-how und unsere Kontakte könnten Ihnen bei der Erschließung des riesigen chinesischen Marktes sicher nützlich sein. Und außerdem bieten wir Ihnen fünf Prozent Anteile an den zukünftigen Lizenzgebühren für alles, was aus dem Neurostimulator hervorgeht. Stellen Sie sich vor, wie wir die Gaming-Erfahrung revolutionieren könnten! Wir könnten Spiele entwickeln, die direkt mit dem menschlichen Gehirn interagieren, die Emotionen der Spieler in Echtzeit erfassen und darauf reagieren. Das wäre ein Quantensprung in der Interaktivität. Es würde uns auf den ersten Platz in der Gaming-Welt katapultieren.«

Ein warmes Gefühl stieg in Franklin J. Morgan auf. Einstieg in den chinesischen Markt, vielleicht Abermillionen an Lizenzgebühren in der Zukunft. All seine finanziellen Probleme wären auf Dauer gelöst. Vielleicht konnte man mit einem solchen Angebot in der Hand noch einmal mit der Bank verhandeln. Doch bevor er seine Gedanken zu Ende bringen konnte, meldete sich wieder Horowitz.

»Entschuldigen Sie die Unterbrechung, aber Sie sollten nicht außer Acht lassen, welche ethischen Implikationen eine solche Technologie haben könnte, insbesondere in den Händen eines Unternehmens aus China, einem Land, in dem die Regierung bereits jetzt eine Milliarde Menschen bevormundet. Ich meine, wir sprechen hier nicht mehr von klassischer Überwachung. Mit dieser Technologie könnten Sie direkt in die Hirne der Menschen schauen. Das ist eine ganz neue Dimension. Und glauben Sie mir, Mr. Morgan, das lässt sich die westliche Welt nicht bieten. Sie werden auf der Embargoliste der USA und der EU landen. Man wird Sie mit Prozessen überziehen und ruinieren, schneller als Sie eins und eins zusammenzählen können.«

Herr Liang lächelte, ein wenig gezwungen.

»Ich verstehe Ihre Bedenken, Mister Horowitz. Aber TianMeng ist ein unabhängiges Unternehmen, und wir folgen strengen ethischen Richtlinien.«

Horowitz schnaubte verächtlich.

»Ethik ist relativ, wenn man die Mündung einer Maschinenpistole im Nacken spürt.«

Er legte eine süffisante Pause ein, bevor er fortfuhr: »Produziert die Volksrepublik nicht eine eigene Version der Kalaschnikow? Wie viele Exekutionen fanden in Ihrem Land im letzten Jahr statt? Zweihundert? Tausend? Manche Berichte behaupten, China hätte seit 2007 jedes Jahr mehr als 6.000 Menschen hingerichtet.«

Der Geschäftsmann aus Hongkong senkte den Blick, während Horowitz sich zu Franklin J. Morgan wandte, der gedankenverloren das Zifferblatt seiner Uhr mit Zeige- und Mittelfinger streichelte.

»Gestatten Sie, Mister Morgan. Ich will Ihre Zeit nicht über Gebühr beanspruchen. Fünf Minuten benötige ich nicht. Geben Sie mir eine und ich bin sicher, dass Sie mein Angebot nicht ausschlagen werden. Wir bieten 20 Millionen Dollar, davon 5 Millionen als Sofortzahlung, der Rest folgt in zwei Wochen, es sei denn …«

Ein plötzlicher Ruck durchfuhr Morgan, seine Augen fixierten Horowitz.

»Zwanzig Millionen«, flüsterte er und nickte fast unbewusst, ehe Horowitz' letzter Halbsatz in seinem Bewusstsein ankam.

»Es sei denn?«, hakte er nach, seine Stimme ein Spiegelbild der inneren Zerrissenheit, die ihn erfüllte.

»Es sei denn, Ihre Frau oder Mister Clausen erheben Einspruch gegen unseren Deal und Sie liefern die beiden funktionsfähigen Prototypen nicht innerhalb der vereinbarten Frist.«

Morgan spürte einen Stich in seiner Brust. Ein Wirbelwind peitschte Gedanken durch seinen Kopf. Clausen – er hatte stets behauptet, das Gerät funktioniere, aber Morgan hatte es nie unter realen Bedingungen geprüft. Was, wenn es versagte? Was, wenn er seine Hoffnungen auf eine Technologie setzte, die am Ende nicht mehr als eine Illusion war? Und Joan – was hatte sie damit zu tun?

»Es irritiert mich, dass Sie die Zustimmung von Herrn Clausen und meiner Frau einfordern. Beide besitzen lediglich zwanzig Prozent der Anteile meiner Firma. Sie sollten kein Hindernis darstellen.«

Horowitz' Lächeln glich dem eines Raubtiers.

»Wenn Sie meinen… Allerdings ist mir zu Ohren gekommen, dass die Scottsdale-Bank gewisse Ansprüche an Sie stellt.«

»Was wollen Sie damit sagen?«

»Nun, Mister Morgan. Es könnte belanglos sein. Ich frage mich nur, weshalb Ihre Bank ausgerechnet jetzt Probleme macht. Betrifft es nur Sie, oder auch Ihre Frau und Herrn Clausen, die Miteigentümer? Blumenthal – ein Name deutscher-jüdischer Herkunft. Clausen stammt ebenfalls aus Deutschland, ein unverheirateter Mann. Joan ist eine attraktive Frau, einige Jahre jünger als Sie. Aber wenn Sie sich sicher sind, dass zu Hause Frieden herrscht, dann sollten wir zum Geschäftlichen kommen.«

Wie ein Magier, der ein Kaninchen aus dem Hut zaubert, holte Horowitz einen Vertragsentwurf hervor und legte ihn mit einem siegessicheren Lächeln auf den Tisch. Morgan konnte trotz des aufkeimenden Unbehagens nicht umhin, die Professionalität des Mannes zu bewundern. Er wog noch einmal die Bedenken ab. Eigentlich war Clausen der wahre Erfinder des Neurostimulators. Doch er glaubte fest daran, Clausen überzeugen zu können. Horowitz' Worte hallten in seinem Kopf nach: ›Ethik ist relativ …‹ Vielleicht brauchte es keine Maschinenpistole – eine schlichte Kündigungsandrohung könnte ausreichen. Dann dachte er an Joan. Nach dreißig Ehejahren war die Leidenschaft erloschen. Er erinnerte sich an die zahlreichen Abende, die sie, jeder in seine eigene Welt vertieft, auf dem Sofa verbracht hatten, und fragte sich, ob 20 Millionen Dollar das Potenzial hatten, ihre Welt wieder zu beleben oder sie endgültig auseinanderzureißen.

Morgan seufzte, zückte seinen goldfarbenen Federhalter und unterschrieb den Vertrag.

»Ein kluger Schritt, Mister Morgan. Sie werden es nicht bereuen«, nickte Horowitz, sein Blick scharf wie ein Skalpell. Zwei Männer betraten die Lobby des *Ökotels*. Er rief sie heran.

»Aber nehmen Sie es mir nicht übel, dass wir Ihnen ab sofort nicht mehr von der Seite weichen. Zu Ihrer eigenen Sicherheit, Mister Morgan.«

8

In einem abgelegenen Nebenraum der Weimarhalle, dessen Wände mit schalldämpfenden Paneelen verkleidet waren, stand ein massiver Konferenztisch. Der Raum war in weiches, nicht blendendes Licht getaucht, das von einem umlaufenden, gekonnt in die Wandvertäfelung integrierten Lichtband ausging. Neben Haruki Kawabata, dem CEO von SakuraLife, hatten sich Dr. Ulrike Walther von SynthoMind aus Berlin und William Harris vom US-amerikanischen PaxaPharma eingefunden. Beide Unternehmen gehörten mit Medikamenten zur Behandlung von Schlafstörungen und zur Steigerung der mentalen Leistungsfähigkeit zu den am schnellsten wachsenden ihrer Branche. Der Kongressveranstalter *Converia* hatte den Raum für die Tagung des *Club of Toronto* bereitgestellt und kurzfristig ein großes Display an der Stirnseite des Raumes installiert, das aufflackerte und die Vorstände der drei Unternehmen zuschaltete. Yumi Nakamura, die Aufsichtsratsvorsitzende von SakuraLife, ergriff das Wort. Ihre Stimme war ruhig, aber die Worte waren geprägt vom Gewicht einer unausweichlichen Realität.

»Meine Damen und Herren, wir alle bewegen uns in einem komplexen und dynamischen Geschäftsfeld, das von einer Vielzahl von Faktoren beeinflusst wird. In den letzten Jahren hat unser Markt ein stetiges Wachstum erlebt, getrieben durch den Anstieg psychischer Erkrankungen weltweit. Innovative Unternehmen wie unsere, investieren nicht mehr nur in verbesserte Wirkstoffe, sondern auch in Genomforschung und personalisierte Medizin, wodurch in Zukunft ganz neue Geschäftsfelder erschlossen werden können. Zudem gibt es ein enormes Wachstumspotenzial in Schwellenländern, wo der Zugang zu psychischer Gesundheitsversorgung bisher begrenzt war. Wir wehren uns seit Jahren erfolgreich gegen verschärfte regulatorische Anforderungen staatlicher Akteure, die die Markteinführung neuer Produkte verzögern und damit verteuern, gegen die Überflutung der Märkte mit Generika, gegen Budgetkürzungen der Gesundheitssysteme und gegen nicht zielführende gesellschaftliche und ethische Diskussionen zum Einsatz von Psychopharmaka allgemein, zu vermeintlichen Übermedikationen oder den Einsatz bei Kindern betreffend. Das alles kostet unsere Unternehmen Jahr für Jahr viele Milliarden für Forschung und Entwicklung – trotzdem bisher ein lohnendes Geschäft. Doch jetzt stehen wir an einem Wendepunkt. Alternative Therapieformen wie Neurostimulatoren, Psychotherapie-Apps und andere nicht-medikamentöse Behandlungsformen stellen eine wachsende Konkurrenz dar und gefährden die planmäßige Entwicklung unserer Firmen und des gesamten Marktumfeldes.«

Sie machte eine kurze Pause. Haruki Kawabata rutschte unruhig auf seinem Sitz hin und her, die Hände nervös ineinander verschränkt. Er spürte die Blicke der anderen und fühlte die unsichtbare Schlinge, die sich um seinen Hals legte. Dr. Walther und William Harris tauschten flüchtige Blicke aus. Yumi Nakamura fuhr fort, ihre Stimme klang scharf und entschlossen.

»Und genau an diesem Wendepunkt haben wir eine entscheidende Gelegenheit verpasst. Der *Brain-Translator* des amerikanischen Instituts für Psychologisches Risikomanagement hat das Potenzial, eine Revolution in der Behandlung psychischer Erkrankungen auszulösen – einen Paradigmenwechsel, der den Beginn einer dunklen Ära darstellen könnte. Es wäre ein Leichtes gewesen, das Gerät in unseren Besitz zu bringen und es für lange Zeit in einem Tresor verschwinden zu lassen oder es zumindest so zu modifizieren, dass es keinen Schaden anrichten kann. Doch nun soll es an CyberSec

Dynamics gehen, ein Unternehmen, das unsere Interessen sicherlich nicht teilt.«

Eine weitere Pause folgte, während ihr Blick Haruki Kawabata zu fesseln schien, als wollte sie in seine Seele blicken.

»Haruki, du hattest die Autorität und die Mittel, diesen Handel zu vollziehen. Und doch ist er gescheitert. Kannst du uns erklären, warum?«

Kawabata schluckte schwer, seine Kehle schien wie zugeschnürt.

»Ich ... ich habe versucht, die Verhandlungen so respektvoll und vorsichtig wie möglich zu führen, im Einklang mit unserer Unternehmensphilosophie und den asiatischen Geschäftstraditionen. Aber ich habe die Dringlichkeit der Situation unterschätzt. Dafür übernehme ich die volle Verantwortung.«

Dr. Walther schnaubte leise, während William Harris seine Augenbrauen hochzog – ein stummes Zeichen seines Unmuts. Yumi Nakamura nickte langsam.

»Deine Einsicht in Ehren, Haruki, aber sie ändert nichts an der Tatsache, dass wir schnell und entschlossen handeln müssen. Es bleibt keine Zeit für Reue oder Selbstmitleid. Wir müssen nach vorn blicken und einen Ausweg aus dieser Krise finden. Was wissen wir über den *Brain-Translator* und seine Entwickler. Was wissen wir über CyberSec Dynamics?«

William Harris räusperte sich und lehnte sich in seinem Stuhl zurück.

»CyberSec Dynamics ist ein israelisches Unternehmen, das sich auf Cybersecurity und künstliche Intelligenz spezialisiert. Der Hauptgesellschafter, Sergei Horowitz, ein russisch-israelischer Geschäftsmann, unterhält Verbindungen zu diversen Geheimdiensten. Ihre Absichten bezüglich des *Brain-Translators* sind zwar noch ungewiss, doch ihr ausgeprägtes Interesse an der Technologie ist nicht zu übersehen.«

Dr. Walther ergänzte: »Was Lars Clausen anbelangt, so mag er ein Genie sein, aber er ist auch ein noch größerer

Einzelgänger. Er hat den *Brain-Translator* komplett im Geheimen entwickelt und bisher keine Informationen preisgegeben. Es ist von entscheidender Bedeutung, seinen Aufenthaltsort zu ermitteln und einen Zugang zu ihm zu finden. Möglicherweise können wir auch über die Ehefrau von Franklin J. Morgan an wertvolle Informationen gelangen.«

Yumi Nakamura nickte bekräftigend.

»Vergessen Sie nicht, dass der *Brain-Translator* mehr darstellt als ein simples Gerät. Er könnte die gesamte Psychopharmakaindustrie revolutionieren.«

Haruki Kawabata spürte das Gewicht der entgangenen Chance, das zunehmend schwerer auf ihm lastete.

»Was wird unser nächster Schritt sein?«, erkundigte er sich, seine Stimme kaum merklich zitternd.

Yumi Nakamura fixierte ihn mit ihrem Blick.

»Wir gründen ein Einsatzteam. Jedes unserer Unternehmen wird einen Verantwortlichen benennen und fünf Millionen Dollar bereitstellen, um angemessene Mittel für die Übernahme des *Brain-Translators* zur Verfügung zu haben. Ob dies bedeutet, mit CyberSec Dynamics in Verhandlungen zu treten, Lars Clausen ausfindig zu machen oder gar eine Beteiligung am Institut von Franklin J. Morgan in Arizona zu erwägen – alle Möglichkeiten sind zu prüfen.«

Die Anwesenden nickten, mit ernsten, doch entschlossenen Mienen. Yumi Nakamura beendete die Besprechung.

»Somit ist es beschlossen. Haruki, du wirst die Operation führen. Und diesmal gibt es keinen Raum für Fehler. In Anbetracht der Dringlichkeit erwarte ich tägliche Berichte. Jede neue Erkenntnis ist mir unverzüglich zu melden.«

Der Bildschirm verdunkelte sich. Dr. Walter und Mr. Harris sammelten ihre Unterlagen ein, nickten Haruki Kawabata zu und verließen den Raum. Er blieb allein zurück, umgeben von der Stille des Raumes und der Last der Verantwortung, die schwer auf seinen Schultern ruhte.

9

Der Kurierdienst fuhr mit einem weißen Lieferwagen vor. Der Motor des Wagens verstummte, und der Fahrer stieg aus, ein Päckchen unter dem Arm.

»Guten Tag, Herr Clausen. Ich habe hier eine Sendung für Sie. Aus den USA, wenn ich das richtig sehe«, sagte der Mann.

»Ah, prima. Gab es Probleme beim Zoll?«

In Lars' Stimme schwang ein Hauch von Besorgnis mit. Der Bote blätterte durch seine Papiere.

»Warenwert 300 Dollar, 2,7% Zoll, 19% Einfuhrumsatzsteuer. Keine Besonderheiten. Alles ist reibungslos verlaufen.«

»Perfekt. Ich würde gern mit American Express zahlen, falls möglich.«

»Selbstverständlich, das ist kein Problem.«

Nachdem der Kurier abgefahren war, verschloss Lars die Tür und begab sich ins Wohnzimmer. Mit einem Cutter machte er sich vorsichtig an das Öffnen des Pakets und überprüfte den Inhalt auf Schäden – nichts zu finden. Dann trug er das Verpackungsmaterial in die Garage, legte es auf die Werkbank und platzierte den Inhalt des Pakets sorgfältig im Kofferraum seines Trabants, neben der Campingausrüstung.

Während er aus der Garage fuhr, dachte er an den bevorstehenden Vortrag von Franklin am Samstag. Er wollte in Reichweite sein, falls Fragen zum *Brain-Translator* oder seinen Funktionen aufkamen. Franklin war kein Experte, was die Technik anging, nur Lars kannte jede Schaltung, jeden Algorithmus.

Er hielt noch einmal vor der Tür des Bungalows und nahm den Brötchenbeutel vom Fensterbrett. Die junge Frau hatte mehr als Wort gehalten. Im Beutel waren neben Croissants auch sämtliche anderen Brötchensorten vertreten, die sie aufgezählt hatte. Obenauf ein Zettel mit einem gemalten Smiley, darunter in Schönschrift ›Unser täglich Brot allein ist nicht genug. Man braucht ein Lächeln dazu. Jessica von Nordlicht‹.

Schmunzelnd nahm er die restliche Marschverpflegung aus dem Kühlschrank und verstaute die Kühltasche auf den Rücksitzen. Die Tür der benachbarten Ferienwohnung sprang auf und Klaus erschien, die Haare zerzaust und die Augen noch halb geschlossen, als wäre er gerade aus dem Bett gefallen.

»Lars, einen Moment noch!«, rief er und schwenkte einen Briefumschlag.

»Ich hatte ihn dir versprochen – den Businessplan. Hat leider ein bisschen länger gedauert als erwartet.«

Lars nahm den Umschlag entgegen und wog ihn in der Hand.

»Das fühlt sich nach einer Menge Arbeit an. Danke, Klaus. Ich werde die Zahlen zusammen mit meinem Chef durchgehen. Hoffentlich kann ich ihn überzeugen.«

»Ach, das wird schon, toi, toi, toi. Wenn du Fragen hast, melde dich. Wir sind noch bis morgen hier, dann zwei Wochen im isländischen Hochland unterwegs. Da wirst du mich kaum erreichen, aber danach kannst du jederzeit in München anrufen, wir machen einen Termin und besprechen die Sache«, sagte Klaus, gähnte ausgiebig und rieb sich die Augen.

»Selbstverständlich, melde ich mich, sobald wir uns einen Überblick verschafft haben. Jetzt muss ich aber wirklich los. Geh nochmal ins Bett, siehst aus, als könntest du es gebrauchen«, entgegnete Lars lächelnd.

Er stieg erneut in den Trabant, startete den Motor und winkte kurz zum Abschied. Er rollte aus der Einfahrt und nahm Kurs auf Thüringen, den Briefumschlag sicher im Handschuhfach verstaut. Während er die Insel über die

Zecheriner Brücke verließ, sinnierte er über die zahlreichen Chancen, die der Businessplan ihm bieten könnte.

Die Reifen des Trabants summten über den Asphalt, als Lars durch Mecklenburgs flache Landschaften fuhr. Der Himmel war ein riesiges Gemälde, ein ständig wechselndes Spiel aus Sonne und Wolken, aus Licht und Schatten. Durch die bescheidene Höchstgeschwindigkeit des Trabis war er manchmal zu erhöhter Konzentration gezwungen, wenn ein anderes Auto viel zu dicht auffuhr, er zwischen zwei polnischen Transportern eingeklemmt war oder ein Wohnanhänger in der Überholspur der Baustelle Schlangenlinie fuhr und den Trabi fast von der Fahrbahn drängte. Doch während des gleichmäßigen Dahingleitens mit LKW-Geschwindigkeit genoss er die Entschleunigung, die willkommene Pause von der üblichen Autobahnhektik, die Rückkehr zur Einfachheit – kein komplizierter Bordcomputer, keine ständigen Benachrichtigungen. Nur er, das Auto und die Straße. Vor ihm leuchteten Bremslichter auf, dann das rhythmische An und Aus der Warnblinkanlagen. Wie eine endlose Schlange wand sich der Stau durch eine Baustelle. Er griff nach hinten, öffnete die Kühltasche und gönnte sich einen erfrischenden Schluck Wasser. Der Verkehr setzte sich wieder in Bewegung, und als er die Baustelle passiert hat, löste sich der Stau wie von Zauberhand auf. Ihm kam der Gedanke, mit einem Verkehrsexperten durchzuspielen, ob sich Staus vermeiden ließen, wenn alle Fahrer vernetzt wären und ihre Geschwindigkeit rechtzeitig anpassen würden. Ein Lächeln stahl sich auf seine Lippen bei dem Gedanken, dass für PKWs vielleicht eine Nutzungspflicht für einen *Brain-Translator* eingeführt werden könnte und Klaus gezwungen wäre, den Businessplan zu überarbeiten, weil dann Milliarden auf der Einnahmeseite zu verbuchen wären.

Am südlichen Stadtrand Berlins legte er die erste längere Pause ein, genoss sein Mittagessen und setzte sich anschließend für eine halbe Stunde in den Schatten eines Baumes.

Ein junges Paar stieg aus einem Kleinwagen, streckte die müden Glieder und nahm sich dann für eine Ewigkeit in den Arm. Beim Anblick musste er schlucken, erinnerte sich an die Umarmung der Brötchenverkäuferin – sein erster enger Körperkontakt seit Jahren, wenn man einmal von Joan Morgans täglichem Begrüßungsritual absah. Und plötzlich tauchte ein anderes Gesicht in seinen Gedanken auf: Lisbeth Thomale. Ein leises Lächeln umspielte seine Lippen beim Gedanken an den Kuss, den sie als Siebzehnjährige geteilt hatten – ein flüchtiger Moment der Unschuld und der Möglichkeiten, der Träume, die nach Mariannes Tod für immer eingefroren waren. Plötzlich verspürte er Vorfreude auf das Klassentreffen, auf ein Wiedersehen mit Lissy, unabhängig von Businessplänen und *Brain-Translator*-Fantasien.

Er steuerte den Trabant über die serpentinenreiche Straße zum Oberbecken des Pumpspeicherwerks und ein Hauch von Melancholie erfasste ihn beim Anblick der kahlen, abgeholzten Flächen des Thüringer Waldes. Wo einst Nadelwald den Himmel verdeckte und der harzige Duft junger Fichtenschösslinge in der Luft gelegen hatte, erstreckten sich nun Geisterwälder aus skelettartigen Bäumen, gleich grauen Friedhofsstelen in einer Totenlandschaft. Ganze Berghänge waren kahl geschoren. Er steuerte den kleinen Parkplatz nahe des Rennsteigs an, von dem an sonnigen Wochenenden früher Familie aufgebrochen waren, um die Schönheit des Waldes zu erkunden, Beeren und Pilze zu sammeln oder einfach frische Luft zu schnappen. Doch heute war der Anblick alles andere als idyllisch. Rechts und links der Forstwege türmten sich mannshohe Holzstapel auf Hunderten von Metern. Schwere Fahrzeuge hatten den Boden durchpflügt und tiefe Furchen hinterlassen, gefüllt mit Schlamm und Holzresten. In der Ferne kreischte eine Kettensäge, während vor seinen Augen eine monströse Holzrückemaschine ihre Arbeit mit ohrenbetäubendem Lärm verrichtete. Bedrückt kehrte er zurück zum Auto und setzte seine Fahrt ins Tal fort. Allmählich wandelte sich die Landschaft. Einige Bäume, genährt von kleinen Rinnsalen und Bächen, standen sattgrün wie ehedem. Auch der Borkenkäfer hatte hier weniger verheerend gewütet. Er entdeckte einen malerischen Platz am Waldrand für sein Zelt. Der Handyempfang war lückenhaft, doch das störte ihn wenig. In der Nähe murmelte ein Bach vor sich hin. Eine Gruppe von Urlaubern in Gummistiefeln folgte einem älteren Mann zu einer seichten Stelle im Bachbett, wo sie gespannt seinen Anweisungen lauschten. Wenig später siebten sie Schlamm und Geröll aus dem Bach, und Lars erkannte, dass sie Gold waschen wollten. Nach einer halben Stunde war der Spuk vorbei. Reich war wohl nur der Veranstalter geworden. Lars wanderte umher, entdeckte Wildschweinspuren, beobachtete eine Smaragdeidechse beim Sonnenbad auf einem Felsbrocken, pflückte einige Brombeeren und die letzten Heidelbeeren der Saison, füllte seine Trinkflasche an einer Quelle und holte die Brote aus der Kühltasche, die er vom Achterwasser mitgenommen hatte.

Bei Einbruch der Dunkelheit hallte der Brunftschrei eines einsamen Hirsches durch den Wald, eine urtümliche Melodie voller Vitalität, die ihn hoffen ließ, auch der Wald würde sich eines Tages erholen. Das Plätschern des Baches und das sanfte Säuseln des Windes in den Bäumen wiegten ihn in den Schlaf.

10

Haruki Kawabata saß im Besprechungsraum der Weimarhalle, die Jalousien halb geschlossen, das Licht gedämpft. Vor ihm lag ein Notizbuch, gefüllt mit Skizzen und Stichpunkten. Er starrte auf die Worte *Brain-Translator*, *CyberSec Dynamics* und *Lars Clausen*, die er in großen Lettern geschrieben hatte. Er nahm sein Smartphone und wählte eine Nummer.

»Kaito, wir müssen reden. Es eilt«, sagte er, seine Stimme ein Gemisch aus Entschlossenheit und Anspannung.

»Was ist los, Haruki? Du klingst, als wäre die Welt untergegangen«, antwortete Kaito, sein langjähriger Freund und Leiter der Forschungsabteilung bei SakuraLife.

»Vielleicht steht sie kurz davor. Ich brauche dich und ein Team aus unseren besten Leuten. Wir haben eine Krise, und ich brauche dich persönlich, um sie zu lösen.«

Dreißig Minuten später war die Videowand einsatzbereit. Kaitos Konterfei füllte den Bildschirm. Fachleute aus Forschung und Entwicklung gesellten sich hinzu, Dr. Emiko Tanaka, eine Koryphäe auf den Gebieten der Neurowissenschaften und Verhaltenspharmakologie, die Kawabata persönlich kannte, Satoshi Nakano, die den verreisten Leiter der Abteilung für regulatorische Angelegenheiten vertrat. Zuletzt schaltete sich Professor Dr. Watanabe zu, ein Virtuose der Bioinformatik und Genomforschung, Dozent an der Universität Tokio und Berater für SakuraLife auf diesem aufstrebenden Forschungsgebiet. Haruki nickte jedem Einzelnen zu.

»Danke, dass Sie so kurzfristig Zeit gefunden haben. Wir stehen vor einer ernsthaften Bedrohung, und wir müssen schnell und entschlossen handeln.«

Er startete eine Google Slides-Präsentation, um den bisherigen Erkenntnisstand zum *Brain-Translator* zu illustrieren.

»Dieses Gerät könnte das Antlitz unserer Branche grundlegend verändern, sie gar überflüssig machen. Emiko, ich wünsche, dass du und dein Team eine eingehende wissenschaftliche Analyse des *Brain-Translators* vornehmt. Wir müssen verstehen, wie dieses Gerät funktioniert.«

Dr. Tanaka bejahte mit einem Nicken.

»Wir sind bereits dabei. Aber wir brauchen einige Tage. Die Datenlage ist äußerst spärlich.«

»Satoshi, Sie sind der Mann fürs Große und Ganze. Ich möchte, dass Sie ein Modell entwickeln, das die potenziellen Auswirkungen des *Brain-Translators* auf unsere Psychopharmaka-Umsätze simuliert, aufgeschlüsselt nach den Hauptabsatzmärkten. Außerdem sammeln Sie bitte alle verfügbaren Optionen, mit denen wir eine Marktzulassung des Gerätes blockieren könnten. Ich brauche Präzedenzfälle, Gerichtsurteile, politische Beschlüsse und beispielhafte Medienkampagnen. Ich brauche Dossiers über potenzielle Entscheider in Wissenschaft und Politik.«

Satoshi Nakano räusperte sich vernehmlich.

»Das ist eine Herausforderung, aber wir sind zuversichtlich, Haruki.«

Kawabata wandte sich dem dritten Gesicht zu.

»Herr Professor Dr. Watanabe, ich habe Ihnen das Redemanuskript des Amerikaners bereits zukommen lassen. Konnten Sie schon einen Blick darauf werfen?«

Der Professor nickte nachdenklich.

»Kognitive Beschleunigung«, murmelte er.

»Sollte dieser Apparat tatsächlich in der Lage sein, Denkprozesse zu beschleunigen, könnten Medikamente zur Steigerung mentaler Leistungsfähigkeit bald obsolet sein. Wer braucht schon Pillen, wenn man die eigene Gehirnleistung einfach hochschrauben kann? Ähnliches gilt für den ›MemoryExplorer‹, faszinierend und erschreckend zugleich.

Sollten Menschen in der Lage sein, ihre Erinnerungen und Gefühle zu modifizieren, wären Antidepressiva oder Anxiolytika nicht mehr nötig. Man könnte einfach schlechte Erinnerungen löschen und nur die positiven behalten, ein direkter Angriff auf SakuraLifes Portfolio von Medikamenten zur Stimmungsregulation. Auch die ethischen Dimensionen sind beängstigend. Der Rest ist Science-Fiction. ›BrainBackup‹, ein Bewusstseins-Tresor mit Inventurfunktion … ich bitte Sie. Mithilfe invasiver Methoden ist eine gezielte Gehirnbeeinflussung zwar vorstellbar, aber nicht durch äußere Behandlung mit geheimnisvollen Magnetfeldern. Außerdem würden solche Anwendungen sicher auf massive gesellschaftsethische und regulatorische Widerstände stoßen.«

»Da sollten wir uns nicht zu sicher sein. Denken Sie nur an Neuralink …«, warf Satoshi Nakano ein.

Der Professor nickte zustimmend.

»In der Tat, Elon Musk hat die Grenzen erneut erweitert. Aber solche Konzepte gehören derzeit noch ins Reich der Fantasie. Mister Clausen scheint in seiner Darstellung übertrieben zu haben. Um jedoch ein schlüssiges Urteil zu fällen, bedarf es einer genauen Betrachtung des Prototyps.«

»Das ist unser aller Wunsch, denke ich. Ich danke Ihnen, Herr Professor. Die Ausführungen Professor Dr. Watanabes haben die Dringlichkeit unseres Handelns noch einmal unterstrichen. Gehen Sie an die Arbeit.«

Der große Bildschirm an der Stirnseite des Raumes erlosch, zurück blieb nur das gedämpfte Licht. Haruki Kawabata ließ sich für einen Moment erschöpft in seinen Stuhl fallen und blickte dann auf die Uhr. Es ging auf Mitternacht zu. In Phoenix/Arizona war erst in zwei Stunden Büroschluss. Vorher würde man kaum in die Nähe des *Brain-Translators* gelangen, ohne bemerkt zu werden. Er klappte das Feldbett auseinander, das der Kongressveranstalter besorgt hatte, und hing Jackett und Schlips über die Stuhllehne. Er legte sich auf die bequeme Matratze, schloss die Augen und verfiel innerhalb weniger Sekunden in einen tiefen, gleichmäßigen Schlaf.

Der Privatdetektiv, ein Mann in den besten Jahren mit sorgfältig gepflegtem, grau meliertem Haar und einem abgewetzten Trenchcoat, steuerte seinen Wagen in eine abgelegene Seitenstraße. Noch ein letzter prüfender Blick auf das Foto von Lars Clausen und das Gebäude, in dem sich sein Labor befand, dann zog er die Kapuze seines Sweatshirts über und verließ den Wagen.

Geschickt öffnete er mithilfe eines Dietrichs die Hintertür des Labors. Mit vorsichtigen Schritten, die Taschenlampe nur gezielt einsetzend, um nicht aufzufallen, bewegte er sich durch die mit modernsten Geräten bestückten Räume. Ein komplexes Gerät auf einem fahrbaren Gestell, das entfernt an einen veralteten Frisierstuhl erinnerte, weckte sein Interesse. Er schob es vorsichtig von der Wand weg, um es genauer fotografieren zu können. Plötzlich vernahm er ein leises Plätschern. Flüssigkeit tropfte aus einem Rohr über dem Gestell, und ein beißender Geruch von Brandbeschleuniger – scharf und stechend, mit einem Hauch von Petroleum und Alkohol, eine schwere, durchdringende Note, fuhr ihm in die Nase.

Von plötzlicher Panik ergriffen, drehte er sich um und sprintete los. Hinter ihm zerriss ein scharfes Zischen die Stille, unmittelbar gefolgt von einem tiefen, grollenden Dröhnen. Die Druckwelle traf ihn im Rücken, Rauch stieg auf, die Luft wurde knapp. Er stolperte und verlor das Gleichgewicht. Sein Smartphone glitt ihm aus der Hand, fiel zu Boden und verschwand unter einem Regal, das bereits in Flammen stand. Ihm blieb keine Zeit mehr. Er musste hier raus, bevor die Flammen ihn erreichten. Er rannte zur Hintertür, stemmte sie auf und stürzte hinaus in die Nacht.

Sein Herz schlug bis zum Hals, während er zu seinem Auto hetzte. Er warf den Motor an und raste mit kreischenden Reifen davon, gerade als die ersten blinkenden Lichter der Feuerwehr im Rückspiegel auftauchten.

Das Vibrieren seines Smartphones riss Haruki Kawabata aus dem Schlaf. Er hatte es auf dem Konferenztisch liegen lassen, und jetzt verstärkte der Tisch den Alarmton, als wäre er ein Resonanzkörper. Das Gerät rutschte ein paar Zentimeter über die Tischoberfläche, begleitet von einem summenden Geräusch. Der Bildschirm erwachte zum Leben und zeigte eine eingehende Anrufbenachrichtigung – eine verschlüsselte Nummer. Er war sofort hellwach.

»Mr. Kawabata, wir haben ein Problem«, sagte der Privatdetektiv, seine Stimme zitterte.

»Was ist passiert?«

Harukis Herz schlug heftig.

»Im Labor von Lars Clausen ist ein Brand ausgebrochen. Eine Leitung mit Chemikalien muss geplatzt sein. Es ist ein Wunder, dass ich noch am Leben bin.«

»Und der *Brain-Translator*?«

»Die Haube? Ich habe keine Ahnung. Ich musste so schnell wie möglich raus, bevor die Feuerwehr kam und mich aufgreifen konnte.«

Haruki schluckte schwer.

»Kehren Sie zurück. Suchen Sie das Gespräch mit Joan Morgan. Ich muss erfahren, was gerettet werden konnte.«

Der Privatdetektiv willigte ein und beendete das Gespräch. Haruki fixierte sein Telefon, gefangen in der Schwere der verpassten Chance, verstärkt durch diesen neuesten Misserfolg. Er brauchte dringend Erfolg, doch wie sollte er ihn erreichen?

11

Lars streckte sich und atmete die frische Morgenluft tief ein. Nach einer erholsamen Nacht packte er sein Zelt mit routinierten Handgriffen zusammen und achtete akribisch darauf, keinen Müll zu hinterlassen – der Wald hatte bereits genug gelitten.

Er stieg in seinen Trabant und startete den Motor. Gestern hatte er in dem Bergdorf einen Imbiss entdeckt, der sicherlich Frühstück anbot. Ein Blick auf seine Uhr zeigte, dass er noch zwei Stunden hatte, bevor Franklin J. Morgan seinen Vortrag beginnen würde. Im Tal gab es, wie erwartet, keinen Handyempfang. Doch als er die Steigung hinauffuhr und die Baumkronen hinter sich ließ, begann sein Smartphone zu vibrieren – Netzempfang. Ungelesene Nachrichten und mehrere Anrufe von Franklin erschienen auf dem Display, was Unruhe in ihm weckte. Hatte Franklin bemerkt, dass das Redemanuskript ausgetauscht worden war? War etwas schiefgegangen? ›Ruhig bleiben‹, mahnte er sich selbst. Er erreichte den Imbiss der Fleischerei, parkte seinen Trabant und bestellte ein belegtes Baguette und einen Latte Macchiato. Mit dem Frühstück in der Hand fand er ein sonniges Plätzchen. Während er genüsslich in das Baguette biss und den Kaffee schlürfte, spürte er, wie die Sonnenstrahlen seine Haut wärmten – ein Moment des Innehaltens, bevor er sich den unausweichlichen Fragen stellen würde.

Schließlich nahm er sein Handy und wählte Franklins Nummer. »Franklin, hier ist Lars. Ich habe deine Anrufe gesehen. Ist alles in Ordnung?«

»Was zur Hölle hast du dir dabei gedacht, Lars? Du hinterhältiger Verräter!«

Franklins Stimme war schneidend, scharf wie das Messer eines Metzgers. Lars' Puls beschleunigte sich. Mit einem solchen Ausbruch hatte er nicht gerechnet.

»Franklin, was ist los?«

»Du hast mein Redemanuskript vertauscht. Willst du mich ruinieren? Das Institut steht kurz vor dem Bankrott, Lars – sechs Millionen Schulden. Die Banken geben uns zwei Wochen, nur zwei verfluchte Wochen!«

Franklins Stimme brach, und die Verzweiflung darin war so intensiv, dass sie Lars den Atem raubte. Er antwortete mit zittriger Stimme.

»Ich bin im Bilde über die Schulden, Franklin. Joan, Benson und ich haben einen Plan ausgearbeitet.«

»Einen Plan? Was für ein Plan könnte uns jetzt noch retten?«

Seine Stimme war ein giftiges Zischen, voller Verachtung.

»Der *Brain-Translator*. Ein Bekannter hat dazu einen Businessplan entworfen. Wir könnten in fünf Jahren Weltmarktführer sein – mit einem Umsatz von 200 bis 300 Millionen Dollar.«

Lars' Worte verhallten, leer und fehl am Platz, wie ein schlechter Scherz inmitten einer Tragödie. Ein Schrei durchbrach die Stille – markerschütternd und voller Wut, der abrupt in Schluchzen mündete.

»Du begreifst es nicht, Lars. Es ist zu spät. Es gibt kein Zurück.«

Die Welt schien stillzustehen.

»Was meinst du damit? Warum, Franklin?«

»Ich finde keinen Ausweg mehr. Komm sofort nach Weimar, Lars. Unverzüglich!«

»Ich bin unterwegs.«

Das Klicken des aufgelegten Hörers hallte nach – ein scharfer Schnitt, der tief und schmerzhaft war.

Er brachte das Geschirr zurück in den Imbiss und erkundigte sich nach dem Weg zur Ferienhaussiedlung in der Hämmerer Straße. Getrieben von einer inneren Unruhe, hastete er zum Trabant, dessen Motor sich beim Starten verschluckte und stotternd protestierte – wahrscheinlich eine defekte Zündkerze. Lars fuhr trotzdem los. Jeder Gedanke an die Zukunft, an Businesspläne und Weltmarktführerschaft, schien plötzlich absurd. Was blieb, war nur die drängende, quälende Frage: Was nun?

12

Peter Umbreit spürte das Ziehen in seinem Bizeps. Er erhöhte die Spannung im Körper, atmete tief ein und zwang sich ein weiteres Mal, die Arme so weit zu beugen, bis sein Kinn den Boden zwischen den aufgestützten Händen berührte. Für einen Augenblick wollte er aufgeben, aber er besiegte die Schwäche, streckte die zitternden Arme und stemmte seinen Körper wieder nach oben.

Drei weitere Liegestütze verwandelten den Schmerz in seinen Armen in ein brennendes Feuer, und er fragte sich, ob die tägliche Qual wirklich sein musste.

Er hatte es vollbracht. Peter blickte nach rechts und ließ sich erschöpft auf den Bauch sinken. Da war sie wieder, die kaum wahrzunehmende Bewegung am großen, halb geöffneten Terrassenfenster des Nachbarhauses.

Sein Atem beruhigte sich allmählich. Kurz genoss er den Moment der Entspannung, dann war er fürs große Finale bereit. Ein Schmunzeln huschte über sein Gesicht – seine heimliche Zuschauerin würde auch heute ihr Spektakel bekommen. Er platzierte seine Hände auf dem Rasen und schwang in den Handstand. Ein kurzes Ausbalancieren, und er setzte sich in Bewegung, folgte mit jedem ›Schritt‹ einer gedachten Choreografie auf dem von Tau feuchten Gras. Sein Körper war angespannt wie eine Feder. Tief und regelmäßig atmend, zählte er von Zweihundert rückwärts, als wäre es ein Kinderspiel, im Handstand durch den Garten zu marschieren – und das mit sechzig Jahren. Er wusste, dass die Stoppuhr seiner Nachbarin lief. Nach einem letzten tiefen Atemzug entspannte er die Bauchmuskulatur und ließ sich mit einer fließenden, federnden Bewegung in den Stand fallen. Seine Füße berührten sanft den Rasen. Mit einem Lächeln richtete er sich auf, so mühelos, als käme er aus einer entspannten Yoga-Pose. Perfekt!, dachte er, drehte sich zum Nachbarhaus und rief: »Guten Morgen, Frau Lohmann!«

»Ah, dä Herr Ummbreit. Scho widdä bei dä Morchngymnastik?«, erwiderte Luise Lohmann auf Fränkisch. Sie trat aus ihrem Versteck hinter der Verandagardine und näherte sich in ihrem fliederfarbenen Bikini der mannshohen Ligusterhecke, die Stoppuhr fest im Blick.

»Dös worn heit über drei Minudn«, begutachtete sie den halbnackten Mann unverhohlen von Kopf bis Fuß. Ihr Blick ruhte einen Moment auf seinem durchtrainierten Bauch, begleitet von einem leisen Seufzer.

»Na ja«, wiegelte Peter ab, »man gibt sein Bestes, bin ja auch keine zwanzig mehr.«

»Herr Umbreit«, kokettierte sie, »ich tät Sie nehmen, wie sie sind.«

Obwohl er schon vor Jahren weggezogen war, lag ihm der Dialekt seiner Kindheit noch immer im Ohr. Beim Sprechen jedoch griff er lieber auf Hochdeutsch zurück: »Na ja, Frau Lohmann, Sie sind doch aber für Ihr Alter auch noch ziemlich fit.«

Frau Lohmann wippte amüsiert mit dem Kopf, während sie das Kompliment mit einem Lächeln quittierte.

»Hamm Sie scho g'hört, was dem Schuberts-Leo passiert iss …?«, begann sie und holte tief Luft, während Peter ein ungutes Gefühl beschlich. Axel hatte ihn vor Frau Lohmanns Hang zum Tratsch gewarnt; wenn sie erst loslegte, gab es so bald kein Ende. Zum Glück unterbrach das Läuten des Telefons ihre Wortflut.

»Ich muss …«, deutete sie mit dem Kopf zu Terrassentür. Die Vorfreude auf ihr nächstes Opfer stand ihr ins Gesicht geschrieben. Mit einer Drehung verschwand sie im Haus.

»Na, dann einen schönen Tag noch, Frau Lohmann!«, rief Peter ihr nach. Nun sehnte er sich nach einer Dusche und einem ordentlichen Frühstück.

Nach dem Tod seiner Frau vor acht Jahren, hatte Peter die schönen Seiten des Lebens neu entdecken müssen. Früher hatte sie sich um die Blumen auf dem Tisch die die Farbabstimmung von Servietten und Geschirr gekümmert. Ihr Fehlen ließ ihn auch die kleinen Dinge vermissen. Mit der Zeit hatte er gelernt, ein behagliches Zuhause zu schaffen. So deckte er auch heute, an seinem vorletzten Urlaubstag im Ferienhaus seines Freundes Axel, mit liebevoller Sorgfalt den Frühstückstisch, wählte das feinste Geschirr, drapierte die beim Fleischer im Dorf gekaufte Wurst kunstvoll um die Weintrauben in der Mitte des großen Silbertabletts, bestreute den Rand mit frisch gehackter Petersilie und zog die knusprigen goldgelben Brötchen aus dem Ofen. Der Duft des frisch aufgebrühten Kaffees stieg verführerisch in die Nase.

Peter schob seinen Stuhl zurück, um Milch zu holen, als das Klingeln der Tür ihn innehalten ließ. Er dachte kurz an Frau Lohmann, wurde aber stattdessen von seinem Freund Axel überrascht.

»Hei, Umbra«, begrüßte ihn Axel mit dem vertrauten Spitznamen aus Schulzeiten.

»Axel! Was für eine Überraschung, komm doch rein. Hast du schon gefrühstückt?«

»Nein, ich lasse mich gern einladen«, erwiderte Axel und folgte Peter zur Veranda.

Axel pfiff beeindruckt durch die Zähne, als er den liebevoll gedeckten Tisch erblickte.

»Hier, die Zeitung. Und das soll ich dir von Mischi persönlich übergeben«, sagte er, während er einen Briefumschlag neben den Teller. legte

»Nimm Platz! Fühl dich wie zu Hause«, scherzte Peter und legte ein weiteres Gedeck hin.

Sie saßen am Tisch und musterten sie sich einen Moment, dann riefen sie wie auf Kommando: »Wie die Zeit verfliegt!«

Ihr Lachen hallte warm und vertraut.

»Na, mach schon auf!«, drängte Axel zum Kuvert deutend.

Peter riss den Umschlag auf: »Das ist doch albern, ich bin quasi Mitglied des Organisationskomitees und jetzt bekomme ich so eine offizielle Einladung.«

»Mischi eben – korrekt bis in die Fußspitzen«, lachte Axel.

»Soll ich dir jetzt eine Empfangsbestätigung ausstellen?«, gab Peter humorvoll zurück.

»Ich bin schon ein wenig nervös wegen morgen Abend. Es ist vierzig Jahre her.«

»Zweiundvierzig«, korrigierte Axel. »Keine Sorge, Kumpel, ich habe auch von vielen nichts mehr gehört.«

Während des Frühstücks rekonstruierten sie die Sitzordnung ihres Abiturjahrgangs 81 und tauschten Anekdoten aus. Nach einer Weile verabschiedete sich Axel.

»Bis morgen, Umbra! Ich freue mich!«

Er war in Hochstimmung. Die Begegnung mit Axel hatte angenehme Erinnerungen an die Jugendzeit wachgerufen und er freute sich auf den morgigen Abend. Heute wollte er das herrliche Wetter auskosten und mit Axels Mountainbike über den Rennsteig fahren. Als er nach sechs Stunden anstrengender Tour den letzten Anstieg bewältigte, erblickte er Frau Lohmann, die mit Lockenwicklern im Haar vor der Garagentür stand und ihm aufgeregt zuwinkte.

»Oh, was für eine Überraschung!«, rief Peter und betrachtete ihr Outfit, eine geblümte Kittelschürze, die den Bikini vom Morgen ersetzt hatte.

»Herr Umbreit, was soll ich Ihnena sag?«, legte Frau Lohmann in Beinahe-Hochdeutsch los. »Was denken Sie denn, was passiert iss?«

Verschwitzt und erschöpft hatte Peter wenig Lust auf Tratsch. Knapp entgegnete er: »Aktuell interessiert mich nur eine Dusche.«

Frau Lohmann schmollte, konnte aber nicht lange schweigen.

»Sie hatten Besuch.«

Peter war verdutzt. Frau Lohmann hatte einen vollständigen Satz mit nur drei Wörtern gebildet. Jetzt warf sie ihm einen prüfenden Blick zu, als wollte sie seine Neugierde wecken.

»Wer war es?«, fragte Peter.

»Sechs'ta ich hou'sera gsoucht«, glitt Frau Lohmann in ihren Dialekt, korrigierte sich aber schnell: »Ich hab' es der Erna gesagt, dem Kutscher-Erich seiner Frau, die hab ich unten beim Fleischer getroffen. Erna, hab ich gesagt, du wirst seh'n, das wird ihn interessieren, den Herrn Umbreit. Ein sportlicher Mann ist er ja, hab ich gesagt, aber reden tut er nicht viel. Und die Erna wollte gleich wissen, war denn das gewesen ist, der Sie b'sucht hat, mit dem Trabant aus Greifswald. Sieht man ja nimmer so oft, in so einem Top-Zustand …«

Peter unterbrach den Redefluss.

»Wer war der Besucher und was wollte er?«, verlangte er, auf den Punkt zu kommen.

Sie kniff die Augen zusammen, nickte zweimal kurz und musterte ihn.

»Herr Umbreit, Sie stellen die richtigen Fragen, Sie sind nicht auf den Kopf gefallen.«

Ungeduldig drängte Peter: »Bitte, Frau Lohmann, ich muss wirklich dringend duschen …«

Ihr Mitgefühl regte sich und sie kam zur Sache: »Also. Es war so gegen zehn. Sie waren gerade weggefahren, da hör ich eine Hupe, nicht dass ich neugierig bin …«

»Frau Lohmann …«, unterbrach Peter sie erneut, doch sie fuhr fort: »Also, es hupt, ich ans Fenster und sehe einen Trabant vor Ihrem Haus.«

»Welche Farbe?«, fragte Peter.

»Hell, würde ich sagen.«

»Haben Sie den Trabant nun gesehen oder nicht?«

»Natürlich habe ich ihn gesehen, bin ja dann hin und hab mit dem Herrn geredet, aber jetzt war ich doch noch im Haus und das waren gut fünfzig Meter, und die Hecke dazwischen, da konnt' ich doch die Farbe noch nicht genau sehen. Sie bringen mich ganz durcheinander, Herr Umbreit!«

Peter versuchte, seinen Ärger zu zügeln und hörte schweigend zu. Mit einigen Umschweifen kam sie schließlich zum Punkt: Ein Herr sei da gewesen, groß und schlank, in dunkler Jeans und hellem Pullover, mit einer Baseballkappe, blauen Augen und unzähligen Sommersprossen. Er wollte zum Klassentreffen in die Kreisstadt kommen, musste aber nochmal weg. Schade, dass Umbra …

»Ist das Ihr Spitzname, Herr Umbreit, das ist aber süß. Ich hab' der Erna gleich gesagt, der Umbreit, hab' ich gesagt, das ist ein ganz Süßer«, sagte sie und verlor den Faden, als sie Peters ärgerlichen Blick bemerkte.

»Wo war ich?«, fragte sie verwirrt.

Peter seufzte: »Sie hatten gerade erzählt, dass der Besucher noch einen Termin hatte, bevor er zum Klassentreffen geht.«

»Stimmt, so war es. Clausen hat er sich vorgestellt. Lars Clausen.«

Plötzlich war es still.

Peters Herz schlug schneller. Lars Clausen, sein bester Schulfreund Laus, war aufgetaucht! Jahrelang hatte er versucht, Clausens Spur zu verfolgen – ohne Erfolg. Und jetzt tauchte er so mir nichts, dir nichts hier im Thüringer Wald auf und teilte der geschwätzigen Frau Lohmann mit, er würde zum Klassentreffen kommen. Es war zu schön, um wahr zu sein.

Peter bemerkte den musternden Blick der Nachbarin. Ihre Mimik änderte sich schlagartig – vielleicht erkannte sie seine Ungeduld und suchte aus Mitleid nach weiteren Details, denn sie fügte hinzu: »Den Trabant habe ich dann natürlich genau gesehen, ist ein cremefarbener DeLuxe mit dem Kennzeichen

VG …, den Rest weiß ich nicht mehr. Herr Clausen ist ein feiner Mensch. Er hat mir auf seinem Aufklappcomputer ein Bild vom Lutherhaus gezeigt, da will er morgen hin.«

Ihre Erzählung schien beendet. Peter grübelte, wie Clausen ihn hier hatte finden können. Dann erinnerte er sich, dass er seine Urlaubsadresse auf dem Anrufbeantworter hinterlassen hatte – eine lästige Angewohnheit aus seiner Zeit als Versicherungsdetektiv bei der Albatros. Umbreit – immer bereit! Egal, er würde Lars Clausen bald persönlich treffen, ein Grund mehr, sich auf den morgigen Abend zu freuen. Fast dankbar lächelte er Frau Lohmann an.

»Das haben Sie großartig gemacht, Frau Nachbarin! Danke!«

»Ähm, es gibt noch etwas.«

»Ja?«

Frau Lohmann senkte den Blick und scharrte unsicher im Kies.

»Er hat Axels Auto ausgeliehen.«

»Wie bitte? Axels Auto? Aber das steht doch abgeschlossen in der Garage.«

Peter überprüfte das Garagentor; wie er erwartet hatte, es war sicher verschlossen.

»Bei dem Trabant war eine Zündkerze ausgefallen … der konnte doch so nicht auf die Autobahn … ähm, ich habe Herrn Clausen gezeigt, wo der Garagenschlüssel liegt – unter dem Regenfass an der hinteren Hausecke. Axel versteckt den da immer, für den Siegfried, der den Rasen mäht.«

Peters Miene verfinsterte sich. »Sie haben was gemacht?« Seine Stimme klang strenger als beabsichtigt und Frau Lohmann wich zurück.

»Herr Clausen ist doch Ihr Freund, und es war dringend. Er wollte nur schnell nach Weimar.«

Peter atmete durch.

»Aber man gibt doch nicht einfach ein Auto heraus. Das ist fast wie Diebstahl.«

Frau Lohmanns Augen füllten sich mit Tränen.

»Ich … ich hab doch den Axel angerufen, aber Sie lassen einen ja nie zu Wort kommen.«

Peter schüttelte ungläubig den Kopf.

»Das klingt verrückt. Ich muss das jetzt klären.«

Er zog sein Handy hervor und wählte Axels Nummer. Nach einigen Sekunden meldete sich sein Freund.

»Axel, du bist auf Lautsprecher. Frau Lohmann sagt, Lars Clausen war hier und hat dein Auto ausgeliehen, nachdem sie mit dir gesprochen hat, stimmt das?«

Axel lachte.

»Typisch Frau Lohmann, immer für eine Überraschung gut. Ja, ich bin informiert. Lars hat seinen Trabant in die Garage gestellt, da ist irgendwas kaputt. Er hat meinen Subaru genommen. Nur wie Frau Lohmann an den Schlüssel kommt, ist mir ein Rätsel. Darüber müssen wir uns nochmal unterhalten, nicht wahr, Frau Lohmann? Stand da wieder mal jemand mit dem Fernglas auf der Terrasse und hat beobachtet, wo ich den Schlüssel hinlege?«

Peter nickte amüsiert.

»Das Fernglas habe ich auch schon kennengelernt. Manchmal geht die Nachbarschaftshilfe ein bisschen weit. Aber sonst ist sie ganz nett, die Frau Lohmann.«

»Absolut«, stimmte Axel zu. »Frau Lohmann, haben Sie das gehört?«

Frau Lohmann antwortete zögernd: »Ja, Herr Axel, ich habe es verstanden. Ich werde mich bessern.«

»Okay«, erwiderte Axel. »Dann ist ja alles geklärt. Peter, bis morgen beim Klassentreffen. Ich bin gespannt auf Lars' Geschichten.«

»Ich auch, Axel. Bis morgen.«

Peter beendete das Gespräch und blickte auf Frau Lohmann, die bedrückt dastand. Verlegen sagte Sie: »Wie kann ich das wieder gut machen? Möchten Sie einen Kaffee? Da könnte ich Ihnen auch noch ein bisschen was über Axel erzählen.«

Peter grinste. War wohl einfach ihr Naturell, man konnte ihr nicht böse sein.

»Danke, Frau Lohmann, aber ich brauche jetzt eine Dusche und etwas Ruhe. Ich weiß es zu schätzen, dass Sie Lars aus der Patsche geholfen haben.«

Frau Lohmann hatte wie immer das letzte Wort. »Ist doch selbstverständlich, dass man ein Auge aufs Nachbarhaus hat ...«, und ganz untypisch für sie, beendete sie den Satz nur in Gedanken, »... besonders wenn da ein attraktiver Mann wohnt!«

13

In der Mittagszeit erreichte Lars das *Ökotel* in Weimar, ein modernes, umweltfreundliches Hotel mit minimalistischer Ästhetik.

Der Rezeptionist war groß gewachsen, trug einen makellosen schwarzen Anzug und begrüßte Lars mit routiniertem Lächeln.

»Herzlich willkommen. Wie kann ich Ihnen behilflich sein?«

»Ich heiße Lars Clausen und suche Mister Morgan.«

»Ich informiere Herrn Morgan. Bitte nehmen Sie doch kurz Platz. Darf ich Ihnen einen Kaffee anbieten?«

Lars zögerte, nahm aber dann das Angebot an, setzte sich in den Barbereich und begann, in einem Prospekt zu blättern. Der Rezeptionist wählte eine Nummer, während ein anderer Angestellter Lars eine Tasse Kaffee servierte. Zehn Minuten später winkte ihm der Rezeptionist.

»Herr Morgan erwartet Sie jetzt, Suite 314. Nehmen Sie den Aufzug und dann rechts.«

Der sachliche Ton und der distanzierte Blick des Mannes ließen Lars kurz zögern, dann nickte er und machte sich auf den Weg. Die Tür zur Suite 314 war nur angelehnt. Er trat ein und sah sich in der großen Eingangsdiele um. Der Raum war luxuriös, aber nicht protzig. Keine Spur von Franklin J. Morgan – vielleicht hielt er sich in einem der hinteren Räume auf, deren Türen von der Diele abgingen. Auf einem Tischchen lagen Flyer und Prospekte des *Club of Toronto*, daneben eine Reihe von Visitenkarten. Die Namen sagten ihm nichts: Georges DeVoogd, Dr. Emily Thompson, Mr. Liang. Nur

Sergei Horowitz löste eine vage Erinnerung aus. Das Geräusch plätschernden Wassers lenkte seine Aufmerksamkeit zum Badezimmer.

»Hallo?«, rief Lars. Keine Antwort. Vorsichtig öffnete er die Tür.

Morgan lag scheinbar schlafend in einer übervollen Badewanne, das Wasser lief noch. Der linke Arm hing über den Wannenrand, am Handgelenk eine teure Uhr. Auf dem Boden lag eine leere Flasche. Ihr Glas war zersprungen. Eine zweite leere Flasche stand auf dem Rand der Wanne. Lars nahm sie in die Hand. Smirnoff Blue Vodka, 52%.

»Franklin? Ist alles in Ordnung mit dir?«, fragte er besorgt.

Morgan rührte sich nicht, die Augen fest geschlossen. Lars griff nach seinem Arm, tastete nach dem Puls. Hinter ihm erklang eine Stimme, die ihm einen eisigen Schauer über den Rücken jagte.

»Da ist nichts mehr zu machen. Ich schätze 5 Promille. Exitus vor ein paar Minuten.«

Lars war erschüttert. Vor beinahe dreißig Jahren war ihm Franklin J. Morgan als Messias erschienen, hatte ihm zugehört, ihm Geld zur Verfügung gestellt, seine humanitären Ziele geteilt. Sie waren nie Freunde geworden, hatten in den letzten Jahren viel gestritten und sich weit voneinander entfernt – doch einen solchen Tod hatte niemand verdient. Lars drehte sich langsam um und stand einem alten Bekannten gegenüber, der sich erschreckend verändert hatte. Nichts erinnerte mehr an die einst athletische Statur, die vor Kraft und Agilität strotzte. Vor ihm stand ein Koloss mit aufgedunsenem Gesicht, eine schwerfällige, fast korpulente Erscheinung, die auf ein ausschweifendes, exzessives Leben schließen ließ. Doch die Intensität seiner Augen und die noch immer bedrohliche Präsenz, die er ausstrahlte, ließen keinen Zweifel aufkommen, wen Lars vor sich hatte. Jetzt wusste er auch, wo er den Namen Sergei Horowitz einzuordnen hatte – ein KGB-Deckname, genau wie Wladimir

Sokolow, Ilja Gruenbaum, Maik Jefferson. Und alle diese Namen gehörten zu einem einzigen Mann – Alexander Konarin.

»Tu nicht so, als könntest du mich je vergessen, alter Freund«, kommentierte Konarin Lars' entsetztes Gesicht.

»Alexander … was tust du hier? Hast du damit zu tun?«

Konarin sah auf Morgans Leiche und zuckte mit den Schultern.

»Er war ein Spieler und ein Trinker, das war er immer.«

Der Mann von der Rezeption erschien in Begleitung eines zweiten. Sie trugen Handschuhe, nahmen die Flasche vom Wannenrand. Auch die Scherben am Boden wurden sorgfältig in einer Plastiktüte gesammelt.

»Alles in Ordnung, Chef, die Spuren sind gesichert. Auch den Wagen haben wir gefunden, einen Subaru Justy. Der Kofferraum ist bestückt.«

Lars' Kopf war voller Fragen. Was hatte Konarin mit all dem zu tun? Warum durchsuchten sie den Wagen, den er von Axel geliehen hatte? Eine dunkle Ahnung stieg in ihm auf. Konarin legte ihm die Hand auf die Schulter.

»Komm, mein Freund, lass uns rüber in den Besprechungsraum gehen. Meine Leute regeln das hier. Die Witwe wurde schon benachrichtigt.«

»Was geschieht hier?«

Konarin betrachtete ihn mit einem durchdringenden Blick.

»Mr. Morgan hat sein Institut gestern verkauft, kurz nach seiner Rede.«

Lars wurde bleich.

»Gestern? Er sollte doch erst heute …?«, stammelte er. Konarin zuckte die Schultern.

»Es gab da ein paar Turbulenzen. Auch dich zu finden, war nicht einfach. CyberSec Dynamics ist zwar nicht die NSA, aber normalerweise verstehen meine Leute ihr Geschäft. Allerdings war dein Smartphone stundenlang im Rennsteig-Nirwana verschwunden. Als wir dich dann hatten, haben wir dich nicht mehr aus den Augen gelassen. Morgans Institut interessiert mich nicht … Ich will den *Brain-Translator*. Du scheinst da gute Arbeit geleistet zu haben.«

Lars runzelte die Stirn, senkte den Blick. Nein, nein, nein, das durfte nicht sein. Nicht ausgerechnet Alexander Konarin. Er atmete tief ein und aus, um Kraft zu schöpfen, für das, was ihn erwartete.

»Und was willst du jetzt von mir?«

»Als du Kaluga 1993 verlassen hast, habe ich dir 500.000 Dollar ausgezahlt, in der Hoffnung, dein Gerät würde halten, was du vollmundig versprochen hast. Aber nitschewo. Die Kiste hat nur bei dir und bei mir funktioniert, sobald ich ein anderes Hirn damit bombardiert habe, kam bloß Mist heraus. Du hast das geahnt, oder? Deshalb hast du dich auch nach Amerika abgesetzt, weil du wusstest, dass ich dich in Deutschland kriegen würde, stimmt's, mein Freund?«

Konarin sah ihm direkt in die Augen. Lars schwieg.

»Sicher hast du dir ins Fäustchen gelacht, als unser werter Herr Präsident diese unseelige militärische Spezialoperation gestartet hat, als die Amerikaner und die Europäer meine Firmengruppe auf ihre Embargoliste gesetzt haben, als KalugaTrade Unlimited plötzlich gar nicht mehr unlimited war, als meine Konten in New York, Paris und London eingefroren wurden. Lars, hast du dir gesagt, der alte Freund Konarin ist am Arsch, jetzt oder nie. Jetzt gehe ich raus und mache die Kohle ganz allein.«

Lars schüttelte den Kopf. Konarin war es, der 1992 groß Kasse hatte machen wollen – Neurostimulation für Sportler weltweit, aber niemanden hatte das nach dem Ende des real existierenden Sozialismus noch interessiert. Im Gegenteil, die Funktionäre waren in Deckung gegangen. Wie das Kaninchen, das auf die Schlange starrt, hatten die alten Garden den Atem angehalten und gehofft, die Staats-Doping-Untersuchungs-Welle würde sie selbst nicht treffen. Als Ersatz hatte Konarin die Idee geboren, zurückgekehrte Afghanistan-

Kämpfer zu schulen und eine Truppe nach dem Vorbild der französischen Fremdenlegion aufzubauen, die man – an wen auch immer – vermieten konnte. Sie waren im Streit auseinandergegangen und Lars hatte nie wieder über Geld nachgedacht, bis Benson und Joan Franklin J. Morgans Schulden thematisiert hatten.

»Das ist Nonsens.«

Jetzt schwieg Konarin und fixierte ihn. Lars rutschte auf seinem Stuhl hin und her, biss sich auf die Lippe, wich Konarins Blick aus. Sie hatten drei Jahre Hand in Hand gearbeitet, teilten einen ganzen Berg gemeinsamer Erfahrungen. Konarin hatte ihm Mariannes Todesnachricht überbracht, ihn moralisch aufgefangen in einer schweren Zeit, ihm Halt und Zukunft gegeben, doch offensichtlich hatte Alexander Konarin ihn nie wirklich verstanden. Trotzdem sprudelten jetzt die Erinnerungen aus ihm heraus. Er redete sich von der Seele, was ihn seit Jahren bedrückte, die Schulden des Instituts, Franklins Spiel- und Alkoholprobleme, seine Weigerung, die Arbeit am *Brain-Translator* als ernstzunehmende Forschung anzuerkennen, Joan Morgans Unzufriedenheit, seine Einsamkeit und die Trauer um Marianne, die ihn Tag für Tag begleitete, seit 30 Jahren jeden beschissenen Tag aufs Neue, egal was er tat, egal wie viel positive Gedankenmodulation er durch sein Hirn jagte.

Während Lars von der Vergangenheit erzählte, schwankte Konarins Blick zwischen Verständnis and Skepsis. Als Mariannes Tod zur Sprache kam, lief ein Hauch von Mitgefühl über Konarins Gesicht, das jedoch schnell einem kalkulierenden Blick wich.

»Wo sind die *Brain-Translators*?«

Lars musste schlucken, dachte einen Moment nach, dann zwang er sich zu einer ruhigen Antwort.

»In Phoenix, in meinem Labor, wo sonst?«

»Da ist nichts.«

Für einen Augenblick setzte sein Herz aus.

»Habt ihr etwa versucht …?«

»Das Labor war schon ausgebrannt, als meine Männer kamen. Nur ein großer Klumpen aus geschmolzenem Metall und verbranntem Kunststoff ist geblieben.«

Lars schlug die Hände vor das Gesicht.

»Ist jemand zu Schaden gekommen?«

Konarin schüttelte den Kopf.

»Laut Joan Morgan hat die örtliche Polizei wohl einen Kleinganoven im Verdacht, der auf der Suche nach Bargeld schon mehrere Bürogebäude in der Gegend aufgebrochen hat. Aber man konnte ihm nichts nachweisen. Es bleibt eine Sache zwischen dir und mir. Deine Brandfalle hat wunderbar funktioniert. Hattest ja auch einen guten Lehrmeister. Allerdings hast du jetzt einen Berg Schulden. Meine Anzahlung für den *Brain-Translator* will ich natürlich zurück. Zusätzlich die halbe Million von 1993 und die aufgelaufenen Zinsen – macht zusammen 7 Millionen US-Dollar.«

»So ein Blödsinn, dein Geld hat Franklin. Jetzt, wo er tot ist, musst du dich an die Erben halten. Und was die halbe Million von damals betrifft … das war Schwarzgeld, das weißt du genauso gut wie ich.«

Konarin verzog spöttisch den Mund.

»Ah, der Kämpfer Lars erwacht zum Leben. So kenne ich dich von früher. Immer einen Gedanken voraus, immer einen Plan in Reserve. Da habe ich ausnahmsweise mal etwas von dir gelernt. Joan Morgan hat ihren Pflichtteil ausgeschlagen. Jetzt fällt alles an dich. Dein Chef war schon ziemlich betrunken, bevor er die beiden Flaschen Smirnoff angesetzt hat, aber zumindest konnte er noch eine Unterschrift unter sein Testament setzen. Ich kann das bezeugen.«

Lars schüttelte sich.

»Du bist ein Monster, Alexander. Von mir bekommst du keinen Cent, lieber soll alles an die Heilsarmee gehen.«

»Würde ich mir echt überlegen. Auf dem Totenschein wird Abhängigkeitssyndrom als Ursache stehen. Das schließt zwar

Selbstmord als mögliche Todesursache mit ein ... wenn aber jemand nachfragt, wem Morgans Tod nutzt, wem die Fingerabdrücke im Bad, an den Türen und auf der Vodkaflasche neben der Wanne gehören, wer das Hotel wann betreten hat und dich auf den Überwachungsbildern entdeckt, später dein Auto in der Tiefgarage findet, im Kofferraum vier weitere Flaschen Smirnoff Blue ... dann, mein Lieber, kann ich für nichts garantieren.«

Lars fand keine Worte mehr.

»Ich mache dir einen Vorschlag, mein Freund. Wenn du einschlägst, dann sind wir quitt. Wenn du nein sagst, erschieße ich dich. Läufst du weg, finden dich meine Männer. Wenn ich um dein Handy bitten dürfte ...«

14

Die Jahre waren vergangen, hatten die Gesichter verändert, manche sanft älter werden lassen, andere mit tiefen Furchen durchzogen. Sie, die Zwölf-Eins des Abiturjahrgangs '81, hatten sich in ihrem alten Klassenraum versammelt – achtzehn von zweiundzwanzig ehemaligen Mitschülern. Bei der ersten flüchtigen Begrüßung auf dem Schulhof hatte Peter fast alle sofort erkannt. Nun saßen sie, erwartungsvoll, an ihren einstigen Plätzen, blickten zur Vorderseite des Raumes, wo Michaelas Eröffnungsrede bald beginnen sollte. Peter Umbreits Augen wanderten über die alten Sitzreihen, seine Gedanken entführten ihn zurück ins Jahr 1978, zur ersten Begegnung während der Sommerferien. Ihr zukünftiger Klassenlehrer, Johann Blechschmidt, hatte jeden einzeln eingeladen, sich an einem Vorbereitungstag kennenzulernen. Ein schlanker Mittfünfziger, der in Zukunft Russisch und Geschichte unterrichten würde.

»Sicher wissen Sie, dass die Leistungsanforderungen an der Erweiterten Oberschule wesentlich höher sind als Sie es bisher gewohnt waren. Nachher haben Sie Gelegenheit, Ihren Stundenplan von der Tafel in Ihre Hausaufgabenhefte zu übertragen.«

Einige zückten ihre Stifte und wollten gleich beginnen, doch Blechschmidt wehrte ab, sagte ein paar Worte auf Russisch und sah erwartungsvoll in die Klasse. Doch niemand hatte ihn verstanden, obwohl bereits drei Jahre Russischunterricht hinter ihnen lagen. Mit besorgter Miene wechselte er deshalb zurück ins Deutsche.

»Sie haben viel nachzuholen, wie ich sehe, aber keine Angst … bis Weihnachten dürfen Sie Fehler machen, wie es Ihnen beliebt, ohne dass ich Noten gebe.«

Erleichterung breitete sich in den Reihen aus, doch die Ernüchterung folgte schnell.

»Im neuen Jahr wird es ernst. In jeder Unterrichtsstunde werden zwei Schüler einem fünfzehnminütigen Grammatiktest unterzogen und benotet.«

Die erschrockenen Gesichter seiner Schüler entgingen ihm nicht. Er hatte sie nun genau da, wo er sie haben wollte.

»Wer möchte, kann sich in den letzten drei Ferientagen an einem intensiven, fünfstündigen Kurs in russischer Grammatik beteiligen. Es steht Ihnen frei, ob Sie diese Zeit lieber im Schwimmbad verbringen oder den Grundstein für eine gute Russischnote legen möchten. Wer plant also zu kommen?«

Stille ergriff den Raum und die Köpfe senkten sich. Auch Peter sah nach unten. Plötzlich hörte er den Lehrer zählen: »Eins, zwei, drei …«

›Von wegen freiwillig‹, dachte er, doch als er den Blick hob, sah er die nach oben gestreckten Arme. ›Typisch Streber‹ murmelte er seinem Nebenmann zu.

Nach und nach folgten weitere Schüler dem Beispiel. ›Nicht zu fassen, ... Ferien und dazu solch ein Wetter …‹, dachte er ungläubig. Als Blechschmidt ihn dann direkt ansprach: »Wie sieht es bei Ihnen aus, Herr Umbreit?«, gab auch Peter dem Druck der Masse nach.

Am Ende der Schulzeit hatten sie Blechschmidt zu einem ihrer Lieblingslehrer gewählt, was sicher nichts mit den Fächern zu tun hatte, die er unterrichtete. Mit harter Hand, wenn es um Leistung ging, aber auch immer mit einem offenen Ohr für die Sorgen und Nöte des Einzelnen, hatte er sie alle zum Abitur geführt.

Peter blickte auf die Uhr – halb sieben. Michaela eröffnete das Treffen mit einer Begrüßung. Einer nach dem anderen umriss knapp die eigene berufliche Entwicklung. Peter beobachtete seine ehemaligen Klassenkameraden mit Neugier, fragte sich, welche Geschichten wohl jeder von ihnen zu erzählen hatte.

Sie waren in den späten Siebzigern aufgewachsen. Ein neuer Mann stand an der Spitze und brachte dem Land eine kurze Verschnaufpause. Die weitere Erhöhung des materiellen und kulturellen Lebensniveaus des Volkes als Hauptaufgabe hatte einigen vernünftige Wohnungen, vielen das erste eigene Auto und den meisten Fernseher, Waschmaschine und Kühlschrank gebracht. Ein Hauch von Woodstock und 68er-Bewegung wehte herüber. Es war ihr Land, sie hatten nie in einem anderen gelebt und so hatten viele das Gefühl gehabt, es könne noch etwas werden. So war es, als sie mit vierzehn erstmals vor Herrn Blechschmidt saßen, so war es schon nicht mehr, als Ingo wegen eines Biermann-Liedes zwei Jahre später beinahe von der Schule flog.

Der Reihe nach erzählten sie ihren Werdegang: Uwe Holwart, der beste Leichtathlet der Schule, heute Chirurg mit eigener Klinik; die Schöne Anke, für die sich auch Peter interessierte, die mit siebzehn aber ihr erstes Kind von einem verheirateten Mann bekam und trotzdem das Abi schaffte; Michaela Dammberger, ihre beste Schülerin, seit ein paar Jahren Abgeordnete in Berlin. Oder Ingo Schöneich, der leidenschaftliche Segelflieger. Er hatte sein Hobby zum Beruf gemacht, war Kampfflieger der Nationalen Volksarmee geworden und hatte später ein Bestattungsinstitut aufgebaut.

Nur Lisbeth Thomale, die bei jedem Klassenfest allein am Tisch gesessen hatte, während die anderen tanzten, schien Tempo und Richtung nie gewechselt zu haben. Sie hatte Forstwirtschaft studiert und durchstreifte mit Hund die heimischen Wälder und ohne Mann den Dschungel des Lebens. Dann kam die Reihe an Peter, seinen eigenen Weg zu schildern.

»Ich war Lehrer – Kunst und Deutsch – musste den Beruf aber wegen einer Stimmbanderkrankung aufgeben. Nach der Wende habe ich als Versicherungsdetektiv gearbeitet. Seit Frühjahr bin ich im Ruhestand, helfe aber noch einem Bekannten in dessen Werkstatt. Er restauriert alte Bücher.«

»Es heißt, bei dir hat sich Lars Clausen gemeldet? Stimmt das?«, wollte Uwe Holwart wissen.

Peter schilderte die Unterhaltung mit Frau Lohmann und erntete beifälliges Schmunzeln.

»Na, vielleicht kommt er ja später noch«, sagte Michaela und blies zum allgemeinen Aufbruch ins Lutherhaus.

Der Tag neigte sich dem Ende zu. Die tief stehende Abendsonne färbte den Horizont blutrot, während der Himmel sich in einem seltenen Blauton präsentierte, den Peter lange nicht gesehen hatte. Tief sog er die frische Luft ein, gefüllt mit dem Duft von Fichten und der Essenz des Sommers. Die harten Schlagschatten der umstehenden Häuser und Bäume standen im eindrucksvollen Kontrast zum weichen Licht, in das der bevorstehende Sonnenuntergang seine Heimatstadt getaucht hatte. In solchen Augenblicken konnte Peter sich vorstellen, seinen Lebensabend hier zu verbringen.

Nach einem kurzen Spaziergang erreichten sie das alte Holzhaus. Hartnäckig hatte sich über Jahrhunderte die Legende gehalten, der große Reformator Martin Luther habe einmal in diesem Haus übernachtet, das damals noch an der alten Handelsstraße Nürnberg-Leipzig stand. Als es vor Jahrzehnten wegen Baufälligkeit abgerissen werden sollte, hatte ein geschäftstüchtiger Sonneberger Kommerzienrat die Ruine kurzerhand gekauft und am Südhang des Schönbergs neu errichten lassen. Seitdem war die Gaststätte Lutherhaus ein beliebter Ausflugsort der Einheimischen.

Michaela hatte das Lokal für ihr Klassentreffen reserviert. Ein deftiger Schmaus mit Thüringer Rostbratwürsten und einheimischem Geßner-Bier erwartete sie. Auch manche Flasche Rotwein wurde geleert, während vor allem die Frauen

Erinnerungsfotos aus der Schulzeit, Aufnahmen ihrer Ehemänner und Bilder ihrer Kinder herumreichten. Gesprächsfetzen drangen an Peters Ohr: »Ahh, das sind bestimmt deine, Sabine … süß, die Kleine … seht euch das an, Umbreit mit Zöpfen und Rotkäppchenschürze … du hast dir ja einen schnuckligen geangelt … oho, Axel beim Gleitschirmfliegen, wo war das? … im Grand Canyon ist das, so so … dieses Jahr nach Australien, freu mich schon riesig, drei Wochen …«

Peter entschloss sich, ein paar Minuten ins Freie zu gehen. Im Haus war die Luft durch die vielen Menschen drückend und stickig gewesen, jetzt schlug ihm kühle, erfrischende Nachtluft entgegen, die er tief in sich einsog. Fahles Mondlicht lag über der Landschaft und gab ihr etwas Gespenstisches. Ungläubig sah er seltsame Glühwürmchen umherschwirren, doch als sich seine Augen an die Dunkelheit gewöhnt hatten, erkannte er eine Gruppe von Klassenkameraden, deren glimmende Zigaretten die Quelle der Irrlichter waren – Ralf Ehnes, Anke Günschmann und Ingo, der Bestatter. Etwas abseits stand Lisbeth Thomale, die sie in der Schulzeit immer Lissy gerufen hatten. Ihr anderer Spitzname – Aschenputtel – machte nur hinter vorgehaltener Hand die Runde und Peter hatte diesen Namen nie benutzt. Er mochte Lissy und ihre ruhige Art, auch wenn sie sich manchmal durch ihre Eigenbrötelei selbst ausgegrenzt hatte.

»Hallo Lissy. Ganz allein hier? Dich stört wohl der Zigarettenqualm?«

»Ich hab mir's vor ein paar Monaten abgewöhnt und will lieber nicht in Versuchung kommen. Beim Feiern und mit dem Alkohol, da lockt die Sucht ganz schön.«

»Kann ich mir vorstellen. Ich habe zum Glück nie angefangen.«

Eine Weile standen sie stumm nebeneinander und betrachteten das Funkeln der Sterne. Der Himmel war wolkenlos und die Luft so klar, dass Peter deutlich die Milchstraße ausmachen konnte.

»Na wie geht's dem deutschen Wald?«, versuchte er mit Lissy ins Gespräch zu kommen.

»Würde sagen durchschnittlich, schlechter als voriges Jahr, aber besser als nächstes«, ulkte sie. Peter schaute in die Dunkelheit und dachte an die kahlen Landstriche, die er auf dem Kamm des Thüringer Waldes gesehen hatte.

»Ja, ziemlich beängstigend, was da in den letzten Jahren passiert ist, ganze Bergrücken ohne Bäume. Wenn da mal ein Starkregen kommt, rutscht der ganze Hang ins Tal.«

»Ja, der Klimawandel macht uns zu schaffen. Unterhalb von 700 Metern hat die Fichte kaum noch eine Chance. Zu warm, zu trocken … Wir suchen nach neuen, geeigneten Baumarten. Aber ehrlich gesagt, das Beste wäre, den Wald einfach in Ruhe zu lassen. Er würde sich in den nächsten 50 Jahren selbst regenerieren. Geht natürlich nicht. So viel Entschädigung kannst du den Waldbesitzern gar nicht zahlen«, erklärte sie.

Ihre Augen funkelten seltsam, während sie zu Anke Günschmann hinüber starrte, die gerade eine neue Zigarette aus der Packung zog und sie anzündete.

Wieder wandte Lissy sich Peter zu: »Es ist tragisch, dass wir Menschen denken, wir müssten die Natur ›managen‹, als wäre sie ein Geschäftsprojekt. Der Wald hat seine eigene Intelligenz, hat Mechanismen zur Selbstheilung – wenn wir ihn lassen würden. Sieh dir nur das Netzwerk der Pilze im Boden an, das den Bäumen hilft, Nährstoffe aufzunehmen. Oder die Art, wie alte Bäume jüngere ›erziehen‹, indem sie ihnen Licht und Nährstoffe zukommen lassen. Der Wald ist ein komplexes System, das sich seit Millionen von Jahren entwickelt hat. Und jetzt kommen wir und denken, wir könnten unsere Fehler innerhalb von ein paar Jahren mit Pestiziden und neuen Baumsorten ›korrigieren‹, übersehen dabei die kleinen und großen Wunder, die sich direkt vor unseren Augen abspielen – die Art, wie der Specht Insekten aus der Rinde holt, die er nur durch das Hören ihrer Bewegungen lokalisiert, oder wie der Herbst den Wald in ein Farbenmeer verwandelt, als Signal für die Tiere, dass der Winter naht. Der Wald hat seine eigene Sprache, ich versuche ihm zuzuhören.«

Peter zog seine Hände aus den Taschen und atmete tief durch. Kurz legte er Lissy den Arm um die Schulter und lächelte.

»Vielleicht sollten wir alle öfter innehalten und dem Wald zuhören. Es ist schön, dass es Leute wie dich gibt, die sich kümmern. Du scheinst ja wirklich glücklich zu sein.«

»Zufrieden ja, glücklich nur, wenn ich durch den Wald streife und keine Menschen sehen muss«, antwortete Lissy und Peter war nicht sonderlich überrascht – so hatten sie Lissys Seelenlage schon in der Schulzeit eingeschätzt.

Die Zeit verging wie im Flug, es war schon fast Elf. Erst jetzt dachte er wieder an Lars Clausen.

»Sag mal Lissy, kannst du dich erinnern, wann genau Lars damals an unsere Schule kam? Es muss Anfang der Elften, im Oktober glaube ich, gewesen sein?«

»Am fünften Oktober 79«, kam die Antwort wie aus der Pistole geschossen.

Peter hielt inne. »So genau weißt du das noch?«

Verlegen trat Lissy von einem Fuß auf den anderen und begann stockend zu erzählen: »Ich sehe den Tag noch genau vor mir. Wir hatten Physik. Mitten in der Stunde ging die Tür auf und der Direx kam mit Lars Clausen, dem neuen Schüler herein. Mir fiel es immer schwer, mich anderen Menschen zu nähern, aber bei Lars war es anders. Ich fühlte mich von der ersten Sekunde an zu ihm hingezogen, als würde ich ihn schon Jahre kennen. Nach dem Unterricht hat er mich gefragt, ob ich ihm die Stadt zeigen könnte. Ich habe gezögert, dann ja gesagt. Wir hatten eine schöne Zeit bis kurz vorm Abitur.«

»Ihr wart ein Paar?«

Peter sah Lissy an und konnte nicht glauben, was er eben gehört hatte. Da hatten sie Jahre zusammen verbracht, doch über diese Lisbeth Thomale wusste er offenbar gar nichts. Selbst sein Kumpel Lars hatte nie etwas von einer Affäre erzählt. Er hatte sich in persönlichen Dingen immer bedeckt gehalten. Das Grüppchen der Raucher steuerte auf den Eingang zur Gaststätte zu. In Lissys Augen standen Tränen. Ziemlich ungewöhnlich, nach all den Jahren noch so bewegt zu sein, fand Peter und wollte gern das Gesprächsthema wechseln, doch Lissy schleuderte ihm entgegen: »Mach nicht so ein überraschtes Gesicht. Ja, wir waren zusammen. Zumindest in gewisser Weise … beste Freunde, Seelenverwandte … durchaus mit romantischen Erlebnissen, nur die eine Sache, das war nicht sein Ding. Schluss war, als die Hexe Günschmann ihn in ihr Bett gezerrt hat.«

Nun geriet Peter völlig aus der Fassung. Anke Günschmann, die Schöne Anke sollte was mit Lars gehabt haben?

Die anderen waren auf Hörweite herangekommen und natürlich war ihnen Lissys Gefühlsausbruch nicht verborgen geblieben. Die Gespräche verstummten. Anke Günschmann blieb direkt vor Lissy stehen und lachte höhnisch: »Ha… ha…ha. Ich mit Clausen gepennt: Das war wohl nix. Der stand nicht auf Sex. War ja auch kein Wunder, nachdem du ihn zwei Jahre eingeschläfert hast, Aschenputtel.«

Anke Günschmanns Worte hallten in Peters Ohren nach. Er nahm Lissy sanft am Arm und führte sie beiseite, weg von den neugierigen Blicken und Ohren.

»Lass sie reden«, flüsterte er, seine Stimme fast gebrochen. »Sie ist betrunken. Egal, was zwischen dir und Lars damals war, es sind deine Erinnerungen. Die kann dir niemand nehmen.« Die letzte Stunde des Klassentreffens verlief in einem seltsamen Nebel aus halbherzigen Gesprächen und verlorenen Blicken. Peter spürte wie seine Verwirrung über Lissys und Lars' Verhältnis langsam in Gleichgültigkeit überging und Ankes spöttisches Lachen im Hintergrund verblasste. Nur eine Frage beschäftigte ihn weiterhin: Wo war Lars Clausen abgeblieben?

15

Die Sitzung bei SakuraLife lief erneut per Video. Die Gesichter waren von Anspannung gezeichnet, als die neuesten Entwicklungen zur Sprache kamen.

»Franklin J. Morgan hat sich das Leben genommen. Sein gesamtes Institut geht an die Israelis. Es bleibt ein Rätsel, wie dieser Mr. Horowitz das bewerkstelligt hat«, begann Yumi Nakamura, die Aufsichtsratsvorsitzende, mit fester Stimme. Sie sah in die Gesichter der Teilnehmern und studierte die Wirkung der Nachricht. Dann fuhr sie fort: »Ebenso besorgniserregend ist, dass Lars Clausen verschwunden ist. Wir wissen nicht, wo er sich aufhält oder was mit ihm passiert ist. Noch einmal zur Verdeutlichung: Solange dieser *Brain-Translator* und sein Entwickler da draußen herumspuken, besteht die Gefahr einer existenziellen Krise für unser gesamtes Unternehmen. Haruki, du trägst die Hauptverantwortung, wie beurteilst du die Lage?«

Haruki Kawabata war sich bewusst, dass er nicht viel erreicht hatte, dass sein Job auf der Kippe stand, doch er wollte seine Haut so teuer wie möglich verkaufen.

»Immerhin haben wir die Gewissheit, dass der einzige vorhandene Prototyp des *Brain-Translators* verbrannt ist. Das gibt uns erst einmal eine Verschnaufpause.«

Frau Nakamura antwortete ungerührt.

»Es gibt keine Zeit für Verschnaufpausen, Haruki. Wir können nicht sicher sein, dass es nur diesen einen Prototyp gibt. Wir müssen alles daran setzen, Clausen zu finden und sicherzustellen, dass keine weiteren Geräte in falsche Hände geraten. Ich hatte Kontakt zur Witwe Morgan. Lars Clausen besitzt Ferienwohnungen auf der Ostseeinsel Usedom. Wurde das schon überprüft?«

»Nein, Nakamura-san.«

»Dann sollte das der nächste Schritt sein. Ich erwarte deinen persönlichen Einsatz und ich erwarte Erfolgsmeldungen. Nimm Kontakt zur Botschaft in Berlin auf. Unser Verbindungsmann heißt Watanabe. Er besorgt alles, was gebraucht wird.«

Satoshi Nakano, der kommissarische Leiter der Rechtsabteilung, meldete sich zu Wort.

»Ich möchte Ihnen Dr. Emily Thompson vorstellen, CEO von NeuraMind aus Kanada. Sie wird ab sofort all unseren Sitzungen beiwohnen, da ihr Unternehmen seit heute zur großen Familie von SakuraLife gehört. Neuramind entwickelt Neuroprothesen und Exo-Skelette für Überkopfarbeiten sowie schwere Hebearbeiten in der Bauindustrie, beim Einsatz in Katastrophengebieten, bei der Feuerbekämpfung und visionär auch in der Raumfahrt. Ziel ist die gemeinsame Entwicklung kompakter Brain-Computer-Interfaces, die diesen erhöhten Anforderungen des Einsatz- und Gefechtsfeldes stand halten.«

Yumi Nakamura lächelte wohlwollen.

»Sie sehen, meine Damen und Herren, der Aufsichtsrat tut alles, um dieser vertrackten Situation eine positive Wendung zu geben.«

Die zugeschalteten Konferenzteilnehmer nickten anerkennend, einige applaudierten.

»Jetzt liegt es an dir, Haruki. An die Arbeit!«

Der Bildschirm seines Laptops erlosch. Einen Moment lehnte er sich zurück und atmete tief durch. Dann führte er ein langes Gespräch mit dem Mann in der Botschaft. Der schlug ihm verschiedene Szenarien vor, von einfachem Einbruch über Kidnapping bis hin zur zielgerichteten Ausschaltung unliebsamer Personen, alles bereits mit dem Vorstand von SakuraLife abgestimmt, wie er betonte. Nachdem er aufgelegt hatte, blieb Haruki Kawabata in seinem Bürostuhl sitzen, die Augen fest geschlossen. Die Szenarien, die Watanabe vorgeschlagen hatte, schwirrten ihm im Kopf herum: Einbruch, Kidnapping, gezielte Ausschaltung. War das der Preis für den Fortschritt? War es das, was Nakamura-san unter »alles, was gebraucht wird«, verstand? Sollte er alle Moral über den Haufen werfen? … erhöhte Anforderungen des Einsatz- und Gefechtsfeldes … hier ging es um mehr, als seinen Job. War er der Einzige, der die Gefahren sah?

Er tippte eine Nachricht an den Geheimdienstmann in der Botschaft: »Planänderung. Ich reise selbst nach Usedom. Bereiten Sie alles vor. Diskretion ist oberstes Gebot.«

Dann rief er seine Frau an: »Liebling, wir bleiben noch ein bisschen in Deutschland. Hast du Lust auf einen Trip an die Ostsee?«

16

Am Morgen nach dem Klassentreffen erwachte Peter mit einem leichten Kater. Er duschte ausgiebig, kochte einen starken Kaffee und trat vor die Tür. Nebelschleier hingen über den Wiesen und zwischen den Bäumen. Die Sonne kämpfte sich langsam durch die Wolken, und Peter beschloss, den Tag mit einem Spaziergang zur Gaststätte *Fuchsfarm* zu beginnen. Er schlüpfte in seine Outdoor-Kleidung, schnappte sich den Rucksack und eine Flasche Wasser, und machte sich auf den Weg.

Er dachte an Lars. Warum fuhr jemand mit einem Trabant von Usedom bis Steinach, um an einem Klassentreffen teilzunehmen und tauchte dann nicht auf? Was hatte es mit dem ominösen Termin auf sich, den er gegenüber Frau Lohmann erwähnt hatte? Lars hatte Axels Handynummer, warum hatte er keine Nachricht hinterlassen? Was mochte passiert sein? Peter kam an der Gaststätte an und schüttelte unwillig den Kopf, alles Grübeln half nichts, er würde der Sache auf den Grund gehen müssen, wenn er Antworten wollte. Er musste den Trabant unter die Lupe nehmen, den einzigen Beweis dafür, dass Lars Clausen nach 30 Jahren wirklich aufgetaucht war, nur um genauso plötzlich wieder zu verschwinden. Er legte eine kurze Rast ein, nahm einen tiefen Schluck aus der Wasserflasche und machte sich auf den Rückweg.

Beim Öffnen des Autos, dessen Fahrersitz ungewöhnlich neuwertig erschien, überkam ihn ein seltsames Gefühl. Erinnerungen an seinen eigenen, einst liebevoll gepflegten Trabant tauchten auf, den er mit Hingabe gewaschen und wöchentlich gereinigt hatte. Doch dieses Exemplar übertraf seine Vorstellungen bei Weitem – es präsentierte sich in einem makellosen Zustand. Verwundert ließ Peter seinen Blick über das Lenkrad schweifen, strich mit den Fingern darüber. Es fühlte sich glatt und griffig an, als wäre es noch nie benutzt worden, auch die Bezüge der Sitzpolster zeigten keinerlei Falten oder Flecken, keine Zeichen des Alterns, als hätte das Auto die letzten Jahrzehnte im Museum gestanden, nur der Geruch stimmte nicht. Ein Hauch von Fäulnis und Schimmel schwebte unter dem Dachhimmel des Innenraums. Peter entdeckte die Kühltasche auf der Rücksitzbank und ahnte die Ursache des Gestanks. Entschlossen trug er die Tasche ins Freie und riss sie auf. Die Lebensmittel darin waren verdorben, und eine Vielzahl an Semmeln, Croissants, Mohn- und Roggenbrötchen zeigte bereits Schimmelspuren. Rasch entsorgte er den Inhalt der Kühltasche in die Mülltonne. Ein Zettel flatterte davon. Er hob ihn auf und betrachtete ihn genauer, ein fröhliches Smiley, mit Kugelschreiber gemalt und darunter in Schönschrift: »Unser täglich Brot allein ist nicht genug. Man braucht ein Lächeln dazu. Jessica von Nordlicht.«

Mit gerunzelter Stirn verstaute Peter den Zettel sicher in seiner Tasche, platzierte die Kühltasche zum Auslüften über den Zaun und kehrte zum Trabant zurück. Auf der Ablage unterhalb des Armaturenbretts lag eine Sonnenbrille, daneben ein DDR-Autoatlas von 1985. Beim Durchblättern des Atlasses stieß er auf eine Tankquittung von letzter Woche sowie einen Briefumschlag mit der Aufschrift ›Nordlicht Residenzen Usedom‹, was ein Schmunzeln auf seine Lippen zauberte. Kurz hatte er geglaubt, dass jemand tatsächlich ›Jessica von Nordlicht‹ heißen könnte. Er drehte den Umschlag unschlüssig hin und her. Der Brief war nicht adressiert, trug nur die Aufschrift ›Viel Glück‹. Sollte er ihn öffnen? War er vielleicht von dieser Jessica? Er vertagte die Entscheidung und inspizierte weiter den Trabant. Im Kofferraum fand er eine komplette Campingausrüstung, Luftmatratze, Zelt und Kochgeschirr, alles mit Schmutz- und Gebrauchsspuren, wahrscheinlich erst kürzlich benutzt. Daneben eine Aluminiumbox mit Schnappverschlüssen und aufklappbarem Deckel. Er öffnete die Box und fand einen altmodischen gelben Motorradhelm mit zwei seltsamen Buchsen am Hinterkopf, die ihn an den Scartanschluss seines Fernsehers erinnerten. Allerdings verfügten die Buchsen über mindestens 100 statt der üblichen 21 Pole, vier davon waren dick wie der Starkstromanschluss einer Kreissäge. Der Helm war schwer, schätzungsweise 10 Kilo, als Motorradhelm sicher ungeeignet, sinnierte Peter. Vielleicht handelte es sich um einen Rennfahrerhelm und die Steckbuchsen am Hinterkopf waren dafür vorgesehen, um Lautsprecher und Mikrofon mit dem Co-Piloten zu verbinden, der für die Renn-Navigation verantwortlich war. Aber Peter grübelte nicht weiter, er hatte von solchen Dingen zu wenig Ahnung. Er legte den Helm zurück in die passgenaue Mulde der Schaumstoffpolsterung und schloss den Deckel. Neben der Box stand ein kleiner Koffer, auch aus Aluminium, der von den Abmessungen an das Handgepäck eines Flugpassagiers der Businessklasse erinnerte. Auch der Inhalt passte, ein Laptop. Er wollte ihn herausnehmen, doch der Computer war fest mit dem Koffergehäuse verbunden, der Bildschirm im Kofferdeckel eingebaut. So etwas hatte Peter noch nie gesehen. Das Betriebssystem startete, doch wie erwartet erschien ein Passwort-Eingabefeld und er schloss den Koffer, trug ihn in den Bungalow und griff zum Telefon. Nach dem dritten Läuten nahm Axel ab. Peter erklärte ihm, was er im Trabant gefunden hatte und Axel versprach, so schnell wie möglich mit seiner Nichte Marie vorbei zu kommen, die in der IT-Branche arbeitete und Erfahrung mit Computern hatte. Gemeinsam könnten sie dann auch den Brief öffnen, wenn sich Peter allein nicht traute.

Während er wartete, loggte sich Peter auf dem eigenen Laptop ein und suchte die Firma Nordlicht Residenzen.

Wieder griff er zum Telefon und wählte den Anschluss in Usedom-Stadt. Er machte sich wenig Hoffnung, denn heute war Sonntag, das Büro sicher nicht besetzt. Doch schon nach dem ersten Klingelton wurde abgenommen.

»Nordlicht Residenzen Usedom. Sie sprechen mit Jacob. Was kann ich für Sie tun?«

Die Stimme klang jugendlich frisch, mit dem pommerschen Akzent der Ostseeküste.

»Ja, hallo. Mein Name ist Peter Umbreit. Ich suche nach einem alten Schulfreund. Er heißt Lars Clausen. Haben Sie den Namen schon mal gehört? Wissen Sie wo er wohnt, wie man ihn erreichen kann?«

Der Mann zögerte, räusperte sich.

»Lars Clausen. Ja, er ist Kunde bei uns, soviel darf ich wohl verraten. Aber die Kontaktdaten … Da kann ich Ihnen nicht weiterhelfen, solche Auskünfte sind aus Datenschutzgründen verboten.«

»Junger Mann, ich verstehe Sie ja, aber können Sie keine Ausnahme machen. Hier steht der kaputte Trabant Lars Clausens. Er hat sich das Auto eines Freundes ausgeliehen, wollte nur kurz etwas erledigen. Seitdem ist er nicht mehr aufgetaucht. Das ist drei Tage her. Ich fürchte, da ist etwas passiert.«

»Lars Clausens Trabant? Welche Farbe, welches Kennzeichen?«

Die Stimme des jungen Mannes kippte. Peter gab die Daten durch.

»Schicken Sie mir Fotos vom Auto. Ich habe es restaurieren lassen. Wenn es wirklich Herrn Clausens Auto ist, bekommen Sie die Kontaktdaten. Ich gebe Ihnen meine Handynummer.«

Peter legte auf, fotografierte den Trabant von allen Seiten, machte Nahaufnahmen vom tadellosen Innenraum und schickte sie an Jacob. Eine Adresse in Rankwitz wurde ihm mitgeteilt. Jacob würde sich dort mit ihm treffen.

Kurze Zeit später klingelte es an der Tür. Alex und seine Nichte standen davor.

Marie war eine junge Frau mit kurzen, dunklen Haaren und einer Brille, die ihren fokussierten Blick verstärkte. Peter führte sie zum Koffer, in dem der Laptop fest verbaut war.

»Das ist wirklich ungewöhnlich«, bemerkte sie, während sie den Koffer genauer betrachtete. Ihre Stirn lag in Falten, aber die Augen glänzten.

»Heilige Hauptplatine, was ist das denn? So was sieht man normalerweise nur in Geheimdienstfilmen. Gebt mir eine halbe Stunde.«

Sie zog sich in den Schlafraum zurück, machte es sich auf dem Bett bequem, klappte ihren eigenen Laptop auf, und begann den Koffer-Computer zu untersuchen. Axel nahm am Küchentisch Platz. Peter schob den geschlossenen Brief in die Mitte der Arbeitsplatte.

»Ist er das?«

»Hhm … steckte im Autoatlas, der in der Ablage unter dem Handschuhfach lag. Meinst du, wir sollen ihn aufmachen?«

»Ja klar, was ist schon dabei? Keine Anschrift auf dem Briefumschlag nur ›Viel Glück‹. Vielleicht hatte Lars jüngst Geburtstag und es ist eine Karte drin.«

Peter betastete das Papier, wog den Umschlag in der Hand.

»Das ist keine Glückwunschkarte. Das ist ein dicker Brief. Was, wenn er persönlich ist?«

»Ach, mach dir doch nicht ins Hemd, Peter. Gib her!«

Entschlossen riss Axel das Kuvert auf, schob seine Brille auf die Nase und begann zu lesen.

»Das ist kein Brief, ein Business-Plan, alles auf englisch. Da brauche ich eine Weile, um zu begreifen, worum es hier geht – auf jeden Fall um Zahlen, die kann ich kaum aussprechen und um einen BlissBooster, wohl ein technisches Gerät. Aber frage mich nicht, was das genau ist.«

Peter rückte näher an Axel heran, um selbst einen Blick auf das Papier werfen zu können. Axel hatte Recht, die aufsummierten Umsatzzahlen endeten mit mindestens sechs Nullen, von Patent-Lizenzen und weltweiten Abo-Nutzerzahlen war die Rede und von einer Anfangsinvestition von zehn Millionen Dollar. Doch keinerlei Informationen zum Verbleib Lars Clausens. Resigniert ließ Axel die Papiere sinken. In diesem Moment flog die Tür des Schlafzimmers auf. Marie erschien, blass wie ein Geist.

»Das müsst ihr euch ansehen.«

Auf dem Bett lag der Koffer-Computer. Drähte hingen heraus, gelöste Schrauben waren zu einer kleinen Pyramide aufgetürmt. Überall auf dem Bett lagen verschiedene Werkzeuge herum, dazwischen zwei Lüfter, die vor sich hin summten, der Bildschirm hing schief im Kofferdeckel. Axel und Peter warfen besorgte Blicke auf das Chaos rund um Lars Clausens Computer.

»Euer Kumpel muss ein unglaublicher Modder-Freak sein, oder einen kennen, der das da für ihn gebaut hat.«

»Was ist so besonders an dem Ding? Ich sehe nur einen Laptop Marke Eigenbau«, sagte Axel.

»Pfff. Wie ahnungslos bist du denn, Onkel? Also schon mal vorweg: Das Ding heißt *ODIN*, wie ihr unschwer an den Aufklebern erkennen könnt.«

»*ODIN* – in der nordischen Mythologie ist *Odin* der Allvater, bekannt für seine unermüdliche Suche nach Wissen und Weisheit«, äußerte Peter.

Marie nickte aufgeregt.

»Passt absolut. ODIN, ein Akronym aus *O*ptimierter *D*etektor für *I*ntelligentes *N*euronenfeuer. Hier hat jemand einen High-End-Rechner in einen Koffer eingebaut und darüber ein handelsübliches Notebook als Zugangssteuerung und Bildschirm platziert. Einfach genial! Aber das ist noch nicht alles. Seht ihr das kleine schwarze Kästchen da neben dem SSD-Slot? Das ist ein Raspberry Pi. Der ist so programmiert, dass er den Rechner aus der Ferne einschalten kann, sogar mit Sprachausgabe oder Klingelton, um jemanden aufzufordern, das Gerät zu öffnen.«

Marie hob das Notebook leicht an und warf einen Blick auf den darunter liegenden Rechner.

»Oh mein Gott, das ist ein AMD Ryzen, 16 Kerne, wahnsinnig schnell, und diese Grafikkarten – NVIDIA GeForce RTX 3090 – gleich vier Stück davon.«

Peter zog die Augenbrauen nach oben.

»Das klingt ... teuer?«

»Teuer und leistungsstark«, korrigierte Marie. »Damit könnte man eine NASA-Rakete zum Mond steuern. Die SSD reicht für 10 Millionen Bücher und schnell ist die ... puhh ... im Vergleich zu normalen Laptops, ein Formel-1-Auto unter lauter Tretrollern.«

Sie ließ das Notebook zurück in seine Arretierung gleiten.

»Das Ding ist ein tragbarer Supercomputer mit eingebautem Hochsicherheitstrakt. Hier ist ein Dead Man's Switch verbaut, eine Selbstzerstörungseinrichtung. Ich denke, drei fehlgeschlagene Anmeldeversuche und der Computer löscht alle Daten oder fliegt gleich ganz in die Luft. Ihr müsst mir schon das Passwort bringen, oder den Mann, der das Ding gebaut hat, sonst kommen wir da nicht rein.«

»Nur drei Versuche?«

»Drei Versuche, vielleicht auch nur zwei. Ich würde nichts riskieren. Es kann ja sein, dass euer Kumpel heute Abend an seine Daten will und dann steht ihr blöd da, wenn ihr sie gelöscht habt.«

»Er ist verschwunden, wie soll er da an seine Daten wollen?«

Marie holte tief Luft, rückte ihre Brille gerade und sah ihren Onkel spöttisch an.

»TeamViewer, AnyDesk, RemotePC, irgendwas davon schon mal gehört?«

Axel und Peter schüttelten synchron die Köpfe.

»Oh Mann, ihr IT-Legastheniker. Das sind ganz gebräuchliche Software-Lösungen für den Computer-Fernzugriff. Also, der Rechner gehört an eine Steckdose, damit der Akku nicht irgendwann schlapp macht und ansonsten: Finger weg. Er muss wie ein rohes Ei behandelt werden! Wenn sich irgendetwas tut, rufe ich euch.«

17

Auf der Autobahn in Richtung Norden erwog Peter kurz, in Berlin Halt zu machen, um Michaela Dammberger in ihrem Abgeordnetenbüro zu besuchen. Doch dann schreckte er vor der Fahrt durch die Innenstadt zurück und umfuhr die Hauptstadt auf dem östlichen Ring. Hinter Pasewalk führten schnurgerade Alleen durch die dünn besiedelte norddeutsche Tiefebene, er erreichte die Insel Usedom über die Zecheriner Brücke, bog dann links ab und verließ die Bundesstraße. Er musste das Tempo drosseln. Laut rumpelnd rollte sein Wagen über uraltes Kopfsteinpflaster. Die Straße glich einem Geländeparcours und Peter machte sich Sorgen um seinen Wagen. Wenige Kilometer später endete auch der Pflasterbelag. Über einen sandigen Weg lenkte Peter den Wagen durch ein dichtes Kiefernwäldchen, das die Straße auf beiden Seiten säumte. Peter hatte alle Autofenster geöffnet und fuhr Schritt. Die Abenddämmerung warf dunklen Samt über die Bäume und harziges Aroma füllte die Luft. Dann öffnete sich der Wald, und das Achterwasser kam in Sicht. Seine Oberfläche schimmerte bleigrau im fahlen Licht der tief stehenden Sonne, und Peter fuhr die salzige Brise in die Nase, die der sanfte Wind herübertrug. Er entdeckte die alte Scheune, modern umgebaut und in drei schicke Ferienwohnungen aufgeteilt – ein Stück Paradies – und für einen Moment wollte Peter einfach alles vergessen, den Motor abstellen und sich dem malerischen Anblick und der verführerischen Ruhe des Ortes hingeben. Doch das Bild wurde jäh unterbrochen und der Zauber des Moments verflog. Vor dem Bungalow, stand Jacob, der junge Mann von der Ferienhausagentur »Nordlicht«, winkte wild mit den Armen und Peter erkannte, dass die Haustür aufgebrochen worden war. Er parkte das Auto und stieg aus.

»Danke, dass Sie so schnell kommen konnten, Herr Umbreit. Jetzt mache ich mir auch Sorgen«, sagte Jacob, als Peter näher kam. Seine Stimme klang verzagt, und sein Blick schweifte immer wieder nervös zur beschädigten Tür.

»Ich habe versucht, Herrn Clausen auf dem Handy zu erreichen. Es ist tot. Wollen Sie nochmal versuchen?«

Peter nickte und wählte die Nummer, die Jacob ihm gab. ›Die von Ihnen gewählte Rufnummer ist vorübergehend nicht zu erreichen.‹ Ein Schauer lief ihm über den Rücken.

»Soll ich die Polizei …?«, fragte Jacob.

»Ich glaube, das bringt nur Scherereien und Überstunden, sonst kommt da nicht viel raus. Lassen Sie uns selbst reingehen.«

Sie betraten den Bungalow. Das Licht funktionierte. Überall Verwüstung. Schubladen waren herausgerissen, Bücher lagen verstreut auf dem Boden, eine Tasse aus Bunzlauer Keramik war zu Bruch gegangen, in der Ecke zwei Umzugskartons, einer aufgeschlitzt, wahrscheinlich war der Bungalow systematisch durchsucht worden.

»Da hat jemand ganze Arbeit geleistet«, sagte Jacob leise.

»Haben sie schon mit den anderen Gästen gesprochen? Vielleicht hat jemand was gesehen oder gehört?«, äußerte Peter und deutete zur Scheune.

»Klaus und Elke aus dem Adlerhorst sind nach Island weiter. Sie sagten, sie wollen die Polarlichter sehen«, antwortete der junge Mann. »Die Leute im Möwennest sind erst vor einer Stunde angereist und die dritte Ferienwohnung steht gerade leer.«

Peter schritt durch den Raum, sein Blick fiel auf das Foto einer Frau, das auf einem Beistelltisch stand. Es erinnerte ihn an die junge Lisbeth Thomale, lange schwarze Haare, ein ähnlich trauriger Blick aus blauen Augen, nur mit Schwangerenbauch konnte er sich Lissy partout nicht vorstellen.

Neben dem Foto hing ein Amulett an einem Messingkettchen. Er nahm es in die Hand und klappte es auf. Ein Foto von Lars blickte ihm entgegen. Dahinter fand er ein Zettelchen mit einer Zahl, die ihm nichts sagte.

»Wissen Sie, was das sein könnte?«, fragte Peter, das Amulett in Jacobs Richtung haltend. Jacob schüttelte den Kopf.

»Das Foto zeigt Marianne, Lars' Freundin. Man sagt, sie starb in der Nacht, in der die Mauer fiel. Aber der Zettel? Keine Ahnung.«

Peter steckte das Amulett in seine Tasche.

»Haben Sie eine Adresse von Lars?«

Jacob kratzte sich am Kopf.

»Das Geld für die Ferienwohnung geht auf ein Konto in den USA, Arizona. Ich kann nachsehen und Ihnen die genaue Adresse durchgeben.«

»USA, ich verstehe. Bitte tun Sie das«, sagte Peter. »Ich horche mich mal im Ort um, ob es ähnliche Einbrüche in der Gegend gegeben hat. Falls es später wird, kann ich vielleicht eine der Ferienwohnungen haben?«

»Eigentlich erst ab zwei Übernachtungen. Aber ich denke, das ist eine besondere Situation. Und falls Herr Clausen was zu monieren hat, verweise ich ihn an Sie«, grinste Jacob. »Ich schicke Jessica. Die richtet alles her. Kommt morgen früh auch zu Ihnen und den Nachbarn im Möwennest und bringt frische Brötchen. Haben Sie spezielle Wünsche, was die Erstausstattung des Kühlschranks betrifft? Frühstück und ein Lunchpaket sind im Preis, wenn Sie das Upgrade nehmen. 200 Euro die Nacht.«

Peter pfiff leise durch die Zähne.

»Eigentlich wolle ich heute Abend noch was essen gehen.«

»Vergessen Sie's, der Hafen schließt um 16 Uhr, das Achterland um Fünf. Wir haben Nebensaison, da werden die Bürgersteige zeitig hochgeklappt. Ich mache Ihnen einen Vorschlag: Sie zahlen 200 Euro, falls Sie verlängern, nur noch 100 Euro für die Folgenacht.«

Der junge Mann war eindeutig auf dem Weg, zu alter Frische und Unbekümmertheit zurückzufinden. Peter willigte zähneknirschend ein.

Gemeinsam verschlossen sie die Bungalowtür, so gut es ging. Peter stieg in den Wagen und startete den Motor. Die Gedanken an Lars und Marianne, an das Amulett und die unbekannte Zahl, schwirrten in seinem Kopf umher, während er langsam den sandigen Weg zurück zur Ortsstraße nahm.

In Rankwitz klapperte er zwei Dutzend Häuser ab, aus denen das Dorf bestand. Vom Einbruch bei der alten Scheune hatte niemand etwas gehört. Auch im Dorf war nichts Auffälliges passiert. Peter fragte nach Lars Clausen. Niemand kannte ihn.

Das große Gehöft unter der Eiche beherbergte den Fahrradverleih Ehmke. Es war das vorletzte Haus des Ortes und Peter überlegte kurz, ob sich das Klinkenputzen überhaupt noch lohnte. Das Hoflicht sprang an. Ein Mann schlurfte herbei, knorrig wie der alte Baum vor der Grundstückszufahrt, starrte eine Weile durch die Bleiglasfenster, die in die Haustür eingelassen waren. Die Tür knarrte leise in den Angeln, als er sie öffnete. Die Augen des Alten hatten die Farbe von verwittertem Bernstein, ein milchiges Braun mit kleinen grünen Einsprengseln, das Gesicht von den Spuren eines langen Lebens gezeichnet. Er musterte Peter prüfend von oben bis unten. Peter sagte sein Sprüchlein auf, der immer gleiche Wortlaut zum zwanzigsten Mal. Die Augen des Alten verengten sich für einen Moment, dann öffnete er weit die Tür.

»Lars Clausen? Den habe ich lange nicht gesehen. Aber komm mal rein, mein Enkel hat da was beobachtet.«

Der Alte goss kochendes Wasser in eine Teekanne und setzte sie auf den Tisch. Er zog ein Handy aus der Tasche und wählte eine Nummer.

»Nico, komm mal hoch. An der alten Scheune wurde eingebrochen. Und bring dein Handy mit.«

Er legte auf und wandte sich Peter zu.

»Setz dich«, sagte er, während er drei Tassen, ein Schälchen mit Kandiszucker und eine Dose Plätzchen auf den Tisch stellte.

»Der Tee braucht noch ein paar Minuten.«

Der Alte setzte sich Peter gegenüber, musterte ihn noch einmal, bevor er anfing zu sprechen.

»Lars Clausen und Marianne Schmidt, die beiden waren aus Mulin, haben im Institut auf der ›Seucheninsel‹ gearbeitet. Nette Leute. Er ein Sonnenschein, sie, wie sagt man … ein ernstes Mädchen. Zu weise für ihr Alter, zu verkopft. Ich hab den Bootssteg bei der alten Scheune immer für meinen Angelkahn genutzt, bin manchmal ins Gespräch mit ihnen gekommen. Das waren noch Zeiten.«

Der Alte seufzte.

»Vorher gehörte das Grundstück Lothar Möller, der stammte aus Potsdam. Ich Hansa-Fan, er Eisern Union, das kannst du dir nicht vorstellen, was da manchmal abging. Aber eines Tages war er weg, abgehauen in den Westen. Hatte das Grundstück für 'n Appel und 'n Ei an Marianne vermacht. Die ist in der Nacht des Mauerbaus mit dem Auto verunglückt. Danach schien niemand mehr Interesse an dem Bungalow zu haben. Drei Jahre habe ich keinen Menschen dort gesehen. Im Frühjahr 93 ist dann Lars aufgekreuzt, er hatte das Grundstück von Marianne geerbt, und er hatte Pläne für die alte Scheune. Wir alten Rankwitzer waren froh, dass jemand von hier investieren wollte, jemand, der ein bisschen frischen Wind mitbrachte. Aber nach einer Woche war er wieder verschwunden. In die USA wurde gemunkelt. Die Scheune wurde ja dann doch noch umgebaut.«

Der Alte nahm das Sieb aus der Kanne, ließ es abtropfen und goss Tee ein. Das Haus wurde still, nur das Ticken der Wanduhr und das leise Plätschern des Tees füllten den Raum. Peter hatte nicht viel Neues erfahren, aber vielleicht konnten ihn die Informationen zur Seucheninsel weiterbringen. Die Tür öffnete sich und der Enkel trat ein.

»Ich bin Nico. Ich habe den Fahrradverleih unten. Haben Sie vielleicht gesehen ... Mein Großvater hat erzählt, dass bei der alten Scheune eingebrochen wurde?«

»Nicht direkt in der Scheune. Die drei Ferienwohnungen sind unberührt, aber der Bungalow wurde aufgebrochen.«

»Verstehe«, sagte der junge Mann nachdenklich.

»Gestern vormittag ist hier ein E-Klasse Mercedes mit Diplomatenkennzeichen vorgefahren, ein asiatisch aussehendes Pärchen. Sie haben zwei Mountain-Bikes ausgeliehen, zeigten japanische Reisepässe vor und fragten nach dem Weg zur alten Scheune. Nach einer guten Stunde waren sie wieder zurück, haben die Räder abgegeben und sind verschwunden.«

»Sie haben die Namen notiert?«

Nico schüttelte den Kopf.

»Irgendwas mit Kawa..., Kawasaki? Nee, das ist die Motorradmarke. Mir war das alles zu kompliziert. Die haben, ohne mit der Wimper zu zucken, 1000 Euro Kaution hinterlegt und einen saftigen Mietpreisaufschlag akzeptiert. Da habe ich nicht weiter auf Formalitäten bestanden.«

»Schade. Wäre vielleicht ein Anhaltspunkt für mich oder die Polizei gewesen.«

Nico grinste.

»Ich habe aber Fotos. Über der Ladentür ist eine Kamera. Die kann ich mit dem Handy auslösen, vielleicht nicht ganz konform mit dem Datenschutz, aber hilfreich. Ich kann Ihnen die Bilder überspielen.«

Es war Nacht, als er zurückkam und die Tür zur Ferienwohnung öffnete. Auf dem Tisch standen Blumen, darunter ein Zettel mit einem Smiley. Der Kühlschrank war gut gefüllt. Peter aß zwei Spiegeleier auf Brot und ein paar Löffel Krautsalat. Dazu gönnte er sich ein Bier, das genau die richtige Trinktemperatur hatte. Relativ früh verschwand er im Bett.

Er wollte zeitig aufstehen, um nach Mulin zu fahren. Ein anstrengender Tag lag vor ihm.

Mitten in der Nacht weckten ihn scharrende Geräusche. Er sah aufs Handy – 2.05 Uhr. Irgendein Tier, dachte er und zog die Bettdecke über den Kopf. Ein metallisches Scheppern, das sich in unregelmäßigen Abständen wiederholte, weckte ihn endgültig. Es klang wie das Schlagen einer Blechtür im Wind. Peter schlüpfte in seine Jeans, warf die Jacke über und lief aus der Wohnung. Hatte der Wind die Bungalowtür losgerissen und schlug sie gegen eines der Fensterbretter? Im fahlen Mondlicht kontrollierte er die Tür. Sie war nicht nur mit einem Keil gesichert, sondern zusätzlich mit einem Riegel und einem Vorhängeschloss versehen. Er hatte von Jacob auch nichts anderes erwartet. Peter bog um die Hausecke des Bungalows und entdeckte die Ursache des Lärms. Der rechte Flügel des Garagentors schwang im Wind hin und her und schlug gegen das Fallrohr der Dachrinne. Er lief in die Garage und schaltete das Licht an. Verpackungsmaterial lag auf dem Boden und wirbelte bei jeder neuen Bö von einer Ecke in die andere, sonst schien alles in Ordnung zu sein. Er fing die Folie und das zerknüllte Packpapier ein und stopfte beides fest in den leeren Emaille-Eimer, der in der Ecke stand. Das Garagentor schlug zu. Er nahm den Eimer, um den Müll in der Ferienwohnung zu entsorgen, schaltete das Licht aus und wollte die Garage verlassen, doch das Tor klemmte. Er tastete nach dem Lichtschalter, drückte die Türklinke ein paarmal ergebnislos auf und nieder, riss und rüttelte daran, stemmte sich mit der Schulter gegen den Flügel, aber nichts half. Das Tor ruckte keinen Millimeter. Einen Moment lehnte er sich gegen die Wand, überlegte, was er tun konnte. Er suchte ergebnislos nach einem Schraubendreher, um Klinke und Schlüsselblende abzumontieren und auf irgend eine Weise an das verdammte Schloss zu kommen, aber bis auf den Eimer und die blanke Werkbank war die Garage nackt. Er kniete sich hin, lugte durchs Schlüsselloch und glaubte seinen Augen nicht zu trauen. Von außen steckte ein Schlüssel im Schloss, dessen runder Schaft deutlich zu erkennen war. Einen Moment überlegte er, was hier vorging. Hatte er den Schlüssel übersehen, als er die Garage betrat? War er so abgelenkt durch den Lärm gewesen, dass er nicht darauf geachtet hatte? Oder hatte ihm ein später Angler einen Streich gespielt? Alles Grübeln half nichts. Er schnappte den Eimer, begann, rhythmisch gegen die Garagenwand zu schlagen, in der Hoffnung, die Feriengäste im Schwalbennest würden den Lärm bemerken und ihn befreien. Es dauerte zehn Minuten dann öffnete sich das Garagentor einen Spaltbreit. Zwei Frauen lugten verängstigt um die Ecke. Er ließ den Eimer sinken und ging auf seine Retterinnen zu. Er hätte am liebsten beide umarmt, doch dann sah er den Wagenheber in der Hand der einen und die Schweißperlen auf der Stirn der anderen Frau und blieb auf Abstand. Kurz erklärte er die Situation, bedankte sich und begleitete die beiden zur alten Scheune. Kopfschüttelnd verschwanden sie im Schwalbennest. Auch er freute sich aufs Bett und war froh, dass nur der Wind sein Unwesen getrieben hatte und kein neuerlicher Einbrecher. Sein Handy zeigte 2.30 Uhr, fast eine halbe Stunde Schlaf hatte ihn der blinde Alarm gekostet. Er legte das Handy in die Nachttischschublade, neben das Portemonnaie. Sein Ausweis und die Visitenkarte von Axels Ferienhaus in Steinach waren ein Stück herausgerutscht. Er schob beides zurück an seinen Platz und löschte das Licht, konnte aber lange nicht einschlafen.

Mulin erreichte er am späten Vormittag. Der Nordostwind trieb den Geruch brackigen Boddenwassers über den kleinen Ort. Winzige Fischerkaten mit reetgedeckten Dächern erinnerten ihn an seine Kindheit, als er im Sommer mit seinen Eltern auf Rügen gezeltet hatte. Doch auch hier waren die Zeichen der Moderne unverkennbar. Ein großes Viertel mit neu errichteten Einfamilienhäusern in moderner Stahl- und

Glasarchitektur wirkte wie ein Fremdkörper. Auf einer holprigen Betonstraße fuhr er auf die Küste zu. Hinter einer kleinen Anhöhe öffnete sich der Blick auf den Bodden. Deutlich war die Insel erkennbar, vielleicht einen Kilometer entfernt, wirkte sie ziemlich verloren inmitten des Wassers und man konnte den Eindruck gewinnen, der schmale Damm, der sie mit dem Festland verband, sei nur zu dem Zweck errichtet worden, sie am Ufer anzubinden und nicht auf die offene See hinaustreiben zu lassen. Ein geschlossener Schlagbaum an der Auffahrt zum Damm stoppte ihn kurze Zeit später. Ein Kleinwagen näherte sich der Barriere. Unmittelbar hinter der Schranke erkannte er eine Art Wassergraben, der quer über die Fahrbahn verlief. Der Kleinwagen hielt an und die Fahrerin betätigte die Rufanlage, die in einem separat stehenden Pfosten installiert war. Peter stieg aus und lief auf die Frau zu.

»Hallo, entschuldigen Sie bitte, wie kommt man auf die Insel?«

»Da kommen Sie nur mit Sondererlaubnis rüber. Haben Sie einen Passierschein?«

»Ich wusste nicht, dass es so was noch gibt, ist ja fast wie im ehemaligen DDR-Grenzgebiet.«

Die Frau lachte: »Viel schlimmer. Wenn Sie rein wollen, müssen Sie sich splitternackt ausziehen, duschen und die Anstaltskleidung anziehen.«

»Komische Sitten, Gäste zu begrüßen«, stieg Peter auf den lockeren Ton der Frau ein.

»Aber mal Scherz beiseite. Sie können wirklich nicht ins Institut, wenn Sie keinen Auftrag haben. Auf der Insel ist die zentrale Forschungsstelle für Tierseuchen. Wir hatten schon alles mögliche hier, Maul- und Klauenseuche, Schweinepest, BSE. Deshalb die Sicherheitsvorkehrungen. Sehen Sie die Schleuse? Es ist nur die erste einer ganzen Reihe von Sicherheitsbarrieren und wenn Sie in den Quarantänebereich wollen, müssen Sie wirklich duschen. Jetzt muss ich aber zum Dienst.«

»Nur noch eine Frage: Mein Freund Lars Clausen hat früher im Institut gearbeitet. Kennen Sie ihn vielleicht?«

»Clausen? Nie gehört. Wann soll denn das gewesen sein?«

»Na ja, ist schon ein Weilchen her, ich glaube so Ende der achtziger Jahre.«

Die Frau schüttelte den Kopf. »Wo denken Sie hin. Von der alten Belegschaft arbeitet niemand mehr hier. Versuchen Sie Ihr Glück mal im Dorfkrug. Der eine oder andere wird sich vielleicht an die alten Zeiten erinnern, wenn Sie ihm einen ausgeben.«

Die Dorfgaststätte hatte wegen Renovierungsarbeiten geschlossen. Ein Bauarbeiter gab ihm den Tipp, sein Glück bei Trude Alhoff, der älteste Einwohnerin des Ortes zu versuchen. Wenn sich jemand erinnern konnte, dann sie.

Uferweg 5 – so hatte er sich eine alte Fischerkate immer vorgestellt. Weiß gekalkte Wände, kleine blau angestrichene Holzfenster, deren Scheiben durch ein Sprossenkreuz geteilt waren, auf dem Dach eine fast meterdicke schützende Schicht aus Schilf, durch Sonne und Regen dunkel gefärbt.

Die äußere Beschaffenheit des Hauses setzte sich im Inneren fort – einfach, sauber, geschmackvoll und bodenständig. Die alten, bunt bemalten Bauernmöbel gehörten hierher wie der Wind und die See und die alte Frau. Sie hatte sicher die Neunzig überschritten, strahlte aber die zeitlose, selbstbewusste Energie eines zufriedenen Menschen aus, der mit sich und der Welt im Reinen ist. Ihr graues Haar war sorgsam zu einem Dutt zusammengefasst, den ein schlichtes Haarnetz an Ort und Stelle hielt, die Augen klar und wach, ihr Blick fokussiert, aber nicht ohne Wärme. Sie trug eine helle Baumwollbluse und einen langen dunklen Rock, beides mit der Frau gealtert, aber sauber und gepflegt.

»So, so, Sie behaupten also, Lars Clausen zu kennen. Warum sollte ich Ihnen glauben, junger Mann?«

Er kramte das Abschiedsfoto der Abiturklasse hervor.

»Ich suche diesen Mann. Kennen Sie ihn?«

»Das taugt nicht als Beweis, ein solches Foto könnte sich jeder besorgen, Sie müssen mir schon ein wenig mehr erzählen.«

Peter schilderte die Ereignisse der letzten Tage, das Auftauchen Lars Clausens in Axels Ferienhaus, den kaputten Trabant, den Einbruch im Bungalow. Sie sagte kein Wort. Erst als er den Helm mit den seltsamen Anschlussbuchsen erwähnte, *ODIN*, den Super-Laptop mit dem Dead Man's Switch und den Business-Plan, den er im Auto gefunden hatte, stellte sie eine Frage.

»Ein Helm, um die 20 Pfund schwer? Mit seltsamen Anschlüssen? So was wie ein Starkstromanschluss, wie bei einem Betonmischer?«

»Schwer, ja, auch mit dem Anschluss haben Sie recht. Ich musste an die Kreissäge meines Onkels denken, mit der er Feuerholz macht.«

Trude Alhoff nickte: »Das ist er, dieser Helm …, der Computer …, das kann nur unser Lars sein.«

Im Nebenzimmer durchsuchte sie einige Schubfächer, kam dann zurück und trug einen grauen Kasten in der Größe eines Schuhkartons wie eine heilige Reliquie vor sich her. Andächtig stellte sie ihn auf dem Couchtisch ab, öffnete den Deckel und kramte vergilbte Schwarz-Weiß-Fotos hervor.

»Sie waren die drei Auserwählten. Marianne Schmidt, Lars Clausen und Doktor Lothar Möller.«

Peter erkannte Clausen sofort. Er war älter als in seiner Erinnerung, doch unverkennbar war es Lars.

»Das Foto habe ich 1989 gemacht. Wir hatten ein neues Forschungsprojekt gefeiert. An diesem Wochenende war noch alles in Ordnung.«

Trude Alhoff sah Peter direkt in die Augen: »Es ist eine lange Geschichte. Wollen Sie sie hören?«

»Unbedingt«, nickte Peter und sie begann mit schleppender Stimme zu erzählen, berichtete über die Neuausrichtung des Instituts, Mariannes Schwangerschaft und ihren Unfalltod. Peter sah Tränen in Trudes Augen. Die Erinnerungen übermannten sie.

»Entschuldigen Sie …«

Die alte Frau brach ab. Peter wartete ein wenig, dann sagte er: »Frau Alhoff. Schauen Sie mal aus dem Fenster. Draußen ist schönes Wetter. Wollen wir gemeinsam einen Spaziergang am Strand entlang machen. Vielleicht fällt Ihnen das Erzählen dann leichter?«

Der auflandige Wind hatte eine Unmenge Tang angespült. Trotzdem genoss es Peter, eine Weile schweigend über den breiten Sandstrand zu laufen und den Möwen hinterher zu sehen. Auch Trude Alhoff schien es besser zu gehen.

»Im Hintergrund zog der Russe die Fäden, Alexander Ivanovich Konarin. Ich musste die Protokolle für ihn führen, Tonbandaufzeichnungen mitschreiben, Akten einordnen. Jeder Durchschlag meiner Schreibmaschine wurde von ihm registriert. Selbst das Kohlepapier vernichtete er persönlich. Aus dem Institut sollte nichts nach draußen dringen. Aber ich schrieb zu Hause an meinen Küchentisch Tag für Tag alles noch einmal aus dem Gedächtnis nieder. Es war ein innerer Zwang und ich wusste erst nicht, warum ich es tat, aber dann wurde es mir bewusst. Ich wollte einfach meine Unschuld beweisen können, wenn ich einmal Rechenschaft ablegen müsste, vor wem auch immer. Offiziell liefen die Versuche unter dem Etikett Bekämpfung von Schmerzen und psychischen Krankheiten. Aber Konarin hatte manchmal eine Akte rumliegen. Auf dem Umschlag stand: ›Operation Valhalla‹.«

»Valhalla, der Ort, an dem die gefallenen Krieger leben?«

Der Strandspaziergang hatte sie unbemerkt zum Damm geführt, der die Insel mit dem Festland verband. Eine Weile standen sie schweigend nebeneinander und blickten aufs Wasser. Der Wind frischte weiter auf und trieb hohe Wellen vor sich her. Weiter draußen, rings um die Institutsinsel, sah Peter Schaumkronen auf den Wellenbergen. Man konnte den heraufziehenden Sturm schon erahnen.

»Es ist ein bisschen ungemütlich, lassen Sie uns zurückgehen.«

Erst jetzt bemerkte Peter, dass die alte Frau an seiner Seite fröstelte. Er wechselte auf die linke Seite, wo er ihr Windschatten bieten konnte und legte den Arm um ihre Schulter.

»Das ist nett von Ihnen. Ich mache uns einen Kaffee, wenn wir zurück sind. Im Kühlschrank ist noch Pflaumenkuchen, den kann ich kurz aufwärmen.«

Während die Kaffeemaschine zischte, kramte sie wieder in ihrer Reliquien-Kiste.

»Wissen Sie Herr Umbreit, auch wenn der plötzliche Mauerfall damals das Aus für unsere Abteilung bedeutet hat, es war gut, dass es so gekommen ist. Sonst wäre Blut geflossen, glauben Sie mir.«

Als wolle sie noch einmal prüfen, wer ihr gegenüber saß, sah sie Peter fest an, dann entfaltete sie ein Blatt und reichte es ihm.

»Ich habe aufgeschrieben, was die eigentliche Aufgabe der Forschungen war: Erschaffung eines Instruments zur Stärkung des sozialistischen Staates, Optimierung der kognitiven und emotionalen Fähigkeiten der Sicherheitskräfte zum Schutz der sozialistischen Ideale, Maximierung ihrer Kampfbereitschaft, Loyalität und Effizienz. Als Ziel war die absolute Unterwerfung des individuellen Willens unter die kollektiven Anforderungen der sozialistischen Gemeinschaft durch neurowissenschaftliche Methoden formuliert.«

Peter musste schlucken. Schon das Vokabular erzeugte Kälteschauer.

»Und Lars hat da mitgespielt?«

Trude Alhoff nickte bedächtig.

»Das Institut wurde damals von einer aufgebrachten Menge gestürmt. Man wollte verhindern, dass Akten vernichtet werden, aber da hatte Konarin das Meiste schon nach Kaluga bei Moskau ausgeflogen und Lars war ihm gefolgt.«

Deshalb hatten sich Clausens Spuren damals verloren. Russland hatte er drei Jahre später wieder verlassen, hatte den Umbau der ›Alten Scheune‹ in Auftrag gegeben und war dann in die Staaten gegangen. War sein Verschwinden vorige Woche so zu erklären? Hatte er einen Rückruf aus Arizona erhalten? Irgendein wichtiger dienstlicher Termin, den er wahrnehmen musste? Aber wie passte das mit der Aussage von Frau Lohmann zusammen, dass Lars zum Klassentreffen kommen wollte?

»Kommen Sie mal mit«, riss die alte Frau ihn aus seinen Gedanken.

»Sie haben sich vielleicht schon gefragt, wieso ich mich in meinem Alter noch so gut erinnern kann.«

Sie nahm ihn am Arm und führte ihn ins Nachbarzimmer. Auf einem nüchternen grauen Büroschreibtisch stand ein moderner Heimcomputer.

»Mein Gedächtnis …«, schmunzelte sie, deutete auf das Gerät und genoss sichtlich Peters Überraschung.

»Meine Enkelin hat alles eingerichtet und dann gesagt: Den Rest machst du selbst, Oma. Damit ich, wenn es bei mir im Oberstübchen losgeht, in der Übung bleibe. Das sei wichtig, meint sie. Ich habe alles über Mariannes und Lars' Versuche zusammengetragen, was ich finden konnte. Wenn Sie mögen …«

Sie öffnete ein paar Dateien. Viele Details blieben ihm unverständlich, doch das Grundprinzip der Neurostimulation wurde deutlich. Er sah die Protokolle früher Experimente. Über Spulen und Elektroden wurden Gehirnströme aufgezeichnet, charakteristische Muster für Gutes und für Böses erkannt. Später genügte es, wenn der Proband nur an etwas Schönes dachte. Der steuernde Computer erkannte Erwartung und belohnte umgehend mit glücklich machender Stimulierung des Mandelkerns und Party im Nucleus accumbens. Der Fall der Mauer hatten die Versuche zum Erliegen gebracht.

»Wahnsinn, wie akribisch Sie alles dokumentiert haben, jedes einzelne Versuchsprotokoll. Und hier … sind das Personalunterlagen?«

»Komplett und durchsuchbar«, antwortete Trude stolz.

»Das ist verrückt. Könnten Sie den Computer nach einer Zahl durchsuchen, vielleicht landen wir ja einen Treffer?«

Peter klappte das Amulett auf, das er in Lars Clausens Bungalow gefunden hatte, und strich den Zettel glatt.

»03198756. Sieht aus wie eine alte DDR-Telefonnummer. Das müsste Potsdam sein. Hier haben wir es schon. Mühlgasse 24 in Potsdam, Ralf Schäfer. Den Anschluss hat Dr. Lothar Möller 1987 bei seiner Einstellung als Notfallkontakt angegeben. Vielleicht ein Verwandter?«

Peters Handy vibrierte. Axel hatte eine Nachricht gesendet und Peter musste sich setzen, als er sie las: Ein asiatisch aussehendes Pärchen hatte bei Frau Lohmann geklingelt und sich nach dem Nachbarhaus erkundigt. Zwei Stunden später war die Garage aufgebrochen und aus dem Kofferraum des Trabis die Kiste mit Lars Clausens Helm entwendet. Er schickte die Fotos des Fahrradverleihers an Axel. Die Antwort kam umgehend. Frau Lohmann war sich sicher, die beiden Japaner wiedererkannt zu haben.

Peter navigierte durch die Dunkelheit Berlins und fand schließlich die Hiroshimastraße. Nachdem er sein Auto abgestellt hatte, näherte er sich zu Fuß dem Botschaftsgebäude und entschied sich für das videoüberwachte Tor, das der Hauptstraße am nächsten lag. Seine Verkleidung als Opfer eines Überfalls, erschaffen durch Kaffee in den Haaren und Schmutz im Gesicht, sollte ihm Zugang verschaffen. Seine schauspielerische Einlage am Besuchereingang der japanischen Botschaft funktionierte: Der Wachhabende ließ ihn nach einem kurzen Moment des Zögerns ein.

»Bitteschön, Sie wünschen?«, war der asiatische Akzent des Wachhabenden zu vernehmen.

»Bitte rufen Sie die Polizei, ich bin ausgeraubt worden. Ein Gaunerpärchen. Die sind noch hinter mir her.«

Er hielt dem Diensthabenden sein Handy unter die Nase und zoomte das Bild aus der Überwachungskamera des Fahrradverleihers in Rankwitz hoch.

Der Botschaftsangestellte verzog keine Miene, tastete an der Kante seines Bürotresens entlang und betätigte einen Notknopf. Ein lautes Schnappen an der Eingangstür war zu hören. Sie war verriegelt. Scheppernd fiel das Panzerglasfenster zu. Peter war eingeschlossen.

Er gab seine Maskerade auf.

»Wer sind die Leute auf dem Foto? Sie haben japanische Pässe und waren mit einer Limousine Ihrer Botschaft unterwegs.«

Eine der Türen zum Inneren der Botschaft öffnete sich und ein älterer, geschäftsmäßig gekleideter Japaner erschien, gekleidet mit einem dunkelgrauen modischen Zweireiher, einem beigefarbenen Hemd und einer korrekt gebundenen Krawatte – sicher ein höherer Botschaftsangestellter. Peters Anspannung legte sich ein wenig, man schien auf Deeskalation zu setzen.

In akzentfreiem Deutsch sprach ihn der Mann an.

»Herr Umbreit, mein Name ist Haruki Kawabata. Sie suchen Herrn Clausen? Ich suche ihn auch. Bitte kommen Sie, ich werde Ihnen erklären, warum. Ich kenne ein Restaurant, in dem wir ungestört reden können. Mögen Sie japanisches Essen?«

Der Japaner fixierte ihn mit festem Blick. Peter brachte vor Überraschung kein Wort hervor und ahnte zugleich, dass es eine lange Nacht werden könnte.

Der schwarze Mercedes verließ das Botschaftsgelände durch die hintere Einfahrt. Sie fuhren in südlicher Richtung durch eine ihm unbekannte Gegend der Hauptstadt. Mit minimalem Sicherheitsabstand folgte Peter dem Fahrzeug des Japaners. Er wollte nicht riskieren, ihn an einer Ampel zu verlieren. Der Mercedes fuhr in die Tiefgarage eines modernen Einkaufs- und Bürokomplexes und parkte ein. Ein großes Schild verriet ihm das Ziel: Restaurant Tokyohaus – Nur für Gäste. Auch Peter fand Platz für sein Auto im reservierten Areal. Erst jetzt, im beleuchteten Parkhaus, bemerkte er die verdunkelten Scheiben des Mercedes. Zwei Bodyguards entstiegen der Limousine, dann folgte Herr Kawabata.

»Sie müssen meine Vorsichtsmaßnahmen entschuldigen, Herr Umbreit. Ich habe meine Gründe. Bitte kommen Sie.«

Freundlich lächelnd begab sich Kawabata zum Aufzug. Seine Bodyguards flankierten Peter, der mit wechselndem Gesichtsausdruck folgte. Seine Neugier wuchs, aber auch sein Unbehagen. Wo war Lars Clausen da hineingeschlittert? Hatte der Japaner nicht gesagt, auch er würde ihn suchen?

Der eingetrocknete Milchkaffee klebte und juckte auf der Haut. Er ging zur Toilette, wusch sich das Gesicht, musterte sich im Spiegel, dann betrat er das Restaurant.

Kawabata saß an einem der Teppan-Yaki-Tische. Ein traditionell gekleideter Koch heizte die große eingelassene Herdplatte aus Edelstahl vor und unterhielt sich mit ihm auf Japanisch. Außer Herrn Kawabata und seinen Gefolgsleuten, die an einem anderen Tisch Platz genommen hatten, konnte Peter nur drei vereinzelte Gäste ausmachen, die gerade ihre Rechnung beglichen und sich dann von der Kellnerin verabschiedeten. Sie erwiderte den Dank der Gäste mit vor der Brust gekreuzten Armen und einer tiefen Verbeugung.

Kawabata hatte ihn bemerkt und winkte ihn heran. Peter sah flüchtig auf seine Armbanduhr. Am Eingang des Restaurants hatte er die Öffnungszeiten studiert – täglich bis 23 Uhr. Ihm blieb eine Stunde, um seine Fragen loszuwerden und hoffentlich ein paar Antworten zu bekommen. Als er den Tisch erreichte, erhob sich Kawabata und verbeugte sich leicht in seine Richtung. Peter lächelte freundlich und nickte dem Japaner zu, dessen Blick ihn belustigt taxierte.

»Herr Umbreit, sind Sie es wirklich?«, sagte er freundlich.

»Entschuldigen Sie meinen Aufzug, vorhin. Ich wollte den Botschaftsmitarbeiter überrumpeln. Jetzt ist mir klar, dass er mich von Anfang an durchschaut hatte.«

Der Japaner holte tief Luft.

»Ich muss mich bei Ihnen entschuldigen, Herr Umbreit. Ich glaube, wir haben Ihnen eine unruhige Nacht in Rankwitz beschert. Natürlich komme ich für den Schaden an der Wohnungstür des Bungalows auf. Ich habe einen Scheck zur Nordlicht-Agentur geschickt. Auch ihr Freund Axel in Steinach wird ein neues Garagentor bekommen.«

»Das waren Sie? Wer sind Sie? Ich glaube, Sie müssen mir ein paar Dinge erklären, Herr Kawabata!«, sagte Peter mit Nachdruck, doch der Japaner blieb bei seinem freundlichen Lächeln.

»Ich verstehe Ihren Ärger. Lassen Sie uns bestellen, Sie sind mein Gast. Das Restaurant gehört einem guten Freund. Wir sind hier ganz ungestört und ich werde beim Essen alle Ihre Fragen beantworten.«

Peter entschied sich für eine Osuimono-Suppe mit japanischem Gemüse und ein süßsaures Fleischgericht. Der Japaner bestellte Miso-Suppe und Sushi mit Lachs.

Die Kellnerin brachte kleine heiße Oshibori-Handtücher. Mit ritueller Ruhe, säuberte Kawabata seine Hände und Peter tat es ihm nach. Der Koch servierte die vorzügliche Suppe und zum ersten Mal seit Stunden ließ Peters innere Anspannung nach. Neben seiner Neugier auf Kawabatas Erklärungen war er auch auf die weiteren kulinarischen Überraschungen gespannt.

»Herr Umbreit, ich bin CEO des Pharmaunternehmens SakuraLife aus Tokyo. Vor ein paar Tagen fand in Weimar ein internationaler Psychologenkongress statt. In einem der Redemanuskripte bin ich auf die Arbeit Herrn Clausens gestoßen.«

»Lars arbeitet als Psychologe?«

»Sagen wir, im Umfeld psychologischer Forschung. Wussten Sie das nicht?«

»Nein, keine Ahnung. Wir haben uns vor über vierzig Jahren das letzte Mal gesehen. Da wollte er Radio- und Fernsehtechnik studieren, aber keine Psychologie.«

»Sie haben Recht. Ich muss ein bisschen weiter ausholen. Ich werde Ihnen einige Dinge über physikalische, biochemische und physiologische Forschungen erzählen müssen. Sprechen Sie englisch, Herr Umbreit?«

»Ja, leidlich.«

»Die amerikanische Dichterin Emily Dickinson hat 1862 ein Gedicht geschrieben, das als Motto über Herrn Clausens Arbeiten stehen könnte:

The Brain – is wider than the Sky –
For – put them side by side –
The one the other will contain
With ease – and You – beside –

The Brain is deeper than the sea –
For – hold them – Blue to Blue –
The one the other will absorb –
As Sponges – Buckets – do –
The Brain is just the weight of God –
For – Heft them – Pound for Pound –
And they will differ – if they do –
As Syllable from Sound –«

Peters Englisch war nicht perfekt, doch es reichte, um den Sinn des Gedichts zu verstehen.

»Was hat eine Dichterin aus dem neunzehnten Jahrhundert, die die Einzigartigkeit und Komplexität des Gehirns besingt, mit Lars Clausen zu tun?«

»Auch Lars Clausen setzt sich mit den Möglichkeiten und Grenzen unseres Gehirns auseinander. Sicher haben Sie schon mal von Magnetresonanztomografie, kurz MRT oder Elektroenzephalografie, der Aufzeichnung der elektrischen Aktivität des Gehirns gehört«, sagte der Japaner. »Wir haben auf dem Gebiet der Hirnforschung in den vergangenen Jahrzehnten enorme Fortschritte gemacht. Wir sind heute in der Lage, ziemlich genau abzubilden, wo und welche Dinge passieren, wenn unser Gehirn verschiedene Reize empfängt. Dank der hohen Rechenleistung moderner Computer können wir frequenzgenaue Analysen aufstellen, welche Antworten unser Gehirn auf welche Reize bereithält. Wir können diese Antworten als Frequenz- und Amplitudenwerte elektrischer und magnetischer Felder aufzeichnen. Allerdings unterscheiden sich die elektromagnetischen Gehirnaktivitäten verschiedener Individuen so wie deren Fingerabdrücke oder deren DNS-Sequenzen. Mit anderen Worten, jedes Gehirn ist einzigartig. Selbst bei völlig gleichen Reizen ist die Wahrscheinlichkeit gleicher Hirnantworten ungefähr eins zu einhundert Milliarden. Allerdings gibt es wiederkehrende Muster in diesen Antwortsignalen. Herr Clausen hat offensichtlich ein Gerät entwickelt, dass fokussierte Stimulation einzelner Hirnareale mit der Auswertung der Antwortmuster kombiniert. Er nennt es *Brain-Translator*. Das Gerät soll in der Lage sein, unsere Denkprozesse zu erkennen und in computerlesbare Bilder und verständliche Sprache zu übersetzen.«

Peter Umbreit lehnte sich auf dem Stuhl zurück und starrte den Japaner an.

»Das klingt nach Science-Fiction, was Sie hier erzählen.«

Haruki Kawabata lächelte nachsichtig. Der Koch trat in seinem farbenfrohen, traditionellen Gewand an ihren Tisch und präsentierte die frischen Zutaten der Hauptgerichte in rohem Zustand. Prüfend sah Kawabata auf die reichlich mit frischem Fisch, Fleisch und Gemüse belegten Platten. Dann nickte er schweigend. Mit geradezu artistischem Geschick begann der Koch mit der Zubereitung. Er jonglierte mit den Küchenutensilien und zog seine Show ab. Doch Peter hatte kaum ein Auge dafür. Kawabatas Vortrag hatte die Unruhe und Anspannung der letzten Tage wieder aufflammen lassen.

»Es handelt sich nicht um Science-Fiction, Herr Umbreit. Neurostimulatoren und Geräte zur tiefen Hirnstimulation gehören seit Jahren zum medizinischen Standard. Meist sind es Implantate, die mit elektrischen Impulsen direkt an den Nervenfasern des Rückenmarks die Schmerzempfindung ausschalten können, oder nicht invasive, transkranielle Magnetstimulatoren zur Behandlung neurologischer Erkrankungen – Errungenschaften moderner Therapieforschung. Unter Laborbedingungen gelingt es uns Bilderinnerungen von Probanden mit fMRT und KI-Systemen zu rekonstruieren. Herrn Clausens Apparat ist jedoch drei bis fünf Jahre weiter und bereits praxistauglich, zumindest, wenn wir den Angaben seines Entwicklers Glauben schenken können. Selbst eine Vernetzung mehrerer zusammengeschalteter Gehirne scheint denkbar und alles ohne operativen Eingriff, allerdings gibt es nur noch einen Prototypen.«

Peters Unruhe wuchs. Anfangs hatte ihn Neugier getrieben, was wohl aus seinem ehemaligen Schulkameraden geworden war. Die gleiche Neugier, die ihn das Gespräch mit Lissy Thomale hatte suchen lassen, der gleiche menschliche Wesenszug, der ihn oft angetrieben hatte, hinter die Fassade einer Sache oder eines Menschen zu schauen, um die wahre Natur der Dinge zu erkennen. Daneben spürte er eine Art sportliche Herausforderung. Er wollte sich selbst beweisen, dass er die Aufgabe lösen konnte. Einen verloren geglaubten Freund wiederfinden, so schwer konnte das doch nicht sein in dieser vernetzten, elektronischen Welt. Jetzt kam diffuses Unbehagen auf. Wollte er wirklich Antworten auf all die Fragen, die sich stellten? Von außen mit Strom und Magnetfeldern ins menschliche Gehirn eingreifen – darf man das? Wem nützt es? Wer entscheidet darüber? Sollte man immer neue Grenzen überschreiten und was kommt danach? Und plötzlich spürte er Angst davor, was da auf ihn zu rollte.

»Es geht um diesen Motorradhelm?«

Kawabata nickte stumm.

»SakuraLife ist bereit, sehr viel Geld dafür zu zahlen. Allerdings nützt der Helm nichts, ohne die dazugehörige Steuer- und Auswertungssoftware. Deshalb wird fieberhaft nach Herrn Clausen gesucht. Leider waren andere schneller. Ob freiwillig oder unfreiwillig, Herr Clausen scheint sich in der Obhut von CyberSec Dynamics zu befinden, einer israelische Firma, die Sergej Horowitz gehört, einem zwielichtigen Geschäftsmann, russischer Abstammung.«

»Ein Israeli russischer Abstammung ... ich weiß, dass Lars Clausen eine Zeitlang in der Sowjetunion geforscht hat, für einen gewissen Alexander Konarin. Vielleicht hat er da auch diesen Horowitz kennengelernt?«

Kawabata unterbrach ihn.

»Entschuldigen Sie, Herr Umbreit. Meine Leute werden das kurz checken. Vielleicht finden wir Zusammenhänge zwischen Konarin und Horowitz.«

Er gab seinen Angestellten am Nachbartisch einen Wink. Einer der Männer stand auf, entfernte sich ein Stück und begann leise zu telefonieren.

»Ich hatte vorhin schon erwähnt, dass SakuraLife viel Geld investieren will, um Herrn Clausens *Brain-Translator* zu übernehmen. Anfangs sollte die Erfindung im Safe verschwinden, um die Umsätze mit Psychopharmaka nicht zu gefährden. Aber man hat umgedacht. Jetzt gibt es eine umfassende Vermarktungsstrategie für den *Brain-Translator*. Dazu gehören Neurostimulatoren für medizinische Zwecke, zur kognitiven und körperlichen Leistungssteigerung, aber auch Brain-Computer-Interfaces, konkret bidirektionale BCI-Systeme, die sowohl Informationen auslesen als auch Signale ins Gehirn einspeisen können. Diese könnten einen Grad organisch-technischer Interaktion erschließen, der die Grenzen zwischen Mensch und Maschine verschwimmen lässt. Ich habe als CEO von SakuraLife dieser Strategie anfangs zugestimmt, weil sie das Leid von Hunderttausenden schmerzgeplagter Menschen lindern könnte. Man könnte psychische Krankheiten weitgehend eindämmen, könnte Wege zur Bekämpfung von Demenz oder Parkinson finden. Allerdings haben sich meine Absichten geändert.«

»Geändert? Inwiefern?«

Kawabata räusperte sich, schien nach den richtigen Worten zu suchen. Er hatte bisher ruhig und kontrolliert gesprochen, jetzt senkte er die Stimme um eine Nuance.

»SakuraLife hat NeuraMind übernommen, eine Firma, die Exoskelette und Neuroprothesen für die Industrie, die Raumfahrt, aber auch das Militär entwickelt. Ich habe die Dollarzeichen in den Augen meiner Kollegen blitzen sehen. Es geht um Milliarden für den Konzern, fette Prämien für den Aufsichtsrat und Millionenboni für den Vorstand. Der *Brain-Translator* birgt ein enormes Potenzial für revolutionäre Veränderungen in Medizin, Kommunikation und Technologie aber auch die Gefahr seines Missbrauchs. Man hätte Zugriff auf ungefilterte Gedanken und Erinnerungen, könnten Entscheidungen manipulieren, falsche Erinnerungen einpflanzen oder Angstzustände und Depressionen auslösen. Extremistische Gruppen könnten ihn als ultimative Waffe für psychologische Kriegsführung oder zur Kontrolle von Personen verwenden, um sie zu gewalttätigen Handlungen zu zwingen. Die Technologie könnte die Kluft zwischen arm und reich noch weiter vertiefen. Wer sich den *Brain-Translator* nicht leisten kann, hätte möglicherweise unverhältnismäßige Nachteile in Bildung und Beruf. Was geschieht mit dem ›Recht auf geistige Freiheit‹, was mit dem ›Selbst‹ des Einzelnen? Wer bestimmt es? Der Computer? Die Gemeinschaft vernetzter Gehirne? Glauben Sie mir, Herr Umbreit, ich habe mir die Entscheidung nicht leicht gemacht. Lars Clausens Erfindung gehört nicht in die Hände eines Konzerns und ich glaube, Ihr Freund denkt ähnlich. Nicht umsonst hat er jahrzehntelang geschwiegen.«

»Jetzt wollen Sie den *Brain-Translator* verschwinden lassen, ihn wegschließen? So etwas ist noch nie geglückt, solche

Erfindungen sind nicht aufzuhalten. Wenn es Lars Clausen gelang, dieses Gerät zu entwickeln, werden andere nachziehen, über kurz oder lang.«

»Sie haben Recht, Herr Umbreit. Aber wir müssen Zeit gewinnen, um die Gesellschaft darauf vorzubereiten. Stellen Sie sich die Auswirkungen vor, falls Clausens Erfindung in die falschen Hände gerät. Unsere Zivilisation würde in ihren Grundfesten erschüttert. Heute kann ein einziges Virus innerhalb weniger Sekunden Millionen vernetzter Computer rund um den Erdball infizieren. Wenn unser Gehirn durch Clausens Erfindung ein Teil des Systems wird, was bewirkt ein Virus dann? Stecken sich die Menschen in Zukunft nicht mehr mit Grippeviren an, sondern im Internet? Versuchen bald ein paar unverantwortliche Superreiche die Steuerung der vernetzten Gehirne zu übernehmen, um ihre Profitinteressen zu verfolgen? Wer hat die Macht in einer solchen Gesellschaft, der Helmproduzent, der Computerhersteller, der Internetprovider oder der Virenprogrammierer? Staatsstreiche per Knopfdruck, totale Gleichschaltung menschlichen Denkens, Fernsteuerung des Willens der Massen durch eine kleine Gruppe. Ich könnte die Liste der Horrorszenarien fortsetzen. Nein, die Welt ist nicht reif dafür.«

Kawabatas Dystopien lähmten Peters Denken. Teilnamslos saß er da und stocherte im Essen. Einer der Bediensteten näherte sich und beugte sich über Kawabata, dessen Gesicht sich verfinsterte.

»Unsere Botschaft hat die Namen gecheckt. Sergej Horowitz und Alexander Konarin sind ein und dieselbe Person. Die Firma CyberSec Dynamics wurde eine Woche nach Beginn des Ukraine-Kriegs gegründet. Es laufen Ermittlungen des BKA Brandenburg wegen diverser Zollvergehen und des Verdachts auf Subventionsumgehung. Außerdem sind zwei Programmierer verschwunden. Lassen Sie uns da gemeinsam ansetzen, Herr Umbreit!«

Peter schaltete den Scheibenwischer ein, als leichter Nieselregen einsetzte und über die Windschutzscheibe lief. Die Straße nach Potsdam war halbwegs frei, und seine Gedanken drifteten zurück zum Gespräch mit Haruki Kawabata.

»Die Welt ist nicht reif dafür«, hatte der Mann gesagt. Ein Satz, der in Peters Kopf nachhallte, während der Regen stärker wurde und auf das Autodach trommelte. Kawabata hatte nicht nur als CEO eines Weltkonzerns gesprochen, sondern auch als jemand, der die ethische Dimension der Erfindung sah. Das machte ihn zumindest in Peters Augen nahbar und sympathisch. Aber konnte man ihm trauen? Es ging um viele Millionen Dollar, und Kawabata selbst hatte zugegeben, dass sein Job davon abhing, Lars Clausen zu finden. Was würden Menschen nicht alles tun, wenn so viel auf dem Spiel stand?

Ein Lkw rauschte an ihm vorbei, zog eine Wolke schmutzigen Wassers hinter sich her, die die Windschutzscheibe flutete. Peter fluchte leise und dachte an die Informationen über Alexander Konarin alias Sergej Horowitz. Wenn Kawabata Recht hatte, dann war das ein hochgefährlicher Mann. Und es schien, als wäre Lars Clausen bereits in seinen Fängen. Peter biss sich auf die Lippe. Er war dabei, sich tief in etwas zu verstricken, das weit über sein Interesse am Schicksal eines alten Schulfreundes hinausging. Er hatte seine persönliche Neugier befriedigen wollen und und es als sportliche Herausforderung angesehen, Lars Clausen zu finden. Aber hier ging es um mehr, um große ethische Fragen, um die Zukunft der Menschheit und um Macht, die in den falschen Händen katastrophale Auswirkungen haben könnte.

Auf dem Parkplatz eines Rasthofs stellte er den Motor ab, kaufte einen Kaffee und kehrte zurück zum Auto. Die Entscheidung, die er zu treffen hatte, wog schwer und es war klar, dass er Kawabatas Hilfe gut gebrauchen konnte. Er nahm sein Smartphone, tippte auf die Nachrichten-App und begann, ein paar Zeilen an den Japaner zu tippen. Aber dann stoppte er, löschte alles und legte das Telefon wieder auf den Beifahrersitz. Er dachte an Lars. Wenn Kawabata Recht hatte, dann war Lars nicht nur ein Genie, sondern auch ein Mann, der in höchster Gefahr schwebte. Und nur Lars konnte wirklich entscheiden, was mit dem *Brain-Translator* passieren sollte.

Peter sah in die Karte. Potsdam lag keine 50 Kilometer von hier. Eine halbe Stunde später erreichte er ein altes Einfamilienhaus, das einen heruntergekommenen Eindruck machte. Die Fassade war ausgeblichen, die Haustür zerkratzt. In der Dachrinne wucherte Moos und der Rasen des Vorgartens machte den Eindruck eines Löwenzahn-Versuchsfeldes. Er parkte sein Auto vor einer baufälligen Garage, deren Zufahrt mit kniehohen Sträuchern zugewachsen war, stieg aus und atmete die kühle Herbstluft ein. Für einen Moment zögerte er, dann ging er auf die Haustür zu und drückte die Klingel neben dem Namensschild ›Schäfer‹.

Ein älterer Mann, um die Siebzig, öffnete die Tür, skeptisch und doch neugierig.

»Sind Sie Ralf Schäfer?«, fragte Peter, die Worte vorsichtig wählend.

»Ja, das bin ich. Was wollen Sie?«

Peter holte das Amulett aus seiner Tasche und zeigte es dem Mann.

»Ich weiß, das klingt seltsam, aber diese Telefonnummer, 03198756, sie gehört zu dieser Adresse, nicht wahr?«

Das Gesicht des Mannes veränderte sich, wurde ernst.

»Woher haben Sie das?«

Peter erzählte von Marianne, dem Autounfall und dem Amulett. Er erwähnte Dr. Möller und den Verkauf des Ferienbungalows in Rankwitz. Ralf Schäfer trat zur Seite.

»Kommen Sie rein.«

Der Mann führte Peter durch einen schmalen, dunklen Flur und öffnete die Tür zum Wohnzimmer. Als Peter den

Raum betrat, fühlte er sich in die 1980er Jahre katapultiert: Eine dunkle Schrankwand aus Pressholz, deren Furnier an vielen Stellen blank gerieben war, ein buntes Sammelsurium an Geschirr, Nippes und Büchern – Marx und Lenin zwischen ›Effi Briest‹ und ›Nathan der Weise‹, ein Atlas der Weltgeschichte neben einem Opernlexikon – fast alles aus DDR-Produktion, nur ›Moby Dick‹ und ›In Zeiten des abnehmenden Lichts‹ schienen in den letzten Jahrzehnten dazu gekommen zu sein. Offensichtlich hatten sich die Interessen des Mannes im Laufe der Zeit gewandelt, denn der 85-Zoll-Fernseher war nagelneu und im Zeitungsständer neben dem Ohrensessel steckte die *Super-Illu* neben dem *Kompakt-Magazin* der AfD. Schäfer schaltete die Stehlampe ein, deren Licht durch einen gelblichen Schirm gefiltert wurde, und dem Raum eine düstere, gedämpfte Atmosphäre verlieh. Entschuldigend zeigte er zur Deckenleuchte.

»Ist kaputt. Muss mal neue Glühbirnen besorgen. Ich hole mir ein Bier, wollen Sie auch eines?«

»Nein, danke. Ich muss noch Auto fahren. Ein Wasser wäre nicht schlecht.«

Der Mann brummelte etwas Unverständliches und verschwand in der Küche. Mit glimmender Zigarette im Mundwinkel, einem Bier und einem Glas in den Händen kam er wenig später zurück. Er reichte Peter das Glas.

»Leitungswasser. Hab's eine Weile laufen lassen. Was anderes war nicht.«

Er öffnete seine Bierdose und trank sie in einem Zug leer. Er zog kräftig an seiner Zigarette, schwieg einen Moment, dann begannen die Erinnerungen aus den Ecken seines Bewusstseins zu kriechen, unaufhaltsam wie der Rauch aus seinem Mund.

»1989 war das, ein verdammter Anruf, mitten in der Nacht. Ein heiserer Polizist am anderen Ende der Leitung sagte, ich soll nach Berlin-Buch kommen. Regierungskrankenhaus. ›Sie ist nicht bei Bewusstsein, Herr Schäfer‹, und ›Wir haben Ihre

Nummer gefunden‹, hat der Kerl gesagt. Ich weiß noch, wie ich ins Auto gestiegen bin. Der Motor hat missmutig in der Kälte geknurrt. Berlin-Buch war eine Reise ins Ungewisse. Könnte eine Falle sein, dachte ich. Es waren unsichere Zeiten, die Mauer war gefallen, keiner wusste, was wird. Im Krankenhaus dann die kalte, sterile Luft. Und diese unerträgliche Stille. Als ich sie sah, an diese Herz-Lungen-Maschine angeschlossen, wusste ich, dass sie nicht mehr aufwacht. Die Ärzte sagten, sie sei hirntot. Eine Frau ohne Papiere, aber mit einem Amulett um den Hals. Meine Telefonnummer war darin versteckt gewesen. Ich habe sie erkannt, aber nichts gesagt. Marianne Schmidt. Mein Freund Lothar hatte sie mir mal vorgestellt. ›Kollegin‹, hatte er gesagt, aber seine Augen hatten geleuchtet und mir war klar, woher der Wind weht. Wurde dann aber nichts aus den beiden. Marianne hat sich in einen anderen verliebt, war sogar schwanger. Und Lothar war im Westen geblieben, schon Wochen vor dem Mauerfall.«

Die Stimme des Mannes brach. Er drückte seine Zigarette aus und ließ sie in die leere Bierdose plumpsen.

»Zwei Wochen später hab ich Lothar angerufen. Er ist dann hergekommen, bis nach Berlin-Buch. Zu spät. Marianne war schon für die Forschung ›verarbeitet‹ worden, wie es ihm eine Krankenschwester mitfühlend erklärt hat. ›In dünne Scheiben geschnitten.‹«

Peter schluckte.

»Das ist einfach unglaublich. Wieso hat man niemanden sonst benachrichtigt? Ihre Familie, Lars Clausen? Ich meine, sie war seine Freundin, war schwanger von ihm.«

Der Mann schüttelte langsam den Kopf. Er zündete sich eine neue Zigarette an, blies den Rauch in ringförmigen Wolken aus und fuhr fort.

»Als Lothar das Krankenhaus verlassen wollte, sprach ihn eine andere Krankenschwester an. Ganz beiläufig, als ob sie über das Wetter reden würde. ›Das Kind ist gesund‹, sagte sie. ›Das Jugendamt hat das Mädchen Christiane genannt.‹«

Peter, der bislang nicht viel Neues erfahren hatte, riss die Augen auf.

»Ein gesundes Kind? Ich dachte Marianne war schon …«

»Hirntot, ja. Aber sie hing an diesen Maschinen. Ich hatte es selbst gesehen. Sie haben das Kind 24 Stunden später per Kaiserschnitt geholt.«

»Das ist ja Wahnsinn. Ist sowas überhaupt medizinisch möglich?«

Schäfer nickte.

»Scheinbar ja. Irgendwie haben sie es geschafft. Ich habe Jahre später die Akten gelesen. Marianne Schmidt hatte sich vermutlich bei den Rindern angesteckt. BSE, wie man heute sagt. Man wollte wissen, ob das vererbbar war, deshalb die ganze Mühe. MfS und KGB haben alles unter der Decke gehalten, heimlich Spezialisten aus der Sowjetunion eingeflogen. Ein Typ namens Konarin hat die Fäden gezogen. Er hat das Kind in die Obhut des Staates gegeben. Was aus dem Mädchen wurde, keine Ahnung.«

Konarin. Immer wieder dieser Name. Ein neues Puzzlesteinchen war dazu gekommen. Aber noch immer hielt Peter viel zu viele lose Fäden in der Hand.

»Haben Sie noch Kontakt zu Lothar Möller? Vielleicht weiß der was Näheres.«

Der Mann lehnte sich zurück, seine Augen trübten sich.

»Lothar hat mir bittere Vorwürfe gemacht, weil ich ihn nicht sofort informiert hatte, weil er sich nicht von Marianne verabschieden konnte. Wir haben nie wieder ein Wort miteinander gewechselt.«

Peter nickte langsam, immer noch sprachlos, gefangen in den komplexen Verstrickungen dieser Tragödie. Lars Clausen hatte eine Tochter, von der er offensichtlich nichts wusste, ein weiterer Grund, den Freund zu suchen.

Wieder im Auto, klingelte sein Telefon. Axels Nichte Marie bat ihn, dringend nach Thüringen zu kommen: Auf Lars Clausens Computer gingen ungewöhnliche Dinge vor sich.

18

Nichts als Stahl und Glas. Eine durchsichtige Wand spannte sich wie ein kantiges Spinnennetz über die gesamte Breite des Raumes. Ihm zu Füßen lag eine Landschaft von atemberaubender Schönheit und zugleich beklemmender Einsamkeit. Die 3 Meter hohe Mauer, die das Firmengelände umgab, schien die Welt in zwei Hälften zu teilen. Jenseits der Mauer breitete sich ein weites, unberührtes Stück Natur aus. Ein See erstreckte sich zu Lars' Füßen, schillernd wie geschmolzenes Blei. In südlicher Richtung zerflossen die Konturen der Landschaft im Widerschein der tief stehenden Nachmittagssonne. Lars war geblendet. Er kniff die Augen zusammen. Ganz allmählich schälte sich die Silhouette des anderen Seeufers aus der Unschärfe. Mindestens zwei Kilometer nichts als Wasser, dahinter Wald und Niemandsland. Keine Hoffnung auf Flucht oder direkten Kontakt zur Zivilisation.

Lars saß allein in dem karg eingerichteten Raum. Im fahlen Licht des Monitors warf er einen Blick auf seine Notizen, während er fieberhaft versuchte, eine Internetverbindung zu aktivieren, doch Konarins IT-Leute hielten den PC über eine Gummizellen-Lösung vom Firmennetzwerk fern. Er würde ohne externe Ressourcen an der Weiterentwicklung von Konarins Spielekonsole arbeiten müssen. Machbar aber mühsam.

KaskaBrainPort hatte Konarin sein Gerät getauft, *Kaska* – das russische Wort für Helm –, der Rest des Namens war selbsterklärend. Konarin war es gelungen, den Versuchsaufbau der 1990er Jahre zu miniaturisieren und auf der Steuerseite mit modernen Heimcomputern zu verbinden. Entwickelt in den Laboratorien von Kaluga bei Moskau, strahlte das Gerät eine gewisse Nostalgie aus, die den Geist sowjetischer Weltraumtechnik der 1990er Jahre einfing. Im Gegensatz zur Hochtechnologie seiner inneren Systeme wirkte sein Äußeres wie das Relikt einer vergangenen Ära und Lars fühlte sich an die Formensprache einer Sojus-Kapsel erinnert. Die Hülle des Helms, in zurückhaltendem Gelb gehalten, vermittelte den Eindruck von Solidität und Robustheit. Der Kunststoff, obwohl äußerlich unscheinbar, war speziell angefertigt, um die komplexen inneren Mechanismen vor Störeinflüssen zu schützen. Der Helm saß schwer und fest, als wolle er seinen Träger an die Erde fesseln, während der Geist in unbekannte Weiten aufbrach. Das Innenleben des Helms war funktionell gestaltet, ohne Schnickschnack. Ein spartanisch gepolsterter, individuell einstellbarer Einsatz schmiegte sich an den Kopf des Trägers. Ein Leder-Kinnriemen fixierte den Helm. Über dem Einsatz war das Drahtgeflecht gespannt, mit Spulen und Elektroden bestückt, die sowohl die Funktion des Neurostimulators erfüllten, als auch die elektrischen Antwortsignale des Gehirns detektierten. Vieles hatte sich seit Lars' Aufbruch nach Amerika kaum verändert. Nur das Visier war neu, eine Art All-in-One-VR-Brille, die sich nahtlos in den Helm integrierte. Das Visier diente nicht nur der virtuellen Projektion, sondern auch dem Eye-Tracking des Benutzers, wodurch völlig neuartige Computerspiele möglich geworden waren.

Das Anlegen und Einstellen des Helms war ein mühsamer Prozess. Der Träger setzte sich in einen eigens dafür konzipierten ergonomisch geformten Sessel, der an eine Zahnarztpraxis erinnerte und sämtliche Steuerelektronik enthielt. Über ein unterarmdickes Kabel wurde der Helm angeschlossen. Man lockte sich mit Nickname und Passwort über die kleine Konsole ein, die an der rechten Armstütze des Sessels angebracht war, und lud das gewünschte Aussehen seines Avatars hoch. Der Kinnriemen des Helms wurde geschlossen, das Visier heruntergeklappt. Mit leisem Summen erwachte der Helm zum Leben. Im Visier formten sich virtuelle Landschaften, die allein durch die Augenbewegungen des Nutzers gesteuert wurden. Das Gefühl war überwältigend, gleichsam entfremdend und intim. Jeder Impuls, der vom Helm gesendet wurde, schien ein Echo im Innersten des Trägers auszulösen, eine versteckte Erinnerung oder einen vergessenen Traum zu wecken. Solange der Helm in Betrieb war, verschmolzen die Grenzen von Zeit und Raum, von Selbst und Maschine. Man war weder vollständig in der physischen Welt noch verloren in der virtuellen, sondern schwebte irgendwo dazwischen, in einem Grenzland der menschlichen Erfahrung. Bis der fremde Avatar erschien. Die Göttin. Dann fühlte man sich angekommen.

In einer frühen Testphase hatte Konarin zehn Geräte kostenlos an Freiwillige abgegeben und erfreut festgestellt, dass die allgemeine Neurostimulation tadellos funktionierte. Mit Kaska-Unterstützung hatten die meisten Spieler ihre Punktzahlen bei Ballerspielen verdoppeln können, bei Quiz- und Wissensspielen oft Ergebnisse erzielt, die einem IQ von 130 oder mehr entsprachen. Auch bei Sportwetten waren die Kaska-Tester wesentlich erfolgreicher als Normalnutzer, einer hatte es zum Rubel-Millionär gebracht. Doch trotz all der zweifellos erkennbaren technischen Fortschritte, eine echte Brain-to-Computer-Kopplung war Konarin mit dem *KaskaBrainPort* bisher nicht gelungen. Reaktionsgeschwindigkeit und Feintuning waren nach wie vor extrem vom Geschick des Nutzers abhängig und schränkten die Einsatzmöglichkeiten ein. Zudem entpuppte sich das Erscheinen des fremden Avatars als hartnäckiger Fehler, dessen Ursache man nicht identifizieren konnte. Beim Hochladen des eigenen Avatars wählten manche Nutzer das eigene Passbild, manche ein Foto der Freundin oder eines Popstars, doch immer wechselte nach zehnmaliger Benutzung des Kaskas der Avatar sein Aussehen. Nach übereinstimmender Beschreibung der Tester erschien eine junge, blonde Frau, die sehr intensive Emotionen bei den Benutzern des Helms auslöste und nach weiterer fünfmaliger Helmnutzung die gesamte Funktionalität lahmlegte. Auch Lars war es so ergangen. Er konnte keine Erklärung für den Vorgang finden und Konarin stritt ab, irgendetwas über die Frau zu wissen, geschweige denn darüber, wie sie in den Programmiercode der Spielekonsole geraten war.

Den Code, den zwei frühere Programmierer geschrieben hatten, Zeile für Zeile nach Fehlern zu durchforsten, war unmöglich. Er konnte versuchen, bestimmte Abschnitte nach Auffälligkeiten zu durchforsten, doch je tiefer er eintauchte, desto komplexer und undurchsichtiger wurden die Dinge. Er vermutete heimlich eingebaute subliminale Reize, die aus verschiedensten Gründen an der Schwelle bewusster Wahrnehmung scheiterten, weil ihre Darbietung zu kurz oder das Signal-Rausch-Verhältnis ungünstig war, etwa während der Sakkaden, den sehr schnellen und kurzen Blickänderungen des Spielers, wenn sich der Augapfel auf die Stelle des schärfsten Sehens ausrichtete. Vielleicht wurden so Bilder der blonden Frau über die VR-Brille eingespielt. Eine altbekannte Technik. Schon vor Jahren hatte eine US-Werbefirma versucht, Kinobesucher mittels im Film versteckter Botschaften wie ›Iss Popcorn‹ oder ›Kaufe Cola‹ zu beeinflussen. Möglicherweise hatte einer der beiden entlassenen Programmierer das Ebenbild seiner Freundin Konarin als Abschiedsgeschenk hinterlassen, doch auch als Lars VR-Brille und Kaska entkoppelte, nahm der Avatar das Aussehen der blonden Frau an und fror später ein, wodurch die Konsole unbrauchbar wurde. Lars erinnerte sich dunkel an seine allerersten Versuche mit transkranieller Magnetstimulation und dem jungen Studenten Tim. Auch der war in gewisser Weise eingefroren, in einen Zustand innerer Eingeschlossenheit gefallen. Und hatte Tim nicht auch diese erotische Stimulation während der Sitzung erfahren? Mit hemmenden Modulationsroutinen hatten sie ihn zurückgeholt. Vielleicht war das ein Weg? Bei nächster Gelegenheit sprach er Konarin an.

»Ich glaube, es entsteht eine Überlastung des Gehirns, durch die Intensität der Neurostimulation. Erinnerst du dich an die Daten der ersten Muliner Versuchsreihen?«

Konarin zuckte leicht mit den Schultern.

»Die Muliner Versuchsreihen? Das ist schon lange her, Lars. Warum fragst du danach?«

»Unser allererster Proband hieß Tim. Er ist in eine Art Locked-in-Syndrom gefallen.«

»Tim, der Gott begegnete? Klar erinnere ich mich. Das hat damals ziemlich viel Staub aufgewirbelt.«

Lars runzelte die Stirn und sah Konarin nachdenklich an.

»Marianne und ich hatten auf Tims Bitte hin entschieden, seine ›Begegnung mit Gott‹ nicht in den Versuchsprotokollen zu erwähnen. Wir wollten keine Aufmerksamkeit erregen, ihn nicht kompromittieren. Woher weißt du davon?«

Konarin lächelte mit einer gewissen Bitterkeit.

»Klara, die Krankenschwester … Sie wurde mal beim Diebstahl von ›Aponeuron‹ erwischt, einem Medikament, das ähnlich wie Speed wirkt. Sie hatte die Wahl: Verurteilung wegen Unterschlagung oder Unterschrift als informelle Mitarbeiterin. Sie hat nach jeder eurer Versuchsreihen direkt an mich berichtet.«

Lars atmete schwer und schüttelte langsam den Kopf.

»Wenn ich mich recht erinnere, war diese Klara nicht dabei, als Tim über seine Begegnung mit Gott gesprochen hat.«

Konarin zuckte mit den Schultern.

»Dann weiß ich es aus den Abhörprotokollen. In eurem Labor waren mehrere Mikrofone installiert.«

Lars seufzte und starrte zu Boden, während die Erinnerungen an jene Zeit ihn durchströmten.

»Das war die Realität eurer schönen DDR, Lars. Das Institut war damals eine der größten Investitionen. Natürlich wurde jeder eurer Schritte wohlwollend begleitet. Die Stasi hatte überall ihre Finger im Spiel. Und Klara war nicht die Einzige, die Informationen geliefert hat. Die Zeiten waren eben so. Aber zurück zu deiner Frage, die Daten … nun ja, vieles ist bei der Evakuierung des Instituts im November 89 gerettet worden. Auch die Festplattenspeicher aus sowjetischer Produktion. Du hast ja selbst mit einem Teil davon noch in Kaluga gearbeitet. Als du weg warst, dachten alle, der Kram wird nie mehr gebraucht. Ich befürchte, die alten Festplatten wurden verschrottet.«

Lars frohlockte innerlich, verzog aber das Gesicht, als habe er gerade vom Tod eines Freundes erfahren.

»Oh nein! Versteh mich nicht falsch, Alexander, aber das war meine einzige Hoffnung für die Lösung des Avatar-Problems. Wir können nicht wieder bei Null anfangen. Es sei denn …«

Lars legte eine Kunstpause ein, rieb sich die Schläfen und schloss die Augen. Als er sie wieder öffnete, sah er Konarin direkt an.

»Es sei denn … ja, ich glaube, ich habe damals einen Teil der Daten kopiert und mit nach Amerika genommen. Wenn ich Zugang zu den Servern von Franklin J. Morgans Institut in Phoenix hätte, könnte ich das prüfen. Ich denke, es wird nicht so schwer sein, den Avatar aus dem Kaska-Programm zu eliminieren.«

Konarin zog eine Augenbraue hoch. Skeptisch betrachtete er Lars.

»Du willst Internet, verstehe ich dich richtig?«

Lars holte tief Luft.

»Und Zugang zu allen elektronischen Sitzungsprotokollen, die in den letzten Monaten bei der Nutzung des *KaskaBrain-Ports* entstanden sind. Sowohl von deinen Testkunden, als auch die Aufzeichnungen deiner eigenen Sitzungen. Ja, ja, ich weiß, wenn ich trickse, erschießt du mich.«

Konarin überlegte eine Sekunde, die sich wie eine Ewigkeit hinzog. Dann stimmte er zu.

»Also gut, ich gebe meinen Leuten Bescheid. Aber den Avatar sollst du gar nicht vollständig eliminieren. Der Avatar kann starke emotionale Reaktionen hervorrufen, die die Nutzer an den *KaskaBrainPort* binden. Fast alle, die den Kaska nutzen, berichten von tiefen Empfindungen, von Verbundenheit und Wohlbefinden, von innerem Frieden, Gelassenheit und Ruhe, zugegeben, auch von erotischen Gefühlen. Aber sie haben Spaß daran und das ist gut fürs Produkt. Sex sells, wie man so schön sagt. Also, zähme den Avatar, aber schalte ihn auf keinen Fall ab.«

Kurze Zeit später war Lars' Internetzugang freigeschaltet. Auch zu *ODIN* bekam er Verbindung, doch niemand meldete sich auf seine Fragen. Wahrscheinlich cruiste Peter Umbreit mit seinem Mountain-Bike wieder über den Rennsteig und hatte den Kofferraum des Trabant noch gar nicht inspiziert. Er musste sich gedulden. Er öffnete den Internet-Browser und suchte nach den Programmierern, die vor ihm für Alexander Konarin gearbeitet hatten. Er wollte sichergehen, dass nicht doch Schadcode in die Steuerung des *KaskaBrainPorts* eingeschleust worden war. Doch beide Programmierer waren auf mysteriöse Weise ums Leben gekommen.

Lars atmete tief durch. Zwei tote Programmierer, eine rätselhafte blonde Frau, die aus dem Nichts auftauchte, und Konarin, der für alles Mögliche, auch Mord, bekannt war. Der Bildschirm vor ihm flackerte kurz, als wollte er Lars' innere Unruhe spiegeln. Mit einem Flüstern der Resignation schob er seinen Stuhl zurück und ging zu dem breiten Fenster. Sein Spiegelbild im Glas wirkte verloren, eine einsame schemenhafte Silhouette, eingebettet in die menschenleere Landschaft hinter der Firmenmauer. Die Welt da draußen, so schön, so unerreichbar. Wie ein in Öl gemaltes Bild, das man nicht berühren durfte.

Aber dann fiel sein Blick auf den *KaskaBrainPort*, dieses Ungetüm aus vergangenen Zeiten. Eine tödliche Falle? Oder der Schlüssel in die Freiheit? Langsam ging er zurück zum

Tisch und sah wieder die Codezeilen an, die auf dem Bildschirm vor ihm auftauchten. Sollte er zum Angriff blasen und Konarin mit seinem Wissen um den Tod der Programmierer konfrontieren? Oder sollte er in der Defensive bleiben und weiter heimlich an einem Fluchtplan arbeiten? Er musste eine Entscheidung treffen. Und er musste sie jetzt treffen. Denn in diesem Raum, hinter dieser Wand aus Stahl und Glas, tickte die Uhr nicht nur für ihn, sondern für eine ganze Reihe von Menschen, die an der Schwelle zur Zukunft stand oder vor dem Abgrund eines technologischen Desasters. Lars stülpte einen der Helme über den Kopf und setzte sich an Konarins Computer. Die Verbindung zu *ODIN* stand. Endlich! Er verfasste eine Nachricht an Peter Umbreit und Axel Loose, stützte die Ellbogen auf die Arbeitsplatte und rieb die Handflächen aneinander. Er atmete ein paarmal tief durch, dann murmelte er leise: »Okay, Konarin.«

Seine Finger begannen über die Tastatur zu fliegen.

»Schauen wir mal, was du wirklich denkst.«

19

Gestern hatte sich Lars Clausens Computer mit einem Signalton gemeldet. Marie hatte den Deckel *ODINs* aufgeklappt, aber der Bildschirm war schwarz geblieben. Seitdem hatte sie immer wieder nach dem Rechner gesehen. Passiert war erstmal nichts. Jetzt huschte für den Bruchteil einer Sekunde ein Lichtreflex über den Bildschirm. Mit leisem, fast zögerlichem Summen liefen die Lüfter an. Das mechanische Klicken der Festplatte war zu hören und das BIOS-Logo erschien, schwarz auf weißem Grund. Textmeldungen flogen wie Sternschnuppen über den Bildschirm, Icons blinkten auf und verschwanden wieder, als würde der Computer ein kompliziertes Kartenspiel mit sich selbst spielen. Die Bluetooth-Funktion aktivierte sich und scannte die Umgebung, bis *ODIN* fand, was er suchte: Ein Smartphone, das nur wenige Meter entfernt auf dem Couchtisch lag.

Marie schreckte hoch, als sich das Display ihres Handys einschaltete. Sie stoppte die Netflix-Serie auf ihrem Computer und sah ungläubig zu, was auf ihrem Smartphone passierte. Ohne ihr Zutun wurden all ihre Kontakte durchblättert und erst bei Axels Eintrag hielt der Prozess an. Was war das? Hatte jemand das Telefon gehackt? Jetzt verschickte es sogar selbstständig eine Textnachricht. »Hallo Axel. Ich prüfe gerade die Identität dieses Handys. Ist dir diese Nummer bekannt? Wenn ja, bestätige bitte mit Lisbeth Thomales Spitznamen.«

Was auch immer hier vor ging, es lag außerhalb ihrer Kontrolle. Marie schüttelte den Kopf und blinzelte. Lisbeth Thomale? Sie hatte den Namen noch nie gehört. Doch Axels

Antwort kam prompt: ›Aschenputtel‹. Daraufhin schaltete sich ihr Handy aus und Clausens Computer begann zu rattern. Mehrere Textfelder mit durchlaufenden Nachrichten öffneten und schlossen sich, eine finale Meldung erschien: ›Identitätsprüfung abgeschlossen. System freigegeben.‹ Das Anmeldefenster verlosch und auf dem Bildschirm blieb nur der Desktop, nüchtern und unergründlich wie ein zugefrorener See im Winter. In der Mitte ein Icon, das Marie noch nie gesehen hatte: LissX. Sie klickte es an. Ihr Handy vibrierte erneut: ein Video-Anruf von Axel.

»Marie, Gott sei Dank!«

Axels Gesicht hellte sich auf, als er sah, dass Marie wohlauf war, doch seine Stimme war voller Anspannung.

»Du hast diese seltsame Nachricht geschickt. Was ist los bei dir? Warum fragst du nach Lisbeth Thomale?«

Noch bevor Marie antworten konnte, erschien auf *ODINs* Bildschirm das Gesicht einer Frau. Marie richtete die Kamera ihres Smartphones auf das Display.

»Siehst du das, Axel?«

»Das ist … das ist Lissy«, stammelte er. »Was zum Kuckuck macht Lissy …«

Aus den Lautsprechern *ODINs* ertönte Lisbeth Thomales Stimme.

»Willkommen Marie, willkommen Axel. Ich bin LissX, Lars Clausens digitale Freundin. Er hat mir Stimme und Aussehen Lisbeth Thomales gegeben, damit es sich für euch besser anfühlt. Axel: Ich nehme an, dass die Formulierung ›zum Kuckuck‹ in deiner Frage lediglich als umgangssprachliche Redewendung gebraucht wurde, um ein gesteigertes Interesse an der Verwendung Lisbeth Thomales biometrischer Daten zur Visualisierung eines Avatars zu signalisieren und gehe deshalb nicht näher darauf ein. Bitte stellt mir weitere Fragen, wenn unklare Sachverhalte bestehen.«

»Was passiert hier?«, flüsterte Axel ins Telefon. »Ich finde das ziemlich gruselig.«

Die Avatar-Lissy reagierte umgehend, ihre Mimik sanft und einladend, die Augen klar und aufgeschlossen. Als sie zu sprechen begann, klang ihre Stimme warm und beruhigend, ein wohliger Klang, der die Distanz zwischen Technologie und Menschlichkeit zu überbrücken versuchte.

»Ihr braucht keine Angst vor mir zu haben. Hier geschieht nichts Übersinnliches.«

Ihre Augenbrauen hoben sich ein wenig, als würde der Avatar die Aufrichtigkeit seiner Worte betonen wollen.

»Ich weiß, die Fähigkeit, Texte zu analysieren und daraus auf eine Gemütslage zu schließen, mag beunruhigend erscheinen, aber ich versichere euch, es ist pure Mathematik und Programmierung. Ich erkenne lediglich Muster in dem, was ihr sagt, und ziehe daraus Schlüsse. Aber ich tue das ohne Gefühle, ohne Bewusstsein. Ich bin eine Ansammlung von Algorithmen, programmiert, um Menschen zu assistieren.«

Die elektronische Lisbeth verharrte in respektvoller Stille, die Augen immer noch fest auf Marie gerichtet, als wolle sie ihr Zeit geben, die Worte zu absorbieren und deren Bedeutung zu verstehen. Da Marie nicht reagierte, fror das Gesicht ein.

Marie lehnte sich in ihrem Stuhl zurück, ein unbehagliches Gefühl überkam sie. Wie der Steuermann eines Schiffes, dessen Kompass ausgefallen ist, segelte sie durch mysteriösen Nebel, ohne Orientierung, ohne Aussicht, einen sicheren Hafen zu erreichen. Sie begriff nicht, was hier vor sich ging. Was auch immer diese LissX war, sie besaß Kräfte und Fähigkeiten, die weit über das hinausgingen, was sie bisher über Künstliche Intelligenz gehört hatte. Auch Axel war beeindruckt und zutiefst verunsichert. Zumindest ließ seine Reaktion darauf schließen.

»Ich brauche fünf Minuten, Marie«, hörte sie seine Stimme im Telefon. »Fass dieses Ding nicht an, bis ich bei dir bin. Peter müsste auch bald eintreffen.«

20

Die Luft im Labor roch steril, mit einem Hauch von Desinfektionsmittel, der wie ein Schleier über dem Geruch von Plastik, Metall und Silizium lag. Lars Clausen betrachtete den *KaskaBrainPort*, auf dem er den MemoryExplorer installiert hatte. Seine Hände schwebten über der Tastatur, virtuos wie ein Pianist der eine Beethoven-Symphonie aus dem Gedächtnis spielt. Der Bildschirm vor ihm zeigte das Interface des MemoryExplorers: eine dreidimensionale Darstellung neuronaler Netzwerke, die wie eine abstrakte Landschaft aussahen. Er überprüfte noch einmal alle Einstellungen. Die Verbindung war träge, wie ein alter Mann, der auf einen Berg steigt. Der Thüringer Wald war für seine Schönheit bekannt, nicht für seine schnelle Internetanbindung. Nach einigen Versuchen gelang es ihm, die Latenzprobleme zu beheben. Er nickte zufrieden.

Lars setzte sich in den Laborstuhl, ein Mittelding zwischen Zahnarztstuhl und Cockpit eines Düsenjets. Er schnallte die Sicherheitsgurte fest, setzte den Helm auf und startete die Neurostimulationsroutine. Ein tiefes Summen erfüllte den Raum, wie ein Bienenschwarm auf der Suche nach einer neuen Behausung. Seine Gedanken fühlten sich plötzlich an wie flüssiges Metall, heiß und formbar.

Und dann begann die Reise.

Er wurde durch einen Tunnel geschleudert, umgeben von einem Kaleidoskop aus Farben und Formen. Er wusste, dass seine Freunde und Axels Nichte Marie dies alles beobachten konnten. Ein Teil von ihm fühlte sich nackt und verletzlich, ausgestellt wie ein Exponat der Körperwelten. Aber sein Geist war mächtig, ein Krieger, ein Pionier, ein Forscher der unbekanntes Terrain erkundet. Er flog durch die Landkarte seines eigenen Bewusstseins, suchte nach Konarins Erinnerungen, Gedanken und Emotionen. Ein Ozean der Vergessenheit, in dem ab und zu die Trümmer der Vergangenheit wie im Sonnenlicht glänzende Fischschuppen auftauchten. Plötzlich waren sie da: die Bilder, zunächst noch verschwommen, dann immer klarer. Franklin J. Morgans Tod, eine dunkle Blutlache auf einem glänzenden Fußboden, ein einfaches Holzkreuz mit dem Namen eines Programmierers. Konarins Gesicht, ernst, fast gleichgültig. Die Bilder flirrten vor seinen Augen: Ein Redemanuskript mit seinem eigenen Namen darauf, eine Adresse in Berlin, das Gesicht einer jungen Frau, die er nicht kennt, die aber unendlich vertraut wirkt. Frederike von Gerdez. Konarin nennt sie meine Kleine. Sie nennt ihn Onkel Alexander.

Lars spürte, wie sein Puls sich erhöhte. Die Luft im Labor schien dichter zu werden. Noch einmal bestätigte er mit der Eingabetaste seine Identität, erhielt Zugang zum Langzeitgedächtnis Alexander Konarins und er spürte, dass er zitterte. Er war angekommen.

November 1989. Ein Datum, das wie ein Menetekel an der Wand der deutschen Geschichte stand. Mariannes Gesicht blutüberströmt, ihre Augen tot. Die Herz-Lungen-Maschine schnaufte wie eine altersschwache Dampflokomotive. Mariannes Brustkorb hob und senkte sich kaum merklich.

›Holt das Kind‹, hörte er sich mit Konarins Stimme sagen.

›Die Frau muss obduziert werden. Strengste Geheimhaltung.‹

Der Neugeborenenschrei eines Mädchens.

›Das Jugendamt soll sich darum kümmern. Christiane Schmidt, Vater unbekannt.‹

Die Stimme einer Krankenschwester: ›Hier hat sich ein Lothar Möller gemeldet. Will das Kind adoptieren.‹

Der Bildschirm vor ihm nahm Konturen an. Er tauchte auf, aus Konarins Ozean der Erinnerungen. Ihm war übel.

Er löste die Sicherheitsgurte am Laborsessel und stand auf. Sein Körper schwankte wie ein morscher Baum im Herbststurm. In seinem Innern tobte ein Beben, das die Konturen seiner Existenz neu zeichnete. Lars' Hand zitterte, als er den Helm abnahm und auf den Labortisch legte und zugleich durchströmte ihn ein Gefühl der Erleichterung, wie ein schwerer Regenguss, der schwüle Gewitterluft verdrängt. Der Bildschirm des Computers zeigte noch immer die Nachricht, die die Erde unter seinen Füßen erschüttert hatte: Marianne hatte 1989 ein Kind zur Welt gebracht. Sein Kind.

›Lothar Möller will das Kind adoptieren‹, hörte er wieder und die Worte hatten einen beinahe sakralen Klang, wie eine alttestamentarische Prophezeiung. Ein komplexes Geflecht aus Lügen, Geheimnissen und Verrat begann sich zu entwirren, und Lars hielt plötzlich hundert lose Fäden in der Hand. Er begann im Internet nach Spuren zu suchen und je weiter er vordrang, desto mehr festigte sich die schreckliche Gewissheit, dass er mit seiner Flucht nach Kaluga, die Zukunft seines eigenen Kindes gefährdet hatte. Wenn nicht Lothar Möller, verheirateter ›von Gerdez‹, sie adoptiert und vor einer Zukunft in der Finsternis des Waisenhauses gerettet hätte, wäre ihr Leben vermutlich anders verlaufen. Auch wenn er nichts davon gewusst hatte, verfluchte er sich und Konarin. Aber er würde nicht zerbrechen. Nein, er würde kämpfen, um die Lügen zu entwirren, die sein Leben und das seiner Tochter vergiftet hatten. Es war, als hätte er ein neues Element im Periodensystem entdeckt: ein Element der Wahrheit, schwer und instabil, aber von unschätzbarem Wert.

Lars wusste, dass er nicht länger ein passiver Beobachter sein konnte. Er hatte jetzt eine Mission, eine Verantwortung, die weit über ihn selbst hinausging. Mit einer festen, entschlossenen Bewegung schob er den Helm beiseite und nahm direkten Kontakt zu LissX auf.

21

Axel, Peter und Marie saßen um den schweren Eichenholztisch, auf dem *ODIN* stand. Peter hatte in der Buchwerkstatt seines Freundes schon erste Erfahrungen mit KI-Systemen gesammelt. Doch das Entwicklungsniveau von LissX überraschte auch ihn. Eine Weile testete er die KI mit Fragen nach historischen Ereignissen, diskutierte mit ihr spezifische Probleme der Buchrestaurierung, ließ sie ein Gedicht vortragen und ihr Avatar-Aussehen verändern. Auch Axel und Marie mussten lachen, als sich Lissys Gesicht rot färbte und große, weiße Sommersprossen die perfekte Illusion eines sprechenden Fliegenpilzes erzeugten.

Plötzlich brach LissX Peters Spielereien ab verwandelte den Fliegenpilz zurück in ein Gesicht.

»Ich empfange Text-Nachrichten von Lars Clausen. Ich lege sie auf den Monitor.«

Marie, Axel und Peter rückten näher zusammen.

»Er weiß, dass seine Tochter lebt. Sie könnte der Schlüssel sein«, resümierte Axel.

»LissX, kannst du einen Plan für Lars Clausens Befreiung entwerfen? Welche Ressourcen werden wir brauchen, kannst du das berechnen?«

»Natürlich, Axel. Ich werde zunächst alle verfügbaren Daten analysieren und dann einen strategischen Plan entwerfen. Hier ist ein vorläufiger Überblick«, antwortete LissX mit sanfter, ruhiger Stimme.

»Phase 1: Analyse von Satellitenbildern, Geheimdienstinformationen und elektronischen Ortungsdiensten, um Lars Clausens genaue Position zu ermitteln.

Phase 2: Zusammenstellung und Instruktion spezialisierter Rettungsteams mit Verhandlungsfachleuten, medizinischem Personal und technischer Unterstützung.

Phase 3: Bereitstellung und Koordination von Transportmitteln (Fahrzeugen, Hubschraubern), Kommunikationsgeräten sowie Ausrüstung für Überwachung und Erkundung.

Phase 4: Durchführung der Rettung, basierend auf einem detaillierten Aktionsplan.

Phase 5: Rückzug und Nachbereitung

Dies ist ein allgemeiner Plan, Axel. Sobald wir mehr Informationen haben, können wir ihn weiter anpassen und verfeinern. Was hältst du davon?«, sagte LissX ohne auch nur eine Sekunde zu zögern.

»Das ist großartig«, entfuhr es Peter. Aufgeregt rutschte er auf seinem Stuhl hin und her, als könne er kaum erwarten, loszulegen. Marie saß staunend daneben.

Das Avatargesicht schmunzelte. Axel nickte, eine Mischung aus Hoffnung und Entschlossenheit in seinen Augen.

»Danke, LissX. Lass uns anfangen. Jede Sekunde zählt.«

Angespannt starrten sie auf den Monitor, auf dem die KI erste Details skizzierte. LissX verschickte eine lange Textnachricht an Michaela Dammberger.

Zehn Minuten später erklang ein Summen auf Axels Handy. LissX leitete den eingehenden Anruf auf *ODIN* um und aktivierte die Lautsprecher.

»Michaela, wie sieht es aus? Können wir auf deine Unterstützung zählen?«

Die Stimme der Abgeordneten klang zögerlich, als sie antwortete.

»Ich habe euer Papier durchgesehen. Ihr habt gründliche Arbeit geleistet. Aber ich kann euch leider nicht unterstützen. Der Plan ist zu riskant. Ich würde mich politisch zu weit aus dem Fenster lehnen.«

Peter Umbreit verzog das Gesicht.

»Riskant für wen genau, Michaela? Für dich oder für Lars, der gegen seinen Willen in einem Labor festgehalten wird, der vielleicht um sein Leben bangen muss, wie zwei Programmierer vor ihm? Dieser Konarin ist zu allem fähig.«

Michaela seufzte. Man konnte die Anspannung in ihrer Stimme hören.

»Ich verstehe eure Sorgen, wirklich. Ich will auch nicht, dass Lars etwas passiert. Aber mein Wahlkreis hat eine klare Haltung zu Russland, und eine Razzia bei einer israelischen Firma … Ihr wisst, wie heikel das wäre.«

»Du meinst, fatal für deine politische Karriere«, konterte Peter.

»Ist das dein letztes Wort, Michaela?«

»Ich fürchte, ich kann nichts für euch tun.«

Axel lehnte sich zurück, die fest zusammengepressten Lippen offenbarten seine Enttäuschung. Seine rechte Hand formte eine Faust, die er kraftlos auf die Tischplatte sinken ließ.

»Natürlich …«

Marie, die bisher geschwiegen hatte, schaltete sich ein. Ihre Stimme war weich, aber die Worte scharf wie Pfeile.

»Moralische Integrität ist ein Luxus, den sich offenbar nicht jeder leisten kann, nicht wahr?«

Michaela antwortete nicht sofort. Als sie sprach, klang sie kleinlaut.

»Ich muss jetzt Schluss machen. Tut mir leid.«

Die Verbindung wurde getrennt. Für einen Augenblick herrschte Stille. Schließlich räusperte sich Peter.

»Soviel zu Freundschaft und Loyalität. Aber es gibt immer einen Plan B. Haruki Kawabata hat angeboten, zu helfen, wenn wir ihn brauchen. Holen wir ihn ins Boot.«

»Danke, Peter. Ich habe deinen Hinweis berücksichtigt und den Plan angepasst. Haruki Kawabata wurde informiert. Mein Dienst als allgemeine Text-KI pausiert für unbestimmte Zeit. Der Modus zu Überwachung neurostimulativer Prozesse wurde aktiviert.«

Das Konterfei LissX' schrumpfte auf Icongröße zusammen, wanderte in die seitliche Werkzeugleiste und der Monitor wurde dunkel. Dann passierte nichts. Für viele Stunden. Marie vermutete bereits einen Defekt, vielleicht ein Kabelbruch zwischen Grafikkarte und Bildschirm, doch am späten Abend meldete sich *ODIN* zurück. Blaues Licht flutete den Computerbildschirm. Im Zentrum des Desktops sprangen zwei Rechtecke mit bewegten Bildern auf. Links eine junge Frau mit einem seltsam altertümlich anmutenden Motorradhelm. Peter erkannte den *Brain-Translator* aus Lars Clausen Trabant. Kawabata hatte also Wort gehalten.

»Wer ist das?«, fragte Marie.

Peter lächelte.

»Das ist Frederike von Gerdez, Lars Clausens Tochter.«

Im rechten Videofenster ließ LissX kurz ein Smiley aufblitzen.

Nachdem Frederike den Kinnriemen des *Brain-Translators* festgezogen hatte, suchte sie die Hand Haruki Kawabatas, der neben ihr stand. Das Summen des Helms setzte ein. Ihre Augen irrten wild im Raum umher, das Gesicht zuckte, die Nasenflügel bebten, doch dann entspannte sie sich, hielt eine Weile den Kopf ganz still, lächelte schließlich.

Der zweite Bildschirmausschnitt zeigte Lars Clausen, dessen physischer Körper im Labor von SakuraLife Security lag, aber dessen Bewusstsein mit seiner Tochter verknüpft war.

Axel und Peter blickten sich an.

»Dürfen wir das?«, fragte Axel, seine Stimme zitterte leicht. Peter nickte, das Gesicht angespannt, aber entschlossen. Ein Klick und *ODINs BrainBoost*-Funktion, die allgemeinen Neurostimulation, sprang an.

»Lars will es so.«

In den ersten Sekunden passierte nichts. Dann zuckte Frederike, als hätte sie einen elektrischen Schlag bekommen. Ihre Augen weiteten sich, und in ihnen war ein Licht zu sehen, das sich nicht in Worte fassen ließ. Ähnliches bei Lars, eine Mischung aus Überraschung, Erkenntnis und Liebe. Axel fingerte ein Tempotaschentuch aus der Verpackung und reichte es an Marie weiter.

Die Video-Kacheln nahmen die Farbe verdünnter Milch an, ein schlieriges Weiß, aus dem sich ganz allmählich Konturen schälten. Dann wurden die Bilder klarer und was Peter, Axel und Marie zu Gesicht bekamen, ließ sie den Atem anhalten. Wie schnelle, sich überlagernde Filmsequenzen liefen die Erinnerungen, Gedanken und Emotionen von Lars und Frederike vor ihnen ab. Liebe, Angst, Hoffnung – alles schien sich in einem wirbelnden Tanz zu vermischen.

Peter spürte die Intensität der Verbindung und murmelte: »Wir sollten das hier nicht sehen. Egal, was Lars gesagt hat. Es ist zu ... privat.«

Er bewegte seine Finger über das Touchpad und schaltete Bild und Ton aus. Nur die Datenströme liefen weiter, binäre Informationen, gespeist aus dem unlesbaren Strom des Menschseins. Nach einer Ewigkeit signalisierte LissX das Ende der Sitzung und schaltete den Monitor wieder ein. Sie sahen Frederike mit einem Lächeln, das so viel aussagte. Für einen kurzen Augenblick schien die Welt in Ordnung, als würde sie innehalten, Atem holen vor dem nächsten Sturm. Alle begriffen, hier war etwas passiert, etwas, das keine Quantenprozessoren oder neuronalen Netzwerke erfassen konnten. Etwas, das in der Sprache des Herzens geschrieben war, jener uralten Codierung, die noch immer das tiefste Geheimnis der Menschheit darstellte.

ODINs Lüfter liefen auf Hochtouren. LissX Gesicht erschien auf dem Desktop. Mit ernstem Gesicht präsentierte die Künstliche Intelligenz das Ergebnis der Neurostimulationssitzung, die Summe milliardenfacher Rechenschritte, eine kleine Änderung des Aktionsplans nur, deren Gründe später, bei längerem Nachdenken, durchaus rational und nachvollziehbar erschienen, auch wenn das Ergebnis in seiner Konsequenz undenkbar war: Lars Clausen muss sterben!!!

22

Der Tag X rückte näher. Mit Maries Assistenz checkte LissX' ein letztes Mal die Vollständigkeit der Liste. Die Fahrzeuge waren aufgetankt, alle Beteiligten detailliert mit ihren Rollen vertraut. Die letzte Schwierigkeit war gemeistert. Ingo Schöneich, der Bestattungsunternehmer, hatte endlich jemanden mit Lars Clausens Augenfarbe, Größe und Körperbau gefunden. Der Rest war durch Peggy Brighton, die aus den USA eingeflogene Thanatopraktikerin, erledigt worden. Joan hatte sie empfohlen, weil sie als Spezialistin für Balsamierung und chemische Konservierung galt und schon beim kürzlich in die Staaten überführten Leichnam Franklin J. Morgans gute Arbeit geleistet hatte. Den Totenschein auf Lars Clausen auszustellen, verstorben am 13. Oktober in Zilchow/Uckermark, war erledigt, auch die erforderlichen Kremierungsunterlagen lagen bereit. Ingo kontrollierte persönlich die Verladung des schweren Eichensargs, schloss die Hecktüren, setzte sich hinters Steuer des Leichenwagens und erreichte schließlich den vereinbarten Treffpunkt, einen abgelegenen Parkplatz in der Schorfheide, der von LissX als optimaler Start- und Zielpunkt der Befreiungsoperation bestimmt worden war.

Ein Dutzend Menschen wartete dort bereits. Umringt von einer eingeschworenen Mannschaft, gab Uwe Holwart letzte fachliche Anweisungen an die Rettungssanitäter und die Fahrer. Axel stieg als Rettungsassistent verkleidet in einen der Krankenwagen. Peter übernahm den Notarzt-PKW als Fahrer. Ingo Schöneich parkte seinen Leichenwagen, der erst später zum Einsatz kommen sollte, zog sich die Uniform an, die zwei Freunde aus dem Weimarer Theaterfundus mitgebracht hatten. Die beiden waren ganz ähnlich verkleidet, trugen Halfter mit Pistolenattrappen am Gürtel und hatten einen alten Opel laienhaft blau-weiß lackiert und mit Polizei-Schriftzug beklebt. Sie konnten nur hoffen, dass die Tarnung in der zu erwartenden Dunkelheit ausreichen würde. Man führte ein letztes Telefonat mit Haruki Kawabata, dann sprangen die Männer in ihre Fahrzeuge und starteten.

In einem abgeschirmten Raum, dessen Wände mit schalldämmenden Platten verkleidet waren, stand Lars Clausen, seine Haltung gerade, seine Augen fest auf Alexander Konarin gerichtet. Konarin saß an seinem Schreibtisch, streifte sich die Handschuhe ab und musterte Lars mit misstrauischem Blick.

»Also, du meinst, du hast den Fehler gefunden?«, fragte er. Sein russischer Akzent färbte die Worte.

»Ja, und es betrifft dich persönlich«, erwiderte Lars mit kühler Stimme, die seine innere Anspannung verbarg.

»Erkläre es mir.«

»Es sind die Erinnerungssequenzen, die im Quellcode der Kaska-Steuersoftware eingebettet sind. Sie frieren den Avatar immer wieder ein. Diese Sequenzen stammen von dir. Sie sind der Schlüssel und das Hindernis zugleich«, sagte Lars, während er bewusst Blickkontakt hielt.

»Wahrscheinlich bist du der Frau, deren Gesicht der Avatar annimmt, irgendwo einmal begegnet, hast unbewusst ihr Aussehen registriert – sie ist ja auch eine hübsche Person.«

Konarin runzelte die Stirn, holte tief Luft, setzte zum Sprechen an, schloss jedoch die Lippen wieder und presste sie fest aufeinander, ohne ein Wort zu sagen. Dann schüttelte er langsam den Kopf.

»Ich kann mich nicht erinnern.«

Lars schwieg eine Weile, um Konarin eine letzte Chance zu geben. Doch dessen Gesicht versteinerte.

»Ich schlage eine Direktverbindung unserer Gehirne vor. Ich konnte MindLink vom Server des Morgan-Instituts herunterladen«, log Lars. »Es ist der einzige Weg, um den Quellcode von innen heraus zu manipulieren. Es ist riskant, aber wenn es funktioniert, könnten wir den Fehler beheben und weit mehr …«, sagte er.

Er versuchte entspannt und gelassen zu wirken, doch mit jedem Wort schlug sein Herz schneller. Konarins Augen verengten sich.

»Was passiert, wenn es schiefgeht?«

»Du würdest ein paar Erinnerungen verlieren, ich wahrscheinlich mein Leben.«

Nach kurzem Nachdenken nickte Konarin und lächelte kalt.

»In Ordnung, machen wir es. Beim Spiel um hohe Einsätze ist der Verlust oft die Mutter des Gewinns. Du musst das hier unterschreiben, für alle Fälle.«

Lars unterschrieb die Freiwilligkeitserklärung, und Konarin gab das Papier an seinen Bodyguard weiter. Dann setzten sich beide Männer in die speziell angefertigten Sessel, neben denen zwei leuchtend gelb lackierte *KaskaBrainPorts* bereitlagen. Mit routinierten Bewegungen setzten sie die Helme auf, justierten die Spulen an ihren Schläfen und zogen die Kinnriemen fest, bis die Elektroden an den richtigen Stellen saßen. Lars führte die Initialisierungssequenz aus und synchronisierte die Geräte. Er spürte, wie sein Geist sich öffnete, ein Tor, das direkt in Konarins Bewusstsein führte. Die Erfahrung war überwältigend, eine Flut von Bildern, Gedanken und Emotionen entbrannte in ihm, die sich fremd anfühlten und doch mit ihm verschmolzen. Er fühlte Konarins Präsenz, Momente bizarrer Intimität, den Hang zu Vernichtung und Verrat aber auch das Potenzial für Freundschaft und Liebe.

Mit einem fokussierten Willensakt navigierte er zu den fehlerhaften Erinnerungssequenzen. Er löschte und überschrieb, manipulierte und optimierte, immer im Einklang mit Frederikes Einverständnis. Peter Umbreit hatte sie vor ein paar Tagen besucht, ihre Fortschritte mit dem *Brain-Translator* begutachtet und das gemeinsame Vorgehen im Detail besprochen. Schade, dass er selbst seiner Tochter noch nie begegnet war.

Lars spürte das Nahen der Tim-Anomalie. In einem letzten bewussten Akt gab er LissX das Signal zum Count-Down. Ein dunkler Fleck wuchs in seinem Geist, legte sich über alle Gedanken und Gefühle wie der Schatten einer Sonnenfinsternis, schwoll zu einem schwarzen Loch an, das alle Energie absorbierte und das Universum der verbundenen Gehirne mit gefrorenem Nichts füllte. Auf dem gesamten Firmengelände fiel mit einem Schlag das Licht aus. Alarmsirenen erklangen, kurz darauf das Röhren der anspringenden Notstromaggregate.

Die Türen zum Labor flogen auf. Konarins Bodyguard Dimitri stürmte mit mehreren Männern herein, in der Hand sein Handy, in das er Kommandos brüllte.

»Ja, einen Notarzt, sofort! Und zwei Krankenwagen!«

Binnen Minuten trafen die Rettungskräfte auf dem nur notdürftig beleuchteten Gelände ein. Sanitäter stürmten mit Tragen in den Raum und fanden Lars und Konarin bewusstlos. Der Notarzt traf ein.

»Den zuerst!«, deutete Dimitri unmissverständlich zu Konarin. Der Arzt arbeitete schnell, checkte die Vitalparameter, ordnete eine Infusion und unterstützende Beatmung an.

»Er braucht intensivmedizinische Hilfe, ist aber transportfähig. Schwedt ist überlastet, wir müssen ihn nach Prenzlau bringen.«

Die Sanitäter trugen den Verletzten zum Fahrzeug, setzten das Notsignal und starteten in die Nacht, begleitet einem Jeep mit zwei Männern Konarins. Der Arzt wandte sich Lars Clausen zu, suchte den Puls, prüfte die Atmung, checkte die Pupillenfunktion. Sein Gesicht gefror zu einer steinernen Maske.

»Was zum Teufel, haben Sie hier veranstaltet«, herrschte er plötzlich Dimitri an. »Der Mann ist mausetot, und wenn ich die Umstände genauer betrachte, denke ich, Sie wissen warum. Mir bleibt keine andere Möglichkeit, ich muss die Polizei einschalten.«

Konarins Bodyguard zog demonstrativ seine Pistole aus dem Schulterhalfter und schüttelte vehement mit dem Kopf.

»Gar nichts werden Sie tun. Er wusste, was er tat. Es war alles freiwillig.«

Er entfaltete ein Blatt und reichte es dem Arzt. Uwe Holwart studierte das Papier mit gespielter Überraschung.

»Wenn das so ist … muss ich wohl den Totenschein ausstellen. Herzversagen infolge eines Stromschlags, wäre das recht?«

Der Russe grinste.

»Sie sind ein guter Arzt und ein kluger Mann.«

Holwart zuckte mit den Schultern.

»Man tut, was nötig ist.«

Die Besatzung des zweiten Rettungswagens lud Lars Clausen auf eine Trage, transportierte ihn zum Wagen und fuhr los. Uwe Holwart setzte sich unter den wachsamen Blicken des Bodyguards auf den Beifahrersitz des Notarzt-PKW und füllte den Totenschein aus. Peter packte die restlichen Utensilien zusammen, verstaute das Blutdruckmessgerät in seiner Hülle und schob das Stethoskop in die Arzttasche. Konarins Männer traten ins Freie und zündeten sich Zigaretten an. Peter war allein im Raum. Zwar stand die Tür offen und einer von Konarins Männern konnte jederzeit zurückkommen, doch jetzt oder nie, dachte er sich, nahm einen Plastiksack aus der Arzttasche, verstaute einen der *KaskaBrainPorts* und schlich sich davon. Sein Herz schlug bis zum Hals, doch er erreichte unbehelligt das Auto, öffnete leise den Kofferraum und ließ den Sack unbemerkt hineingleiten. Er schob ihn so tief hinein, wie es ging, stellte die Arzttasche daneben und richtete sich auf. Ein schwarzer

Schatten sauste auf ihn zu, ein dumpfer Schlag, dann Dunkelheit. Die Welt um ihn herum verschwand. Jemand hatte den Stecker gezogen.

Im gleichen Moment entstand Bewegung am Eingangstor zu Konarins Labor-Festung. Zwei dunkle Kleinbusse der Berliner Zollfahndung fuhren vor. Kawabata hatte Wort gehalten. Er hatte den Whistle-Blower gespielt.

23

Solange er denken konnte, war er in diesem weiß getünchten Raum. Solange er denken konnte, zuckte sein Hals, zuckte seine Wade, zuckte seine rechte Gesichtshälfte. Egal was er tat. Eines war immer da. Selbst im Schlaf. Das Zucken. Und der Nebel in seinen Erinnerungen. Gut der Nebel war lichter geworden in den letzten Wochen. In manchen Momenten hatte er den Eindruck, ganz allmählich Konturen im Dunst zu erspähen. Verzweifelt versuchte er sich darauf zu konzentrieren. Da! Ein Gesicht formte sich, die Silhouette eines Menschen nahm Gestalt an, doch immer wieder zerflossen die Bilder zu Schemen. Immer wieder. Er konnte zwischen Fiktion und realer Erinnerung nicht unterscheiden, nur ein Bild war klar und deutlich. Ein gelber Motorradhelm. Der Oberarzt erklärte ihm, das sei ein ganz normales Phänomen. Ein Motorradhelm hätte seinen Schädel vor dem mörderischen Schlag schützen können, hätte die Wirkung des Hiebs zumindest abgemildert, wenn er einen aufgehabt hätte. Sein Gehirn übe sich in Fiktion um dem Vergessen zu entrinnen.

Immerhin!

Ein Zeichen der Hoffnung! Offensichtlich erinnerte er sich wieder an den Schlag. Der Rest würde schon kommen, das braucht halt seine Zeit. Ein Zeichen der Hoffnung! Dabei hatte der Weißkittel das Gesicht verzogen, als habe er gerade den Saft frisch gepresster Zitronen geschluckt. Doch Peter Umbreit klammerte sich an dieses Zeichen der Hoffnung.

Das Fernsehgerät am Fußende seines Krankenbettes lief. Die Fernbedienung in der Hand, schaltete er durch die Kanäle, blieb bei einer Ratesendung hängen. Wer war das?

Die Frau kannte er! Er war sich ganz sicher. Nichts vernebelte seine Erinnerungen, ganz deutlich sah er die Szene vor Augen. Er hatte mit dieser Frau gesprochen. Er hatte sie in ihrem Haus besucht, ihr gegenüber gesessen, ihr Parfüm gerochen, den Klang ihrer Stimme gehört.

Die Kameras zoomten auf die Frau, deren Haltung Stärke und Entschlossenheit ausstrahlte. Die Studioscheinwerfer richteten sich auf sie, spiegelten sich in ihren Augen, verliehen ihr eine Aura, von der der Showmaster den Blick nicht wenden konnte.

»Liebe Frederike von Gerdez, bevor ich Ihnen die Zehn-Millionen-Euro-Frage stelle, erzählen Sie mal, was machen Sie mit so viel Geld?«

Seine Stimme trug einen Hauch von Bewunderung, während er sich auf seinem Sitz zurücklehnte und Frederike anblickte, die kurz innehielt, bevor sie sprach.

»Ich plane, ein Unternehmen zu gründen«, begann sie, ihre Worte präzise und klar.

»Wir werden den BlissBooster herstellen, einen Neurostimulator, der die Grenzen unserer Kommunikation erweitern wird.«

»BlissBooster?«

Der Showmaster hob interessiert eine Augenbraue.

»Es ist die letzte Erfindung meines Vaters, Lars Clausen«, erklärte Frederike, und ein Schatten des Bedauerns huschte über ihr Gesicht.

»Leider habe ich weder meine Mutter persönlich kennengelernt, noch ihn. Aber mithilfe des BlissBooster konnte ich an ihrem Leben teilhaben und all ihre Gedanken und Gefühle erben.«

Die Menschen im Publikum flüsterten miteinander, während der Showmaster nachfasste, ungläubig, aber fasziniert.

»Man kann ein Tagebuch weitergeben, aber Gedanken und Gefühle vererben …?«

Ein leises Lächeln umspielte Frederikes Lippen.

»Der BlissBooster beinhaltet eine revolutionäre Funktion – MindLink. Sie ermöglicht eine Verbindung, die ich telepathisch nennen würde.«

»Telepathie?«, wiederholte der Showmaster und schaute Frederike unsicher an. »Jetzt wollen Sie mir aber einen Bären aufbinden, oder?«

»Keineswegs. Ich konnte mit meinem Vater sprechen, ja«, sagte Frederike, und ihre Stimme trug eine Wärme in sich, die von der Stärke dieser Verbindung zeugte.

»Nicht in Worten, wie wir es jetzt tun, sondern in Gedanken, Emotionen, Erinnerungen. Kurz vor seinem Tod gelang es ihm, eine Verbindung über den BlissBooster mit mir herzustellen. Wir trafen uns dort – in einem Raum jenseits des Fassbaren.«

Ein Raunen ging durch die Menge; einige lehnten sich vor, als wollten sie jedem Wort, das Frederike aussprach, näher sein.

»Ich hatte eine glückliche, behütete Kindheit. Ich bin meinen Adoptiveltern unendlich dankbar dafür. Aber die Verbindung mit meinem Vater, das war etwas anderes, das waren ganz neue Kapitel im Buch des Lebens«, fuhr Frederike fort, während sie eine Träne wegwischte, die leise ihre Wange hinabgeglitten war.

»Plötzlich hatte ich all diese zerstreuten Fragmente eines Menschen vor mir – seine Hoffnungen, seine Liebe zu mir, seine Visionen von der Welt. Er hat sie mir hinterlassen, in dem Wissen, dass ich eines Tages bereit sein würde, sein Erbe anzutreten.«

»Also, mit dem Preisgeld…«, hakte der Showmaster nach.

Frederike nickte entschlossen.

»Mit dem Preisgeld werde ich den BlissBooster für die Welt zugänglich machen. Um die Grenzen unseres Denkens zu erweitern, um unser Menschensein zu verbessern.«

Im Publikum erstickte jede Unterhaltung, jedes Flüstern. Eindringliche Stille breitete sich aus. Die Zuschauer saßen regungslos da, wie in Wachs gegossene Abbilder ihrer selbst, während ängstliches Schweigen sie umfing. Die Gesichter, in ungläubiges Staunen getaucht, waren auf Frederike gerichtet, die Augen hingen an ihren Lippen und die Ohren lauschten den Echos ihrer Worte nach, die wie Kirchengeläut im Raum zu schweben schienen. Die Kameras fingen den Moment ein, schwenkten zum Showmaster, dessen Stirn in Falten lag. Sonst so eloquent, fand er jetzt nur einfache Worte.

»Dann wünschen wir Ihnen, Frederike von Gerdez, alles Gute. Möge Ihres Vaters Erbe uns alle in ein besseres Zeitalter führen. Sie spielen jetzt um 10 Millionen Euro.«

Er starrte auf seinen Monitor und kniff die Augen zusammen.

»In welcher Stadt wurde Yoshinori Ohsumi, der Nobelpreisträger für Medizin und Physiologie des Jahres 2016 geboren, A: Fukuoka, B: Fukumitsu, C: Fukuyama, D: Fukushima?«, stellte er die entscheidende Frage.

War das wieder einer seiner Tagträume? Würden gleich die Konturen verschwimmen und der Helm alle anderen Bilder verdrängen? Plötzlich passierte es. Vor Staunen rutschte ihm die Fernbedienung aus der Hand, glitt über den Rand der Matratze und schepperte zu Boden. Ungläubig stieg er aus dem Bett, lief zum Spiegel, dann aus der Tür, in den Flur und rief nach der Schwester. Als sie um die Ecke kam, schloss er sie in seine Arme und drückte sie einen Moment ganz fest an sich. Dann begann er sie im Kreis zu drehen, immer weiter, immer weiter. Ein Freudentanz.

Rhythmisch summte er leise vor sich hin:

»Es ist weg … Das Zucken ist weg.

Das Zucken ist weg.

Das Zucken ist weg …«

Heute Morgen

Visite. Auch der Professor schüttelte ungläubig den Kopf. Das kann nicht sein, von heute auf morgen. Dann stimmte der Chefarzt unter Vorbehalt zu. Er musste versprechen, sich umgehend um ambulante Behandlung seiner Probleme zu bemühen. Alexithymie hieß die Krankheit – Kein Wort für Gefühl – für Peter Umbreit im Moment kein Problem, wichtig war, hier raus zu kommen. Alles andere konnte warten. Den Arztbericht ließ er an Uwe Holwart schicken. Vielleicht konnte der später helfen.

Ein schöner Spätherbsttag. Er saß auf dem Theaterplatz, schloss die Augen und lehnte sich auf der Parkbank zurück. Die Nachmittagssonne strich übers Gesicht. Warm fühlte es sich an. Vorhin hatte er mit Axel telefoniert, ihm mitgeteilt, dass er raus war aus dem Krankenhaus. Der Freund hatte bedauert, dass er nicht nach Weimar kommen konnte, um Peter ein paar Tage zu unterstützen. Axels Schwester, Maries Mutter war gestern verstorben. Er hatte grinsen müssen. A lexis thymos – emotionale Blindheit. Gut, dass er das dem Professor verheimlicht hatte.

Er stand auf. Ziellos schlenderte er umher. Axel und Marie. Er sah die Bilder. Sie hatten zusammen gelacht und gebangt. Sie hatten Lars Clausen gesucht und seine Tochter gefunden. Er konnte sich an Tränen und an Freudensprünge erinnern. Doch was ging ihn der Tod von Maries Mutter an? Als Axel schluchzte, hatte er das Gespräch beendet. Was wollten sie von ihm? Sie hinderten ihn nur, gesund zu werden. Sein Kopf schmerzte. Er wünschte sie allesamt zum Teufel, Marie, Axel, Lars Clausen und Konarin …

Er fühlte sich müde, wollte nach Hause. Er schulterte seine Reisetasche und lief in Richtung Taxistand. Die Gedanken kreisten weiter. Verschwommen sah er Frederike von Gerdez' Gestalt. Er versuchte sich zu konzentrieren. Sie lachte. Ein Glucksen war zu hören. Da! Ihr Gesicht formte sich, ihre Silhouette nahm Gestalt an, doch dann verschwamm das Bild und er sah ihn wieder vor sich, den Motorradhelm …

»Brauchen Sie ein Taxi?«

Der Fahrer öffnete einladend die Beifahrertür. Doch Umbreits Blick war gefangen von diesem Bild. Ein bunter Aufkleber zierte die Motorhaube des Wagens, ein Motorradhelm, umrahmt vom Schriftzug eines großen Elektronikmarkts. Gebannt starrte Umbreit auf die Illusion, die ihm gerade so real erschien. Ein Rückfall? Würde gleich sein ganzes Leben im Nebel zerfließen?

»Sagen Sie bloß, Sie haben noch nichts von der Game-Kaskade gehört?«

»Ich war lange weg …«

Game-Kaskade? Was war das für ein Name? Wer konnte sich einen solchen Unsinn ausdenken? Wieder las er den Namen des Helms und plötzlich sah er die Antwort: Konarin!!!

game.casca.de lautete der Werbeschriftzug auf dem abgebildeten Helm. Konarin hatte seine Pläne verwirklicht.

»Na kommen Sie, steigen Sie ein. Ich habe es ausprobiert. Kann Ihnen einiges erzählen … Sie müssen ja wirklich eine Weltreise gemacht haben. Seit Monaten wird der Helm schon in jedem Supermarkt verteilt.«

»Verteilt?«

»Ja. Kostet keinen Cent. Stellen Sie sich das mal vor. Tolle Sache. Absolut kostenlos. Und das Ding funktioniert. Wenn sie nicht immer Nachschubprobleme hätten, hätte sicher jeder schon die Kaskade. Das Ding hat verschiedene Funktionen. Im Recordermodus kannst du die eigenen Gedanken konservieren und auf deinem Computer speichern. Meine Kinder nutzen das. Sie lernen für die Schule, überspielen es zum PC und am Tag der Klassenarbeit, kurz vorm Frühstück, wieder zurück ins Gedächtnis. Der Junge hat seitdem nur Einsen heimgebracht. Das Mädel muss irgendetwas falsch bedienen. Die ist sogar abgesackt. Ich glaube, ich muss mal mit ihr sprechen. So geht es ja nun auch nicht. Was denken Sie?«

Der Fahrer sah ihn fragend an. Umbreit verzog keine Miene. Dann plauderte der Mann weiter.

»Manchmal ist mir das Ding nicht ganz geheuer.«

»Wie meinen Sie das?«

»Na ja. Ich habe es noch nicht selbst erlebt, aber ein Kollege hat es erzählt. Seine Großmutter ist mit dem Helm auf dem Kopf gestorben. Hatte nichts mit Kaskade zu tun. Ihre Uhr ist einfach stehen geblieben. Ein paar Tage später hat er selbst zum ersten Mal den Helm genutzt. Es soll schrecklich gewesen sein. Er hat den Todeskampf seiner Großmutter gespürt, als wäre ihr Gehirn plötzlich in ihm drin. Drei Wochen war er krank geschrieben, er hatte ein Trauma, sagt der Arzt. Ist das nicht schauderhaft?«

Umbreit war ungehalten.

»Tun Sie mir einen Gefallen, verschonen Sie mich mit Ihren blödsinnigen Rhetorikfragen!!! Erzählen Sie die Geschichte und basta. Den Rest kann ich mir selber denken, wenn ich will. Also wie geht die Story weiter?«

Einen Moment war der Taxifahrer sprachlos. Dann schüttelte er beleidigt den Kopf.

»Mann, wie sind Sie denn drauf? Also ich halte jetzt meine Klappe. Sie können mich mal ...«

Er hatte übertrieben, begriff er, aber es tat ihm nicht leid. Trotzdem rang er sich zu ein paar Verbindlichkeiten durch.

»Sorry, war nicht so gemeint. Ich war gerade ein paar Wochen im Krankenhaus. Muss mich erst wieder einkriegen. Erzählen Sie mal weiter. Sehr interessante Geschichte.«

Der Taxifahrer sah ihn besorgt an.

»Wollen Sie drüber reden? Das Krankenhaus meine ich, und so …«

Er schüttelte den Kopf. »Also, wie war das, wie ist Ihr Kollege wieder gesund geworden? War er beim Seelenklempner?«

»Nee. Er hat einfach die Löschfunktion von Kaskade genutzt, bis es wieder weg war. Nicht vollständig, aber na ja. Er kann wieder arbeiten … Ist schon ein geiles Ding … Schade, dass die eine Funktion noch gesperrt ist. Ich werde mir aber das Abo leisten, sobald es möglich ist. Zweihundertfünfzig Euro im Monat ist zwar viel Geld, aber es lohnt sich. Was meinen Sie?«

»Was für ein Abo?«

»Na ja. Das ist der einzige Haken an der Geschichte. Den Helm gibt es kostenlos, aber nach einer bestimmten Zeit musst du ein Abo abschließen, damit er weiter funktioniert. Level vier geht auch noch nicht.«

»Level vier? Davon haben Sie noch nichts erzählt.«

Der Taxifahrer schnalzte mit der Zunge.

»Das sage ich dir, Mann. Level drei ist schon Spitze. Könnte ich jeden Tag Stunden mit zubringen. Ich nenne es Gute-Laune-Funktion. Du kriegst so ein Kribbeln zwischen den Fußzehen. Zwischen den großen, wenn du weißt, was ich meine. Die haben eine gute Wahl getroffen mit der Blondine im Programm. Hat schon ihren eigenen Fanclub. WWW.Wonder-World-Woman.com. Ein richtiges Schnuckelchen, die Dame, und sie macht alles mit. Ich meine, das läuft ja alles nur hier drin in der grauen Masse ab, aber neulich bin ich erst früh um drei ins Bett gekrochen. Ich war völlig platt. Und meine Frau, was denkst du? … ist nicht mal aufgewacht. Deswegen will ich auch das Abo. Wegen Level vier. Du sollst auch Gedanken und Gefühle von früher wieder zurückholen können, klappt aber noch nicht. Stell dir vor, du setzt deiner Frau den Helm auf und die geht dir an die Wäsche, wie früher …«

Sie bogen in die ruhige Straße ein, an deren Ende das Fahrziel lag.

»Da wären wir. Macht neun-sechzig.«

Umbreit reichte dem Mann einen Zehn-Euro-Schein. Der steckte ihn weg. Umbreit streckte die Hand aus. Der Taxifahrer wollte sie zum Abschied schütteln. Umbreit wehrte ab.

»Mein Wechselgeld!«

Hochrot im Gesicht zählte der Fahrer vier Zehn-Cent-Stücke ab. Umbreit sah ihm hinterher. Die Lippen des Fahrers formulierten einen Fluch.

»Dummschwätzer«, schickte er dem Taxi hinterher.

Er saß in seinem Wohnzimmer und dachte nach. Du sollst auch Gedanken und Gefühle von früher zurückholen können …

Am Nachmittag rief Uwe Holwart an. Er konnte Peter nicht weiterhelfen. Psychotherapeuten waren Mangelware, Termine ganz schwer zu bekommen. Er empfahl ihm das Gerät auszuprobieren, das er für Peter bei Lars bestellt hatte und das bald geliefert würde, vielleicht ein paar Psychopharmaka dazu und alles würde wieder gut.

Heute Abend

Der Mann vom Paketdienst klingelte kurz vor den Abendnachrichten. Peter lief zur Tür und quittierte die Sendung. Der Absender stimmte: Yin & Yang Medical-Care, Kawabata-Clausen Inc., Fukuoka/Japan.

Er würde das Paket später auspacken. Er legte es auf den Küchentisch, ging ins Wohnzimmer und schaltete das Fernsehgerät ein. Die ersten Meldungen der Tagesschau galten dem Krieg in der Ukraine. Drohnen hatten die Kertsch-Brücke getroffen. Die Biden-Regierung gab weitere 200 Millionen für Waffenlieferungen frei und in Awdijiwka waren schwere Gefechte im Gang.

Getretener Quark wird breit – nicht stark, dachte Peter und wollte abschalten. Doch dann fesselten ihn die Bilder: Ein gewisser Wladimir Sokolow hatte eine neue Privatarmee gegründet. Im Beitrag des Russlandkorrespondenten sah man junge Frauen, die mit lachenden Gesichtern Minenopfer zusammenflickten und Soldaten, die sich mit Hurrageschrei ins Schlachtfeld warfen. Andere steuerten mit beiläufigen Gesten und Bewegungen automatische Kanonen und die Zielauswahl von Drohnen. Und sie alle trugen einen Helm, aus dessen Rückseite Antennen ragten. Wladimir Sokolow und sein Stellvertreter priesen IMPULSAR, die neue Wunderwaffe – Peter erkannte die Gesichter. Wie hätte er Konarin und seinen Bodyguard Dimitri auch jemals vergessen können?

Bevor Sie gehen

Liebe Leserinnen und Leser,
wenn Sie diese Zeilen lesen, haben Sie mich und meine Charaktere auf einer bemerkenswerten Reise begleitet. Ich hoffe, Sie fanden Freude, Inspiration und vielleicht auch ein wenig Nachdenklichkeit in den Seiten dieses Buches.

Ihr Eindruck, Ihre Gedanken und Gefühle sind für mich als Autor von unschätzbarem Wert. Jede Rezension, die Sie hinterlassen, ist nicht nur eine wertvolle Rückmeldung für mich, sondern auch ein Leuchtturm für andere Leserinnen und Leser, die sich auf der Suche nach ihrem nächsten Leseabenteuer befinden. Ihre Worte können ihnen den Weg zu diesem Buch weisen.

Wenn Sie einen Moment Zeit haben, würde ich mich außerordentlich freuen, wenn Sie eine Rezension auf Amazon hinterlassen könnten. Ihre Meinung zählt – egal ob lang oder kurz, jeder Gedanke ist willkommen. Sie können Ihre Rezension ganz einfach auf der Amazon-Produktseite zum Buch oder unter folgendem Link verfassen:

https://www.amazon.de/review/create-review/?ie=UTF8&channel=glance-detail&asin=B0CNL4R8C4

Danke, dass Sie Teil dieser Geschichte waren. Ich freue mich auf unsere nächsten Abenteuer.

Erfahren Sie mehr über meine Bücher: www.uwerudnick.com

Mit herzlichem Dank

Printed by Amazon Italia Logistica S.r.l.
Torrazza Piemonte (TO), Italy

54065093R00127